KB119695

나의
완벽한 남자친구와
그의 연인

민지형 장편소설

나의
완벽한 남자친구와
그의 연인

위즈덤하우스

미래의 연인들에게

차례

0. 프롤로그-로맨스만 필요해

미래는 눈을 떴다.

칠흑 같은 어둠 속에서, 굳게 닫은 암막 커튼 사이로 들어온 희미한 빛이 천장을 둘로 갈라놓고 있었다.

눈에 익은 천장이지만, 사실 이곳은 수호의 집이다.

미래의 '자기만의 방'은 여기서 6km쯤 떨어진 곳에 있다. 어느새 주말의 이틀은 수호의 집에서 보내는 것에 익숙해진 지가 꽤 되었다.

어제 카페인을 너무 많이 섭취했지. 요즘 일 때문에 스트레스가 많기도 했고, 어제 낮잠을 너무 많이 잤어. 이제 날이 따뜻해져서 잠자리가 좀 덥기도 해….

그래서, 불현듯 잠이 깬 것이겠지.

아무런 예고도 없이 새까만 새벽 세 시에 번쩍 눈을 뜬 것에 대해, 미래는 수십 가지의 이유를 더 찾아낼 수도 있었다.

그러나 미래는 잠시 생각을 멈추고 가만히 천장을 응시했다.

빛에 의해 둘로 갈라진 천장이 마치 무언가를 암시하는 것 같아 보였기 때문이다.

종교적인 계시를 애타게 기다렸던 신도처럼, 미래는 이제야 퍼즐이 맞춰지는 것 같다고 느꼈다.

그러자 또 반복될, 익히 알고 있는 모든 괴로움들이 뇌리를 스쳤다. 하지만 고통스럽다고 해서 이 깨달음을 모른 척할 수는 없다. 절대로 그럴 수는 없는 것이다. 그것이 모든 선지자의 운명인 것도 같았다.

"으음…."

바로 옆에서 수호의 숨소리가 들려왔다. 달큰한 그의 침 냄새, 땀 냄새가 생생하게 느껴졌다. 저녁을 너무 일찍 먹어 배가 고파진 탓에 코가 더 예민해진 듯했다.

미래는 그것이 썩 유쾌하지 않았고, 그 때문인지 무심결에 그날 오후의 일을 다시금 떠올렸다.

✦

벌써 1년 하고도 1개월.

결코 짧지 않은 시간 동안 미래는 수호와 연애를 했다.

두 사람 모두 한국 나이로 서른다섯.

상식을 가졌다고 자부하는 한국인들이 전방위에서 간섭을 해 오기에 아주 좋은 조건이었다.

몇 시간 전, 두 사람은 미래의 고등학교 동창인 보라의 결혼식에 함께 다녀왔다.

북한산 자락에 있는 갤러리에서 호젓하게 치러진 스몰웨딩이었다.

대중교통으로 갈 수도 없는 곳에서 하루 종일 가든파티라니, 평소 같으면 유난스럽고 귀찮게 느껴질 법도 하건만, 마침 볕도 따스하고 드물게 미세먼지도 없는 맑은 봄날이라 미래는 나들이하는 마음으로 기분 좋게 참석했다.

고등학생 때부터 10년을 사귄 커플의 결혼식이라, 추억도 이야기도 흘러넘쳤다.

마치 할리우드 하이틴 로맨스 영화의 완벽한 결말을 보는 것 같았다.

아름답고 행복한, 거의 '결혼의 이데아'에 가까운 그 모습을 보면서 미래는 생각했다.

역시, 나는 결혼을 원하지 않는 것 같아.

그리고 수호는 정확히 정반대의 생각을 하고 있었음이, 잠시 뒤에 밝혀졌다.

✦

수호는 적당히 좋은 남자였고, 무엇보다 미래에게는 제법 괜찮은 차선책이었다.

사실 미래로서는 로맨스에 있어서 '최선'을 가져본 적이 없다.

언제나 '차선'과 '차선'의 싸움일 뿐이었다.

왜 수호는 미래의 차선책이었나?

그것은 아이러니하게도, 수호가 흔히 말하는 '좋은 남자'였기 때문이다.

✦

그럼 미래에게 최선은 무엇이었을까?

미래가 원하는 사랑은 각자의 자리를, 특히 나 자신을 지킬 수 있는 것이어야 했다. 누군가의 소유가 되고 싶지도, 누군가를 소유하고 싶지도 않았다.

고등학생 때 처음으로 사귀었던 남자친구가 수줍게 건넨 편지에 꾹꾹 눌러 쓴 '넌 내 꺼야!'라는 말을 보고 미래는 살짝 소름이

돋았다. 차근히 생각할 겨를도 없이 그저 생리적인 반응처럼 마음이 싹 식었다.

이후 자연히 그 남자친구와는 사이가 멀어지게 됐는데, 몇 년이 지나고 다시 생각해 봤을 때는 그 마음도 이해가 되긴 했다.

생애 첫 여자친구에게 세상에서 제일 로맨틱한 말을 해주고 싶었겠지.

그래서 미디어와 문화를 통해 학습된 말을 기계처럼 옮겨 적은 것뿐일 것이다.

네가 너무 좋다는 표현을 하고 싶었고, 그것을 표현하는 최상급의 표현으로 '넌 내 꺼야'를 택한 것이다. 그런 말이야말로 남자다운 것이라고도 여겼을 것이다. 아마 여자친구가 듣고 싶어 하는 말이라고 믿어 의심치 않았을 수도 있다.

하지만 그의 의도가 뭐였든 간에, 미안하지만 (사실은 그리 미안하지 않지만) 미래는 그 말이 불편했다.

그것이야말로 로맨틱한 말의 정수라고 온 세상이 부르짖는다 하더라도, 미래는 그 말이 싫었다. 도저히 어쩔 수 없는 일이었다.

✦

20대의 연애는 쭉 그것과의 싸움이었다.

조금이라도 서로 호감이 생겨서, 로맨틱한 기류를 주고받고서 연인 사이로 발전할 때면 그런 식의 말들이 손쓸 틈도 없이 밀려 들어 왔다.

가끔은 듣기 불편한 표현들이 있더라도 (주로 '평생 나만 봐야 돼', '너밖에 없어', '우리 영원히 함께하자' 같은 말들) 상대의 기분과 분위기를 해치기 싫어서 참기도 했다.

그렇게 연애가 시작되고 나면, 그것은 어느새 미디어에서 보여 주고 사회에서 정해준 '남자친구 역할', '여자친구 역할'을 수행하 는 것과 다름없는 역할극으로 흘러갔다.

사실 당연한 일이었다. 가장 개인적이고 내밀해야 할 감정인 사랑을 표현하는 첫 고백부터 전부 사회에서 가르쳐 준 각본대로 였으니까.

많은 사람들이 사랑은 본능적인 것이라고 생각하고, 자기 마음 에서 우러나오는 대로 자연스럽게 표현하며, 수행하며 살아가고 있다고 생각한다.

하지만 미래가 느낀 것은 달랐다. 학교에서 국어, 수학, 영어를 배우듯이 사람들은 미디어에서 연애와 사랑을 배웠다. 미처 의식 하지도 못할 만큼 아주 사소한 것까지도 전부 학습된 것이었다. 무엇이 로맨틱한 것이고, 무엇이 진정한 사랑인지를 정하는 기준 은 내 안에 있는 게 아니라 바깥에 있었다.

혈기 왕성했던 20대 시절의 남자친구들은 그렇게들 결혼을 말했다. 다행인지 현실적인 기반이 갖춰져 있지 않아서 그 계획이 실현된 적은 없지만 미래는 그런 말을 들을 때마다 가슴이 철렁했다.

물론 어떤 사람들이 얘기하듯 '세상이 많이 바뀌었고' 이전보다는 더 다양한 결혼의 모습들이 존재한다. 하지만 미래는 오랜 시간에 걸쳐 형성된 결혼이라는 것의 평균적인 속성을 완전히 무시하기에는 아직 이르다고 생각했다. 특히 여성으로서는 더 방어적으로 생각할 수밖에 없다. 그러므로 자기 자신을 지키는 것이 무엇보다 중요한 미래에게, 결혼은 단 한 번도 생각하지 않은 선택지였다.

그래서 한창 서로의 감정과 신뢰가 깊어질 때면 꼭 나오는 이 '결혼' 이야기가 미래는 정말이지 야속했다. 산통이 다 깨지는 기분이었다. 우리가 지금 이 순간 서로를 좋아하고, 편안해하고, 함께 보내는 시간이 즐겁다는 사실이, 왜 그것과 한참 동떨어진 것으로 느껴지는 '결혼'이라는 결론으로 튀는 것일까. 미래로서는 그게 오히려 이해하기가 더 어려웠다.

하지만 미래가 '나는 결혼을 원하지 않는다'라는 말을 하면, 많은 남자친구들이 실망한 듯한, 서운해하는 표정을 지었다. 처음엔 그 반응을 이해하지 못했던 미래는 나중에야 그 이유를 알았다.

'그만큼 너를 좋아하지 않는다'라고 받아들이는 것이었다.

미래의 안에서는 누군가를 무척 좋아하면서도 그와의 결혼을 원하지 않을 수 있었다. 다만 세상이 그렇게 생각하지 않을 뿐이었다. '일반 연애의 상식'으로는 아주 말도 안 되는 일이었다. 당장 '이 여자친구… 그만 만나야 할까요?' 같은 상담 글이라도 올려야 할 비상 상황이나 다름없었다.

그렇기 때문에 미래가 아무리 '너를 좋아한다'고 말하고 그에 상응할 만한 시간을 들여 행동으로 보여준다고 하더라도, '결혼을 원하지 않는다'는 그 말 한 마디에 미래의 사랑은 '그만큼은 아닌' 것이 되어버렸다.

그래서 미래에게는 '결혼 약속' 말고 사랑을 표현할 수 있는 다른 '척도'가 절실했다.

언젠가 긴 시간과 노력을 들여 그것을 상대방에게 열심히 설명해 본 적도 있다.

사랑과 관계가 한창 무르익었을 때라면, 이해하는 척 고개를 끄덕이는 이들도 있었다. 하지만 조금이라도 관계가 휘청거리거나 주변 사람들의 참견이 깊어질 때면 다시 미래의 사랑은 의심받았다. 오랫동안 '사회적으로 합의된' 기준이야말로 가장 쉽고 분명했다. 사회 속의 개인으로서, 그것을 무시하기는 힘들었다.

＊

30대가 되자 새로운 세계가 펼쳐졌다.

30대의 남자들은, 20대의 남자들과 달리 '로맨틱한 사랑 공세' 를 쏟아내거나 결혼을, 평생을, 미래를 약속하지 않았다. 그게 아 니라면 아예 '결혼 전제'의 만남만을 원하거나. 그렇게 양극단으 로 흩어지는 듯했다.

이미 주변의 '건실한' 친구들은 결혼을 하고 아이도 하나둘씩 가지기 시작했던 무렵이었다. 미래는 여전히 연애만을 원하고 있 었기에 '결혼 전제' 파를 제외한, 30대 남자들과의 연애를 계속해 나갔다.

그런데 또 다른 문제가 있었다.

이들은 연애 상대로서 진실하지가 않았다.

미래에겐 정도의 차이는 있어도 미래와 비슷하게, 당장 결혼은 원하지 않으면서도 로맨스는 원하는 여성 친구들이 많이 있었다. 그리고 그 친구들이 모이면, 다들 비슷한 경험을 늘어놓았다. 이 것이 미래에겐 아주 흥미로운 현상이었다.

'사랑해'라는 말을, 미래는 감정의 표현으로만 사용했다. 그러 나 경험을 통해 어떤 남성들에게는 그것이 '너와 결혼해서 평생 함께 애들도 낳고 백년해로하고 싶다'는 것과 같은 말이었다는 것을 알게 되었다.

'결혼을 원하지 않는다'는 말 역시 비슷했다. 미래와 그의 친구들은 이 말을 문자 그대로 '결혼이라는 것을 원하지 않는다'는 말로만 사용했다. 그러나 일부 남성들에게 그 말은 '너를 그만큼 좋아하지는 않고 이 관계는 나에게 별로 중요하지 않다'는 뜻이었던 것이다.

더 나아가 그 일부 남성들은 '(너와의) 결혼을 원하지 않는다'는 말을 듣고도 자신과의 관계를 이어가기로 동의하는 여성은 함부로, 소홀히 대해도 되는 존재라고 멋대로 결론 내리는 듯했다. 그래서 변덕을 부리고, 거짓말을 늘어놓고, 양다리를 걸치고, 진심을 가지고 최소한의 예의를 보이려는 상대방의 몸과 마음을 착취했다.

그들이 그 말의 진짜 의미를 뒤늦게 확인시켜 줄 때의 모욕은 상당한 것이었고, 낭비해 버린 감정과 시간 때문에 화가 났으며, 무엇보다 그 연애는 미래에게 가장 중요한 가치인 '나 자신'을 지키는 것이라는 느낌이 들지 않았다. 경우에 따라서는 정말 위험할 수도 있었다. 데이트 폭력과 디지털 성폭력이 성행하고 안전 이별을 걱정해야 하는 현실에서는 말이다.

비로소 미래는 20대 시절 '결혼은 하고 싶지 않다'는 자신의 말에 의심의 눈초리를 보냈던 남자친구들과, 그들이 증거로 들고 왔던 숱한 연애 상담 고수들의 조언들을 재평가하게 됐다. 한편으로는, (이렇게밖에 생각할 수 없는 것이 유감이지만) 그 전 남자친구들이 이 심리를 너무 잘 이해하고 있었던 것임을 깨달았다.

✦

이 시절을 겪으면서, 미래에게 흥미로웠던 것은 많은 남성들이 여전히 '사랑'과 '결혼'을 같은 맥락에 두고 있다는 것이었다.

스스로 '사랑'을 한다고 믿을 땐 '결혼'을 원하고, '결혼'을 원하지 않는다는 말을 할 때면 '사랑'하지 않는 것과 비슷한 태도를 보인다는 것에서 그랬다.

미래 자신을 비롯해서, 결혼을 원하지 않는 상태로 로맨스의 정글을 헤매고 있는 여성들은 '사랑'과 '결혼'을 완전히 분리해서 생각하는 데 아주 익숙했다. 익숙한 정도가 아니라 그것은 이미 이전 시대, 이전 페이지의 일에 가까웠다.

하지만 자신의 경험을 돌이켜 보자면, 대부분의 남성들은 여전히 그 전 페이지에 머물러 있었다.

그 이유는 아마도 '결혼'이라는 제도가 여전히 남성들에게는 '로맨스'의 결말로 충분히 받아들여질 만한 것이기 때문일 거라고, 미래는 생각했다. 현실적으로 결혼이라는 제도를 면밀히 살펴

본다면 많은 여성들에겐 절대로 그렇지가 않은데, 어떻게 '사랑'한다면서 그걸 모를 수가 있지? 새삼스럽게 신기한 일이었다.

아무튼 그 사실을 심각하게 받아들이는 이성애자 여성들은 결국 치열하게 고민할 수밖에 없었고, 아주 구체적인 세부까지 자신들이 원하고, 필요하다고 느끼는 로맨스의 모습을 스스로 찾아야만 했다. 그 결과, 많은 여성들은 이것은 원하고, 이것은 원하지 않는다는 식으로 각자만의 긴 리스트를 갖게 되었다.

그러나 그 리스트를 가졌다고 해도, 정작 선택할 수 있는 선택지는 많지 않았다. 그냥 '로맨스'라는 이름으로 결혼까지 함께 포장되어 있는 풀 패키지를 받아들인 다음 그 안에서 최대한 노력을 해보거나, 아예 통째로 거부해 버리거나. 그 둘 중에 하나였다.

기이할 정도로 끈기가 있는 소수만이, 미래처럼 그 둘 다를 거부하면서 끝없는 고민과 방황을 거듭하고 있었다. 번번이 실패하고 고통과 번뇌를 겪게 될 거란 걸 알면서도 말이다.

혼자서는 할 수 없는 '연애'라는 것의 특성상, 그 리스트를 가진 채로 상대를 찾으러 밖으로 나가봤자 결국엔 '결혼'을 기준으로 근간이 만들어져 있는 남성들의 '로맨스 언어'를 사용하게 될 확률이 압도적으로 높았다.

샷을 추가하고 휘핑크림은 에스프레소로 바꿔서 적게 넣고, 우유는 두유로 바꾸고⋯. 그런 구체적인 커스텀 커피 레시피를 가지고 카페에 갔지만, 고를 수 있는 메뉴가 오직 하나뿐인 상황에 맞닥뜨리는 기분이었다. 이게 싫어? 그럼 아예 마시질 말고 참든가. 온 세상이 그렇게 윽박지르는 것 같았다.

All or Nothing이라니.

신용카드 하나도 원하는 혜택을 골라서 쓸 수 있는 시대에 너무하지 않은가?

무슨 방법이 있지 않을까? 꼭 내키지 않는 둘 중에 하나를 골라야만 할까? 더는 포기하기도 타협하기도 싫은데?

어렸을 적부터 유독 오기가 강하고 모험심이 있었던 성격이 문제였던 걸까? 미래는 가끔 생각했다.

✦

그래서, 다시 수호가 미래의 '차선'이었던 이야기로 돌아가 본다면.

이 모든 경험과 생각을 바탕으로 약 2년 전, 미래는 결심했다. 결혼을 약속하고 싶어 하는 남자들에게서 느껴지는 부담과, 결혼을 약속하지 않겠다고 선언하는 남자들의 몰염치 중에서 꼭 골라야만 한다면 '차라리' 전자를 택하는 게 낫겠다고. 싫은 것 옆의 더 싫은 것이긴 해도, 당연한 선택이었다. 왜냐하면 후자는 명백하게 유해하며 무엇보다 안전을 위협하기 때문이다.

그중에서도 말이 좀 통해서, 자신의 구체적인 니즈를 찬찬히 설명했을 때 이해할 만한 사람이라면 더욱 좋을 것이라고 미래는 타협의 기준점을 만들었다.

수호와 만난 곳은 독서 모임이었다.

처음 만난 날, 수호는 지적 호기심이 많고, 개방적인 사고를 하는 사람이라고 스스로를 소개했다. 사람들과 함께 책 이야기를 하고 어울리면서 두 사람은 자연히 가까워졌고, 차츰 미래는 수호가 그 '전자'에 해당하는 사람이라고 느꼈다.

그리고 개인적인 만남을 몇 차례 이어가면서 어쩌면, 수호와는 말이 좀 통할 수도 있겠다고도 생각했다. 상대에 대한 배려와 진심을 가지고 표현할 줄 아는 사람으로 느껴졌고, "결혼!!!!!"을 외치기엔 꽤나 스스로의 품위를 신경 쓰는 사람이었기 때문이다.

하지만 결국엔 시간문제였던 것으로 밝혀졌다.

수호 역시 남성이었으므로 '결혼!!!!!'을 외치는 것은 미래에 대한 진심 어린 사랑 표현에 다름 아니었다. 그러니 그것은 자신의 품위를 해치는 일이 아니라 오히려 높여주는 일이었다. '아내밖에 모르는 다정하고 가정적인 남자'는 수호와 비슷한 남성들이 가장 쉽게 그릴 수 있는 중년의 이상적인 자아상이었다.

그것이 오늘의 결혼식에 대한 놀라운 의견 차이뿐만 아니라,

최근의 입씨름 아닌 입씨름, 싸움 아닌 싸움, 갈등 아닌 갈등(사실
은 모두 입씨름이자 싸움이자 갈등인)으로 드러난 진실이었다.

수호는 말하자면 온건파였다.

그래서 이렇게도 말했다가, "당장 할 필요는 없으니까." 저렇
게도 말했다가, "그래도 이제 우리 나이가, 아니 특히 자기 나이
가…"

오늘은 드디어 이렇게 말했다.

"근데 정말 궁금해서 그러는데, 자기도 비혼, 그런 거 영향받은
거야? 여초 커뮤니티 같은 것도 많이 보지?"

솔직히 '비혼 그런 것'의 영향도 받는다. (우리는 사회 속의 인간
이니까) 소위 '여초 커뮤니티'라고 불리는 것도 본다. (여자들 유머
가 얼마나 웃긴 줄 아는가?)

하지만 이미 그 이전부터, 어떤 신비한 운의 작용으로 인해 온
우주가 여자아이를 향해 핑크색 공주 장난감을 융단폭격하는 이
세상에서도 운 좋게 그 영향을 피할 수 있었던 미래는 그냥 나답
게 나를 지키는 것이 가장 중요했고, 누군가의 '아내'가 되는 스스
로의 모습을 상상한 적이 없었을 뿐이다.

"아니, 그러니까 도대체 왜?"

3개 국어를 구사하며, 한국 최고의 명문대를 졸업하고 굴지의
대기업 사원으로 일하는, 명백하게 평균 이상의 지능을 가진 수호

건만 이것만큼은 도무지 이해를 하지 못하는 듯했다.

✦

그럼에도 여러 욕망들의 충돌과 경험들의 총합으로 판단한 결과, 미래는 1년 하고도 한 달의 시간 동안 수호와 만나는 것을 스스로 선택했다. 하지만 앞으로 남은 평생은 어떨까?

미래로서는 꼭 수호라서가 아니라, 누군가와 평생을 보낸다는 생각을 머리에 떠올리면 '그 사람과 이것도 하고~ 저것도 하고~' 몇 십 년을 함께 보낼 세월에 대한 기대감이 아니라, 뻔하고 비슷한 날을 다 흘려보낸 뒤에 죽을 날을 기다리는 모습만이 그려졌다. 그러면, 턱 하고 숨이 막혀온다. 이미 관짝에 들어가서 갇힌 사람처럼.

그 관짝 속에서, 영원히 지금처럼 한 사람의 침 냄새와 땀 냄새를 맡겠지.

✦

하지만 결국 수호와 헤어지더라도 조금의 애도 기간을 거치고 나면, 미래는 새로운 사람을 찾을 것이다. 또 얼마나 많은 시행착

오를 겪어야 할까? '이만한' 사람을 만나는 것도 쉽지는 않은 일
인 걸 아는데. 그것을 생각하면 또 갑갑함이 몰려왔다.

누군가는 미래에게 물었다.

"너도 괴롭다며. 굳이 '차선'을 택하는 타협까지 해가면서, 그렇
게까지 꼭 '연애'를 해야 해?"

미래는 대충 이렇게 대답하곤 했다.

"그러니까 말이야! 나도 죽겠어."

✦

이 문제에 있어서 모든 사람에게 적용할 수 있는 말은 없다고
미래는 생각한다.

다만 미처 다 파악할 수 없고, 설명하기도 어려우며 실은 설명
할 의무도, 필요도 없는 어떤 이유들로 인해 미래라는 개인에게는
로맨스가 필요했다. 물론 로맨스가 없다고 해서 당장 일상이 무너
지거나 특별히 불행한 것은 아니다. 그래도 있을 때가 더 좋고, 즐
거웠다. 그것이 미래가 타고난 성격과 환경을 바탕으로 그간 해왔
던 경험을 통해 내린 결론이었다. 나에겐 로맨스가 필요해. 그것
에 대해 함부로 가치 평가를 할 수 있는 사람은 아무도 없다.

게다가 좀 더 섬세한 맥락에서, 미래는 자신에게 딱 맞는 방식,

그러니까 '최선'을 아직 찾지 못했기 때문에 헤매는 중임을 잘 알고 있었다. 그러므로 미래는 그 사실에 대해 스스로를 탓하지 않기로 오래전부터 결심했다. 이 모든 것이 절대로 미래의 잘못은 아니었기 때문이다.

다만 여전히 그 '최선'을 어떻게 찾을 수 있을지는, 모르겠다.

현실적으로 가능할지도 의문이었다.

그것이 미래의 로맨스에 드리운 오래된 비극이었다.

✦

"커엥."

옆에서 수호가 이상한 숨소리를 냈다.

3개월쯤 전, 아니 6개월쯤 전이었다면 귀엽게 여겨줄 만한 것이기도 하겠건만 지금은 어림없다.

미래는 우연히 발견한 천장의 빛줄기가 내려준 계시와 그 깨달음을 마음속에 다시 한번 깊이 새겼다. 또다시, 때가 된 것이다.

두서없는 생각 끝에 어떤 결론에 도달하기는 했으나, 그리 홀가분하지는 않은 기분으로 미래는 다시 눈을 감았다. 그러나 쉽게 잠이 오지는 않았다.

1.
여러모로 환상, 속의 그대

석 달 뒤, 수호와 헤어지고 다시 싱글이 된 미래는 서울시 마포구의 한 건물 2층 라운지에 있었다.

미래의 직업은 프리랜서 디자이너였다. 사실 하다 보면 디자인뿐만 아니라 마케팅과 영업을 동시에 하게 될 때도 있었지만, 어쨌든 그렇다.

어딘가에 타이트하게 소속되는 것보다는 좀 더 운신의 폭이 있는 쪽이 편하다고 느끼는 것은 연애에서뿐만 아니라 미래의 삶 전반을 흐르는 일관된 흐름이어서, 대학 졸업 직후에는 잠시 회사에 다니기도 했지만 결국엔 프리랜서가 되었다.

지금 하는 일은 교양 수업에서 알게 된, 미래와 전혀 다른 전공의 좀 특이한 선배가 시작한 스타트업을 돕는 것이었다. 선배의 사업 아이템은 대용식, 간편식이다. 다이어트식, 비건식 등을 모두 포함하고, 마시는 것부터 도시락 형태까지 다양한 식사를 만들어 제공하는 것이 선배의 비전이었다.

선배와는 오랫동안 메신저 프로필 사진으로만 서로의 안부를 확인하던 사이였다. 그러다 수호와 헤어지고 하던 일을 마무리했을 즈음, 뜬금없이 뭐 하고 사냐고, 아직도 디자인 일을 하고 있으면 만나서 얘기 좀 하자는 연락이 왔다.

아주 오랜만이었지만 여전한 얼굴로 선배는 대뜸 미래에게 말했다.

"미래야 너도 혼자 살지?"

"그치."

"너도 요리 니가 잘 안 하지? 아니 솔직히, 잘 못하지?"

"어. 거의 사 먹지."

"그럼 꼭 사람들이 잔소리하면서 그러지 않냐? 그렇게 혼자 대충 먹어서 어떡하니~?"

"완전 그렇지."

"근데 밥에 국에 반찬까지 다 직접 해서 쫙 깔아놓고 먹는 것만 제대로 먹는 거냐? 누가 그렇게 정했어?"

"아, 그니까. 그런 말 하는 사람들 다 엄마가 밥 차려줄걸?"

"그냥 각자 여건에 맞게 제때, 영양소만 잘 갖춰 먹으면 문제

없는 거 아냐?"

"그치."

"그래서, 언니가 사업 좀 해보려고 하거든? 이거 딱 우리 꺼다.
도와줄 거지?"

말하자면, 그렇게 시작된 것이다.

✦

선배의 작고 귀여운 스타트업 사무실은 마포구의 공유 오피스
에 있었다. 공유 오피스라는 것은 비교적 최근에 등장한 개념으
로, 짐작컨대 선배와 같이 젊은 혈기로 가득한 스타트업 사업가들
이 우후죽순처럼 나타나면서 같이 생긴 연계 사업 정도 되는 것
같았다.

예로부터 사업을 하려면 공간이 필요했고, 공간을 임대하기 위
해서는 연 단위의 부동산 계약과 그에 필요한 목돈, 그리고 그 공
간에 필요한 가구 및 물품들을 채우기 위한 부대 비용뿐만 아니
라 그곳을 잘 관리하기 위한 노력과 비용이 별도로 발생했다.

그러나 공유 오피스라는 것이 등장하면서 그들이 임대하는 작
은 사무실 하나를 빌리는 것만으로 목돈과 새 가구, 그리고 관리
에 대한 부담을 제로에 가깝게 줄일 수 있었다. 방의 크기에 비해

조금 높게 책정된 듯한 월세만 매달 지불하면 되는 것이다.

미래는 평소에도 시에서 운영하는 공유 자전거를 잘 이용하는 편이었다. 경제, 경영에 대해서는 잘 모르지만 (그것이 바로 미래의 고용주가 된 선배가 전공한 학문이기는 했다) 어쨌든 사용자로서 '필요할 때, 필요한 만큼만' 사용할 수 있는 이 '공유 경제' 개념이 미래는 아주 마음에 들었다. 자전거를 '소유'했을 때와 달리 분실도 고장도 걱정하지 않아도 되고, 언제든 가까운 데 반납해 버리면 짐이 될 일도 없으니까.

공유 오피스 역시 그런 의미에서 아주 합리적인 것 같았다. 선배의 마음은 어떨지 몰라도, 너무 크게 일을 벌이지 않고 가볍게 시작할 수 있다는 것이 제일 큰 장점 같다고 미래는 생각했다.

그리고 또 하나의 장점이 있다면, 오피스를 '공유'하는 사람들이 대부분 모두 미래나 선배 또래였다는 것이다.

실질적으로 이 사무실에 나와서 앉아 있는 것은 거의 미래뿐이었다. 선배는 식품을 실제로 개발하고 제조하는 공장과 연구실을 쫓아다니면서 샘플을 만드는 데 여념이 없었고, 그동안 미래는 사무실에 앉아 첫 론칭할 제품들의 이름과 포장, 그리고 그 모든 것을 포함하는 브랜딩을 고민해야 했다. 처음에는 '이렇게 중요한 일을 나 혼자서 다?'라고 생각했지만, 겪어보니 스타트업이란 게 보통 그런 식으로 돌아가는 것 같았다.

혼자서 일하는 거야 미래에겐 얼마든지 익숙한 일이었지만, 일이란 것이 원래 그렇듯 괜히 심심하고 답답할 때가 있었다. 그럴 때 잠깐 유리로 트여 있는 사무실 밖을 내다보거나 라운지로 나오면 옆, 그 옆, 또 그 옆에 입주해 있는 작고 귀여운 스타트업들이 사부작사부작 뭔가를 열심히 하는 모습들이 보여서 그게 좋았다. 늘 밥을 같이 먹고 바로 옆자리에 앉아 같은 일을 하는 것은 아니면서도 느슨하게 같은 공간에 있다는 거리감, 적당한 긴장감을 주는 것이 좋았다.

그 외에는 이 '공유 오피스'라는 사업 역시 또 하나의 '스타트업'이라, 실내 인테리어도 세련된 데다, 어플 하나로 멤버십 결제부터 회의실 예약까지 다 할 수 있는 시스템도 편리했다. 그리고 또….

"미래 씨, 안녕하세요."

이 지점의 매니저를 맡고 있는 시원의 눈웃음이 아주 좋았다.

"아아, 안녕하세요…."

라운지나 복도에서 시원과 마주칠 때면 그는 언제나 예의 바른 인사를 먼저 건네주었다. 매니저로서의 매너라는 것을 알면서도 미래는 그때마다 기분이 좋았는데, 그게 티 날까 싶어 오히려 얼굴을 딱딱하게 굳혀야 했다.

시원은 깎아놓은 밤톨 같은 머리에 가느다란 금속 테의 안경을 썼다. 작은 얼굴에 큼직큼직한 이목구비가 참 야무지게도 자리 잡고 있었다. 늘 과하지도 모자라지도 않은 단정하고 깔끔한 옷들을 입는 것도 마음에 들었다. 나지막한 목소리에 차분한 말투, 거기다 결정적으로 미래가 너무나 좋아하는 마디가 굵직하고 커다란 손까지 가졌다! 어쩜 이럴 수가 있는지.

그래서 언젠가 선배한테 말한 적도 있다.

"선배, 여기 공유 오피스 매니저… 되게 잘생겼지?"

"맞아. 인상 좋더라. 어? 너랑 잘 어울릴 거 같은데?"

"아, 아저씨처럼 무슨 그런 말을 하고 그래."

"에이 기분 좋으면서!"

"기분 좋으라고 한 말인 줄 알아서 그런다! 그리고 그 외모에 애인이 없겠냐?"

"흠, 하긴…."

그렇다. 누가 봐도 '흠, 하긴…'이었다.

괜찮은 남자는 원래 잘 없는데, 특히 외면이 괜찮은 남자가 내 일상에, 주변에 있기는 더 어려웠다.

시원은 일단 첫눈에 외면이 훌륭한 남자였고, 심지어 키도 컸으며 은근 어깨도 떡 벌어졌다. 분명히 엄청나게 예쁘고 스타일도 좋은데 개성도 있는, 게다가 직업까지 멋진 그런 애인이 있을 것 같은 느낌이었다. 꼭 그런 건 아닐 수도 있겠지만 그동안의 경험을 돌이켜 보자면, 보통 그랬다.

물론 미래가 진지하게 그 사실을 신경 쓰는 것은 아니었다. 게다가 시원이 유해하지 않은 사람인지도, 미래 자신을 지킬 수 있게 해주는 애인 후보가 될 만한 사람인지도 아직 전혀 모른다. 하지만 지금 단계에서 그런 걸 굳이 신경 쓰는 게 우스울 정도로, 시원은 미래에게 현실적인 사람이 아니었다. 우연히 본 '라이브 직캠' 속의 꽃미남이 아니라 가까운 현실 세계에 존재하는 꽃미남이라고 해서 거리감까지 그 정도로 가까운 것은 아니니까, 결과적으로는 '라이브 직캠' 속의 꽃미남이나 다를 바가 없었다. 그러니 오히려 깊게 생각하지 않고, 소소한 일상의 낙으로나 삼으면 되는 것이다.

✦

그런데 그런 미래의 마음을 두근거리게 하는 사건이 생겼다.

애용하고 있는 공유 오피스의 전용 어플을 통해 시원으로부터 메시지가 한 통 온 것이다.

'모두의 오피스 오픈 2주년 기념으로 네트워킹 데이 파티를 개

최합니다!

입주사 직원이시면 누구나 참석하실 수 있고 이날은 참가비 없이 간단한 음식과 술이 무제한 제공됩니다…. (어쩌고 저쩌고)'

그 순간, 미래의 머릿속에 불쑥 하나의 가능성이 떠올랐다.

이것은 혹시, 바라보기만 하던 '라이브 직캠' 세계 속의 존재와의 거리감을 좁힐 수 있는 기회인가?

그런 데 가면 막, 샴페인 잔을 하나씩 손가락에 끼우고 서서, 이사람 저 사람이랑 웃고 얘기하고 친해지고 그런 거니까. 생각해보면 확실히 기회 비슷한 것 같기는 했다.

그러나 동시에 미래는 다음과 같은 사실들도 고려해야만 했다.

1. 정말 시원과의 거리감을 좁히길 원하는가?

2. 거리감이 좁혀진다고 하더라도 반드시 좋기만 할까?

3. 그 파티에서 다른 공유 오피스 이용자들과도 가까워질 가능성이 있는데 그건 괜찮은가?

✦

우선 첫 번째.

최근 두어 달 동안 미래는 시원을 생각하면 기분이 좋았고, '가까워지고 싶다', '데이트해 보고 싶다', '더 많은 것을 알고 싶다'라고 자주 생각했었다. 하지만 그것은 아이러니하게도 현실적으로 그럴 가능성이 거의 없었기 때문에 멋대로 생각해 본 것에 불과했다.

실제로 대화를 나누고 그에 대해 알게 되면 실망하게 될지도 모른다. 아마 높은 확률로 그럴 것이다.

가령, 시원은 아름다운 얼굴 뒤에서 이상한 인터넷 커뮤니티에서 활동하며 성 착취 영상을 다운받아 보는 범죄자일지도 모른다. 뭐, 우선 최악의 경우를 상상해 보는 것이다.

그 정도는 아니더라도 미래가 아주 싫어하는 TV 프로그램의 애청자일 수도 있고, 미래가 전혀 우습다고 생각하지 않는 농담에 웃는 사람일 수도 있었다. 이것은 경험상 제법 확률이 높다.

만약에 그렇다는 것을 알게 되면, 분명 시원과 우연히 마주치고 인사를 주고받는 것이 지금처럼 즐겁지 않을 것이다.

이 정도로 외모가 마음에 드는 사람을 현실에서 발견하기도 힘든데, 지금의 거리감을 지키면서 '착즙'이라는 소소한 즐거움을 지속하는 게 현명한 것 아닐까?

두 번째.

낮은 확률이지만, 만에 하나 시원과 미래가 잘 통한다면 뭐 그것은 좋은 일일 것이다. 김칫국 마신다는 걸 인정하고, 좋은 방향으로 관계가 발전한다고 가정해 보자. 둘은 비록 '같은 회사'는 아니라 할지라도 느슨하게나마 같은 공간에서 일하는 사이다. 그건 괜찮은 것일까?

미래가 '캠퍼스 커플', '사내 커플' 같은 것을 그렇게 싫어했던 이유는 자신의 생활과 연인과의 시간을 분리하기가 어렵기 때문이었다. 물론 주변 사람들의 각종 무례와 간섭들은 덤이었고.

잘 사귀는 상황만 상상해도 조금 꺼림칙한데, 심지어 이럴 수도 있다. 썸만 타다가 어이없이 끝나면? 고백했는데 차이면? 사귀었다가 헤어지면?

선배의 사업은 아직 제대로 론칭도 하기 전이라 앞으로도 할 일이 많았다. 그리고 이 오피스가 그 사업에는 최상이었다. 미래로서도, 집에서 자전거 15분이면 올 수 있는 거리인 데다 주변에 맛집도 많이 뚫어놨기 때문에 이만한 곳이 없다.

이런 상황에서 매일 같은 건물에 있는 지점 매니저와 어색한 관계가 되는 건 확실히 곤란한 일이었다.

세 번째.

미래가 지금 이 근무 환경에 만족하는 큰 이유는 매일 같은 사람들을 보면서도 그들과 거리감을 지킬 수 있다는 절묘한 밸런스 덕분이었다.

벌써 이 사무실에 출근한 지도 약 세 달째다. 옆, 그 옆, 또 그 옆의 사무실 사람들을 보면 미래는 이제 대충 얼굴과 스타일, 특징들을 매칭시킬 수 있다.

가령, 옆 사무실의 멋진 문구가 새겨진 후드티를 즐겨 입는 여자분은 항상 같은 시간에 양치질을 하러 간다든지. 그 옆 사무실의 남자분들은 다 같이 아직도 대학교 이름과 전공이 적혀 있는 점퍼를 입고 다니고, 도넛을 자주 사다 먹으며, 라운지에 나와서 받는 여자친구와의 통화가 제법 닭살 돋는다든지.

아마 그들 역시, 미래가 항상 에코백을 들고 다니고 스니커즈를 즐겨 신으며, 샐러드를 자주 포장해 와서 먹는다는 걸 얼추 알 것이다. 더 관찰력이 좋다면 디자인이 같은데 색깔만 다른 신발이 두 켤레 있다는 것도, 에코백에 달고 다니는 작은 인형이 가끔 바뀐다는 것도.

하지만 그럼에도 불구하고 그들은 서로 인사를 나누거나 알은 체를 할 필요가 없는 것이다!

미래에겐 그것이 정말이지 가장 좋은 점이었다.

그런데 만약 네트워킹 파티에 갔다가 그들과 인사를 나누고 서로에 대해 알게 되면, 그때도 지금처럼 인사를 하지 않고 지낼 수 있을까? 밤늦게까지 야근을 하는데 옆 사무실에 인사를 나눴던 사람도 남아 있다면, 그보다 내가 먼저 집에 가게 됐다면, 인사를 해야 할지 말아야 할지 고민해야 하는 상황이 정말 생기지 않을 거라고 장담할 수 있을까?

무엇하나 간단하게 결론 내기가 어려웠다.

미래는 우선 선배에게 전화를 해보았다.

"어, 나 그날 시간 안 돼. 샘플 보러 대구 내려가야 돼."

선배의 대답은 간단명료했다.

덕분에 이도 저도 모르겠으니 선배한테 못 이기는 척 끌려가 보려던 미래의 시도는 좌절되었다.

"그래 알았어."

"넌 갈 거야? 가보지 그래. 가서 사람들도 사귀고."

"음, 뭐. 생각해 볼게."

그렇게 대답해 놓고, 미래는 잠시 그 일에 대해 잊기로 했다.

지금은 잘 모르겠으니까, 잊고 지내다 보면 자연히 마음이 정해지리라 생각했다.

더 솔직히는, 그렇게 맘에 걸리는 게 많다면 그냥 안 가는 쪽이 속이 편하다는 걸 이미 알고 있었다. 다만 막연한 아쉬움 때문에 결정을 자꾸 유예하고 있는 것이다. 하지만 뭐, 일단 그것도 모른 척하기로 했다.

✦

그리고 네트워킹 파티 당일, 미래는 결국 그 자리에 있었다.

그건 누가 뭐래도 이틀 전 아침의 일 때문이었다.

그날까지 마무리할 작업이 있었고, 그래서 전날 집에서 밤늦게까지 일을 했고, 쪽잠도 설쳤고, 터질 듯 터질 듯 터지지 않는 생리가 무진장 신경 쓰였고, 뭐 그런 찌뿌둥한 상태로 사무실로 향하는 계단을 오르고 있었다.

그런데 위에서 내려오던 시원과 마주친 것이다. 그가 미래를 보더니 활짝 웃었다. 초여름 햇살처럼.

"어, 미래 씨. 네트워킹 데이 신청 아직 안 하셨던데 그날 못 오세요? 오시면 좋을 텐데."

미래는 저도 모르게 침을 꼴깍 삼켰다. 방금 전까지 어깨가 천근만근이었는데, 갑자기 이렇게 상쾌해질 수가 없었다.

말하자면, 그렇게 된 것이다.

✦

파티는 평소에 라운지로 쓰는 넓은 공간에서 진행됐다. 간단한 핑거 푸드와 하우스 와인, 생맥주가 (거의) 무한제공되었다. 슥 살펴보니 근처에서 음식 좀 한다는 식당들의 이름이 적혀 있었다. 역시 젊은이들의 스타트업은 이런 것에 섬세하다.

선배 없이 혼자 온 자리였지만, 사실 미래는 혼자 뭘 하는 것에 부담을 느끼는 성격이 아니었다. 처음 보는 사람들하고도 어색하지 않게 잘 어울렸고, 다양한 대화 소재도 가지고 있었다.

그런데 이날은 유독 평소보다 긴장됐다. 아무래도 시원을 너무 의식하기 때문인 것 같았다.

사회를 맡아 무대에 선 그와 눈이 마주쳤을 때, 시원이 왠지 날 위해 웃어준 것 같다는 확신이 들자 미래는 생각했다.

아, 망했다.

안 되겠어. 긴장을 풀자.

미래는 조금 빠르게 술을 마시기 시작했다.

"오늘 모두의 오피스 네트워킹 데이에 와주신 여러분들께 감사드립니다."

그날 파티에는 나름 식순이 있었다.

우선 각자 간단한 자기소개부터 하고, 그동안 모두의 오피스가 어떻게 얼마나 성장했는지에 대해 본사에서 온 대표가 프레젠테이션을 했다.

옆, 그 옆 사무실에서 어떤 사업들을 하고 있는지를 알게 된 것은 나름 유용한 TMI였지만 사실 대표의 PPT는 너무 지루했고 왠지 좀 오글거렸다. 미래에게는 아무래도 좋을 내용들이기도 했다. 다만 사회를 맡은 시원이 아주 귀엽게 고개를 끄덕거리면서 듣는 모습을 계속 볼 수 있었던 것 정도는 좋았다.

이후 퀴즈니 뭐니 몇 가지 주최 측에서 준비한 순서들이 지나가고, (나름 훌륭한 상품들이 걸려 있었고, 꽤나 열기가 치열했지만 그럴수록 의욕이 떨어진 미래는 그저 구경만 했다) 자연스럽게 서로 '네트워킹'을 하는 시간이 되었다.

미래는 아닌 척하면서 우선 시원 쪽부터 곁눈질했다. 그러나 그는 본사에서 온 대표와 직원들을 상대하느라 여념이 없는 듯했다.

허, 이럴 줄은 몰랐네.

시원과 너무 친해져서 실망하거나 어색해질까 봐 걱정했던 스스로가 우습게 느껴졌다. 이 파티의 목적에 대해서도 새삼 다시 생각해 보게 됐다. 아, 그러니까 사용자들끼리 '네트워킹'하라는 거였구나. 미래가 정말 '네트워킹'하고 싶은 사람은 따로 있어서, 사심이 너무 컸던 탓에 상황을 객관적으로 파악하지 못했다. 미래로서는 솔직히 무척 맥이 빠지는 일이었다.

에이, 이렇게 된 거… 공짜 술이랑 미니 샌드위치나 실컷 먹고 가야지!

미련 없이 새로운 목표를 설정한 미래는, 홀가분해진 마음으로 시원으로부터 몸을 돌렸다.

그러자 마침 곁에 있던 사람이 인사를 건네왔다.

"앗, 안녕하세요!"

옆 사무실에서 일하는 규칙적인 양치 습관을 가진 여성, 슬기였다. 진심으로 반가운 마음이 들어 미래는 밝게 웃었다.

✦

"와, 이거 대박이다. 진짜 진동도 되네요…!"

술이 오르기도 했고, 낯선 사람 앞에서의 긴장 때문에 미래의 목소리는 이미 두 톤쯤 올라가 있었다. 슬기가 하는 사업은 여성들을 위한 건강 관리 어플 운영이었다. 신이 난 미래는 슬기의 앞에서 바로 어플을 다운받고 가입도 했다.

알고 보니 그들이 관리해 주는 건강의 핵심은 모두 성과 관련된 것이었다. 생리 주기를 입력하고 관리하는 것이 메인 기능 중 하나였고, 생식기와 섹스에 대한 다양한 정보를 업로드하며, 심지어 바이브레이터* 체험 기능까지 있었다. 이렇게 훌륭할 수가!

미래는 휴대전화의 뭉근한 진동을 느끼며 키득키득 웃었고, 슬

---

* 여성용 자위 기구의 일종.

기와 절친이 된 것처럼 신나게 떠들었다. 처음에는 주로 넷플릭스 드라마 추천이나 근처 맛집 소개처럼 아무래도 좋을 내용이었지만, 서로 말이 통한다는 생각이 들자 조금씩 민감한 내용들로 넘어갔다.

이를테면, 공유 공간을 쓰는 사람들에 대한 험담.

시작은 슬기가 먼저였다.

"유독 저쪽 사무실 사람들이 회의실 매너가 안 좋다니까요. 냄새나는 음식 먹지 말라는데 꼭 먹고 제대로 환기도 안 시켜놓고⋯."

"아, 맞아요."

"그리고 라운지 오시는 분들 중에 키보드 소리 진짜 시끄러운 사람 있죠? 아니 시끄러운 기계식 키보드는 자기 집에서나 쓰지 공용 공간에서 그러면 민폐인 것도 모르나⋯."

"으, 저도 거슬리더라고요."

"그리고 아니⋯ 취향이니까 존중은 해드리겠는데⋯. 남들 다 보는 데서 오타쿠 애니메이션 같은 거 보는 사람은 좀⋯ 자신의 사회적 명예 같은 거에 별로 관심이 없나??"

"저도 봤어요! 수위 아슬아슬하던데⋯."

슬기의 신랄한 평가들이 와다다다 쏟아졌다. 그간 어디에다 말할 사람도 없었던 듯, 전부 쏟아내고 나니 한결 속이 시원해진 표정이었다.

곧 일말의 이성을 되찾은 슬기가 공범의 느낌으로 '이제 님 차례'라고 눈짓했다. 미래 쪽에서도 그 정도는 쏟아내야 슬기도 안전하다는 느낌을 받을 것이고, 결과적으로 이 자리가 화목하게 마무리될 것이었다. 그것이 평범한 성인 간의 사교 매너니까. 미래도 뭔가 말하기 위해 그동안 사무실을 오가며 느낀 소소한 짜증들의 원인을 되새겨 보려 했다.

그런데 그 순간, 시원과 그 옆에 선 본사 직원들이 미래의 눈에 들어왔다.

아, 그렇지. 멀리 갈 것도 없는 오늘의 짜증.

한껏 취기가 오른 미래는 즉흥적으로 입을 열기 시작했다.

"솔직히 오늘 같은 자리 좀 그래요. 굳이 (양손의 손가락을 두 개씩 들어 구부렸다 폈다 하며) 네트워킹 파티라고 할 필요 있어요? 오글거려. 그냥 친목 도모 회식 같은 거면서."

"어, 그쵸 그쵸."

"우리나라 스타트업들이 실리콘 밸리 흉내 낼 때 좀 민망한 거 있잖아요. 모두의 오피스도 좀 그런 게 심하더라고요."

"아아…."

"좀 덜 느끼해도 될 텐데. 아까 그 PPT도 사실 우리 같은 사용자들한텐 안물안궁 아니냐고요. 굳이 파티랍시고 사람들 모아놓고 꼭 그런 걸 해야 하는지, 그냥 대표님 프레젠테이션 연습 한 번 한 거 아니에요? 나중에 투자자들 앞에서 하실 거 미리 리허설한 거잖아. 공짜 술이랑 미니 샌드위치로 사람들 잡아놓고 치사하게…. 뭐 어쩔 수 없으니까 듣는 척하긴 했는데….”

그때, 뒤에서 슥 나타난 낮은 목소리가 말했다.

“아, 그러셨구나…. 다음번 행사 땐 참고할게요.”

시원이었다!

미래는 그제야 방금 전 자신과 마주 서 있던 슬기의 얼굴이 왜 그렇게 어색해졌는지를 이해했다. 덕분에 잠시나마 술이 깨는 느낌이었지만, 그러기엔 이미 너무 많이 마셨기 때문에 말 그대로 느낌일 뿐이었다. 취한 와중에도 부끄럽고 민망한 마음이 들어 시원의 얼굴을 살폈지만, 특별한 표정은 없어 보였다. 시원이 사무적인 목소리로 입을 열었다.

“저, 이제 공지한 시간이 다 되어서, 공식적으로는 마치려고 하는데요….”

“아, 네네. 전 슬슬 가볼게요. 미래 씨, 다음 주에 봐요!”

시원이 말을 다 마치기도 전에, 절친 슬기가 먼저 그렇게 사라졌다.

슬기의 그 어색한 행동으로 인해 미래는 자신이 한 것이 말실수가 맞다는 명백한 확인과 함께 시원과 단둘이 남겨졌다.

"네, 에 그럼… 저, 오늘 감사했습니다."

미래는 시원의 얼굴을 쳐다보지도 못하고 정중함의 최대치를 끌어올려 인사했다.

그동안의 미래는 시원과 조용히 인사만 주고받는, 예의 바르고 조금 소심한 사람일 뿐이었는데 알고 보면 술기운을 빌어 아무 말을 하는 사람이라는 오명을 쓰게 될 판이었다. 하지만 현재 상황상 그게 팩트인 건 맞아서, 미래가 할 수 있는 일이 아무것도 없었다.

알고 보면 실망스러운 사람이 시원이 아니라 내가 될 줄이야….

미래는 취해서 몽롱한 머릿속에서도 스스로를 자책하며 몸을 수그린 채로 라운지를 빠르게 훑어보았다. 내가 가방을 어디에 두었더라, 아까 앉았던 의자가 어디에 있더라….

그런데 뒤에서 뜻밖의 말이 들려왔다.

"근데, 준비한 술이 꽤 남아서요. 괜찮으시면 미래 씨도 좀 더 드시다 가실래요?"

미래는 잠시 자신의 귀를 의심했다. 혹시 무슨 함정인가 싶어 돌아본 시원의 얼굴은 예전처럼 친절했다. 다시는 시원의 인사를 받지 못하더라도 어쩔 수 없다고 혼자 마음의 정리까지 다 마친 참이었는데, 정말?

"조, 좋죠!"

미래는 어색하게 말하며 시원을 향해 활짝 웃었다.

취기가 조금 (많이) 오르긴 했지만, (그래서 더더욱) 도저히 거절할 수 없는 제안이었다.

그 대신 미래는 결심했다. 지금부터 술은 그만 마시고, 정중하고 진중한 태도로 방금 했던 경솔한 말을 다 만회할 수 있도록 좋은 모습을 보이겠다고. 그리고 내 얘기보다는 시원의 이야기를 들으면서 그에 대해서 더 많이 알아보겠다고.

할 수 있다. 우선 물부터 한잔 마시고.

그제야 미래는 가방이 사무실에 있다는 사실을 기억해 냈다.

✦

"아, 진짜 딱 마음 맞는 연애 상대가 잘 없다니까요…."

"뭐 남자들이 다 그렇다는 건 아닌데요."

"다들 사랑이 뭔지 생각은 하면서 연애하는 건지 잘 모르겠어요. 다 연애 흉내지."

"사랑하는 두 사람이 왜 꼭 결혼해야 하는지 그거에 대해서 자기 머리로 생각해 본 적도 없으면서."

"그런 뻔한 연애는 이제 재미도 없고, 하기도 싫고. 근데 또 어쩔 수 없이 외로울 땐 있단 말이에요…. 이게 내 잘못이냐고….”

내가 도대체 왜 이런 얘기를 하고 있지?

미래는 그날 몇 번째인지도 모를 ‘아, 망했다’라는 생각을 또 하면서도, 쉴 새 없이 떠드는 입을 멈출 수가 없었다.

조용히 시원의 얘기를 더 많이 듣겠다던 미래의 굳은 다짐은 결국 수포로 돌아갔다.

그 잘생긴 얼굴을 코앞에서 마주하고 있으려니 괜히 어색하기도 하고, 따라주는 술을 거절하기도 어렵고, 취한 김에 술이 세다고 허세도 부린 터라, 술을 계속 홀짝여야만 했던 것이 이유였다. 그럼 그렇지. 이렇게 제대로 망하려고 술 한잔을 더 하게 된 거네….

이전에도 미래는 기분 좋게 ‘썸’을 타다가 망한 적이 꽤 있었다. 데이트에서 섣불리 말 꺼냈다간 절대로 망하는 얘기들을, 정신을 차려보면 어느새 하고 있었다.

고전으로는 종교나 정치 얘기부터, 최근엔 그놈의 ‘젠더 문제’까지.

흥이 나면 미래는 항상 제일 먼저 입이 풀려버리곤 한다. 세상만사에 관심이 많고, 대체로 모든 것에 뚜렷한 의견을 가지고 있으며, 누구 앞에서도 자기 의견을 말하는 것이 어색하지 않고, 심지어 논박을 즐기는 성격이라서 그런 거라고, 스스로는 그렇게 위안을 삼아보고 있다.

정말이지 한번 어떤 얘기에 꽂혀버리면 그 누구도 미래를 말릴 수가 없었다. 그 자신조차도. 그저 장렬한 썸의 끝으로 달려갈 뿐이었다.

물론 어쩔 수 없는 일이라는 것을 안다. 장기적으로 보면 결국 그렇게 될 수밖에 없었던 관계였을 것이다. 하지만 어차피 연애라는 건 결과보다 과정인데! 이런 일이 반복될 때마다 미래는 매번 너무 빨리 소설의 결말을 펼쳐보는 기분이었다. 누구보다 그걸 원하지 않았던, 바로 자신의 손으로 말이다.

여러모로 이미 늦었지만, 지금이라도 멈추어야 했다.

"뭐, 저는 그랬다고요…. 시원 씨 같은 분은 이해가 잘 안 되실 수도 있지만…."

하마터면 미래는 '참, 저도 주책이네요. 이런 얘길 뭐 하러 했는지' 같은 너스레까지 2절, 3절, 4절로 뺄 뻔했다. 겨우 그쯤에서 멈출 수 있었던 것이 이 커다란 불행 중 유일한 다행인 것 같았다. 다시 한번 더듬더듬 가방을 찾을 때였다.

"아뇨. 저도 뭐 미래 씨만큼은 아니지만 많이 공감해요."

이어지는 시원의 말을 듣고, 미래는 잠시 얼떨떨했다. 내가 취해서 헛것을 듣고 있나? 혹시 꿈인가? 내가 여주인공인 드라마 같은 꿈? 그렇다면 그냥 깨지 말았으면…. 하지만 이런 생각은 항상 주인공 아닌 애들만 하는 거지.

"물론 저도 처음부터 그런 생각을 했던 건 아니고요. 몇 년 전에 저한테 비슷한 얘기를 했던 사람이 있었거든요. 근데 미래 씨도 비슷한 고민을 하고 계셨구나…. 재밌네요."

"아, 정말요?"

미래의 귀가 쫑긋 올라가는 한편, 머리가 빠르게 돌아갔다.

그 사람… 누구지? 누굴까? 전 애인? 친구? 혹시 현 애인…?

"듣고 보니 확실히 우리가 당연하다고 생각하는 연애 상식들은 어디서 보고 배운 게 많은 것 같긴 하더라고요. 남자로서는 특히 '여자한테 이렇게 대해야 한다', '여자들은 이런 걸 좋아한다'라는 걸 많이 배웠던 것 같고…. 한번 그렇게 배우고 나면 그걸 의심하는 경우는 별로 없잖아요. 특히 연애 중에 의문을 갖기는 더 어렵고."

"맞아요! 그럼 그 순간 덜 좋아하는 사람이 되어버리는 거죠. 다들 이게 좋다는데 넌 아니라고? 그럼 넌 날 그만큼 안 좋아하는 거 아냐? 연애할 땐 덜 좋아하는 사람이 무조건 나쁜 역할이 되니까…."

"네. 그러고 보니 저도 생각해 보게 되더라고요. 정말 나한테 중요한 게 뭐고, 내가 원하는 게 뭔지."

"그렇구나…. 좋네요, 되게."

그냥 평범한 맞장구일 뿐인데, 미래는 이상하게 혼자 기분이 야릇해졌다.

"그 전까진 기껏해야 이상형에 대해서만 생각했는데, 어떤 관계를 원하는지에 대해선 저도 처음으로 생각해 본 것 같아요. 이를테면, 옛날부터 막연하게 결혼은 별로 원하지 않는다고 생각했는데 왜 그랬던 건지, 그럼 나는 뭘 원하는 건지, 뭐 그런 거요."

아아, 뭐지? 정말 내가 주인공인 드라마인가?

이런 복잡하고 민감한 내용에 대해서 이렇게 외모가 내 취향인 남자 사람과 공감대를 형성하면서 거슬림 없이 이야기를 나누고 있다니? 이게 정말 꿈이 아니라고? 미래의 심장이 콩닥거렸다.

"시원 씨는 그럼… 결론에 도달하셨어요?"

"네…. 뭐, 일단은요."

"그, 사실, 이 문제에서 제가 제일 궁금하고 답답한 건… 고민을 통해서 내가 원하는 걸 알아낸다 한들, 그걸 현실에서 이룰 수 있느냐인 것 같거든요. 연애는 혼자 하는 게 아니잖아요."

잠시 분위기를 타고 그윽해졌던 미래의 목소리 톤이 저도 모르게 다시 올라갔다. 사심이고 뭐고, 진짜로 반평생 동안 궁금하고 답답했던 이야기였기 때문이었다. 가슴 깊이 애가 타들어 갔는데, 이게 시원에 대한 갈망 때문인지 오랜 질문에 대한 실마리가 조금이나마 풀릴 것 같은 기대감 때문인지 미래 자신도 헷갈렸다.

이렇게까지 애가 닳게 해놓고 답을 못 주면 키스라도 한번 해야
된다, 이건 진짜다….

멀쩡한 척하는 얼굴 뒤에서 생각은 마구 폭주하고 있는데, 시
원이 대답했다.

"맞아요, 그게 포인트죠. 정말 원한다고 믿더라도, 직접 해보지
않으면 알 수 없기도 하고요."

"그러니까요. 그래서…."

"저기, 미래 씨, 저 어때요?"

"예?"

"전 사실 미래 씨가 궁금했거든요. 볼수록 자꾸 알고 싶은 사람
이랄까."

"저, 정말요?"

"네. 괜찮으시면… 손, 잡아봐도 돼요?"

'라이브 직캠' 속의 남자가, 사실은 나도 널 보고 있었다고 말
하고 있었다. 미래의 얼굴이 빨갛게 달아올랐다. 아유, 어디 손뿐
이겠습니까. 혹시 저한테 옥 장판을 팔려는 거라면 한 장은 꼭 사
드릴게요…. 미래가 황홀한 기분으로 손을 뻗으려는 순간, 시원이
말했다.

"아, 근데 그 전에 한 가지. 저, 오픈 릴레이션십 관계에 있는 애
인이 있어요."

"예…?"

아니 이건, 차라리 옥 장판이 나은 거 아닌가?

반갑게 나오려던 미래의 손이 쏙, 다시 들어갔다.

제일 먼저 훅 치밀어 오른 감정은 당황과, 어쩔 수 없는 불쾌감이었다.

오늘 일진 이거 뭐야, 지금. '망했다', '진짜 망했네', '완전 망했음', '망했음 파이널', '망했다 망했어 진짜 최종'…. 뭐 이런 거야?

"좀 전에 저희가 얘기했던 것들, 어떤 관계가 나한테 제일 좋을까, 잘 맞을까…. 열심히 고민하고 대화해 본 끝에, 저랑 제 애인은 오픈 릴레이션십을 하기로 했어요. 사실 애인이 먼저 제안하고 제가 동의한 거지만."

"아, 네에…."

"두 사람이 서로 독점하지 않고 관계를 열어둔다는 의미라고 생각하시면 돼요. 애인도 오늘 다른 사람 만나러 갔어요."

"아, 정말요? 아…."

그래, 말은 끝까지 들어야지.

애인은 애인이지만, '오픈 릴레이션십' 관계의 '애인'이라는 것이 중요하다.

'오픈 릴레이션십'은 흔히 우리가 생각하는 연애, 그러니까 일대일로 만나면서 서로를 완전히 독점하는 연애가 아니라, 연인 간에 서로를 독점하지 않고 다른 사람을 만나는 것도 허용하는 '비독점 연애'를 뜻한다.

그러니까 애인이 있더라도 두 사람의 관계가 '오픈'되어 있다면, 시원이 다른 사람과 새로운 관계를 맺는 것 자체가 부도덕한 일은 아니게 된다.

그건 한 명의 '임자'가 나타나면 모든 관계의 가능성이 공식적으로 닫혀버리는 '품절남' 같은 개념이 아니니까. 그보다는 오히려… 이론적으로는 동시에 공유할 수 있는 그 무엇에 가까웠다. 잠깐 내가 썼다가 필요할 때면 저 사람도 쓰는… 공유 자전거… 같은 건가? 라이브 직캠 속 꽃미남은 알고 보니 공유 자전거였던 것인가?

"절대 가볍게 드리는 얘기가 아니라, 미래 씨가 하는 고민이 뭔지 너무 잘 알아서…. 저도 진지하게 드리는 말씀인데요. 어쩌면 오픈 릴레이션십이 미래씨 고민의 답이 될 수도 있어요."

"아아, 네…. 가… 감사하네요."

미래는 자기가 무슨 말을 하는지도 모르면서 대답했다.

물론 미래도 오픈 릴레이션십에 대해 들어본 적이 있었다. 언제나 차선만이 허락되는 로맨스에 대한 고민과 갈증이 거의 평생의 과제처럼 미래를 따라다녔기 때문에 이 분야 트렌드(?)라면 누구보다 빠르게 습득하곤 했으니까. 이와 유사한 것 중에 가장 유명한 것이 바로 '폴리아모리', 한국말로는 '다자 연애'일 것이다. 대충 〈아내가 결혼했다〉 뭐 그런 거다. 이것들은 모두 아직까지 '낯선 서양 문물'이므로 국내에서 정확하게 구분하여 정리된 의미나 활용례를 찾기가 어려운 것이 사실이지만, 약간의 웹 서칭과 몇 번의 번역기 사용을 통해서 미래는 진지한 연애 관계를 여러 명과 맺는다는 개념이 좀 더 분명한 '폴리아모리'에 비해 '오픈 릴레이션십'은 좀 더 느슨한 개념으로, '독점 연애'가 아닌 모든 것을 칭하는 상위 개념에 가까운 것 같다고 이해하고 있었다.

독점하지 않는 연애, 서로의 자리를 지킬 수 있는 관계라는 점에서 궁금했고, 호기심도 있었다. 정말 언젠가 기회가 되면 직접 해보고 싶다는 생각도 물론 해봤지만, 현실에서는 '바람둥이의 흔한 핑계_나는 폴리아모리다.txt' 같은 사례가 너무 많았고, '축첩제'의 폐해가 아직 남아 있는 이 한국 땅에서 선뜻… 도저히 선뜻… 해볼 엄두가 나지 않았다. 게다가 막상 해보면 인간이라는 것의 특성상, 질투도 하고 괴로움도 많이 있을 것 같았다. 그래서 미래로서는 '다양한 연애 스타일—이데아 편'의 영역에만 두고 굳이 꺼내보지 않고 있었다. 뭐, 풍문으로 듣자니 유럽, 특히 베를린 같은 '힙한' 곳에서는 많이들 한다고 그러긴 합디다만…. 그런데 시원이, 그걸 정말 하고 있다고?

점점 미래의 정신이 또렷해져 갔다. 그만큼의 술을 마셨음에도 불구하고, 그만큼의 임팩트가 충분한 이야기였기 때문이다.

"미래 씨 생각은 어때요?"

"어어… 글쎄요…. 사실 저도 이론적으론 오픈 릴레이션십이 꽤나 이상적이라고 생각하긴 하는데…"

"그런데요?"

"그… 사실 진짜 문제는… 현실에서 그게 정말 가능할 거냐…. 서로 그만큼 신뢰를 쌓는 게 가능할 것이냐는 그런 것이어서…"

말끝을 끝없이 늘이면서 미래는 생각했다. 시원의 말을 어떻게 받아들여야 할까?

대략 두 가지의 가능성이 있었다.

1. 그냥 흔한 '바람둥이의 핑계' 다른 버전.
2. 정말 진지하게 오픈 릴레이션십을 수행해 보고 있는 연애 실험가.

1번이라면 군이 뒤도 돌아볼 필요도 없이, 앞으로는 적극적으로 시원을 피해 다닐 의향까지도 있었다. 그럼, 만약에 2번이라면 어떡할 건가? 정말로 2번이라면…?

"궁금하시면 저랑 한번… 해볼래요?"

"네에?"

차라리 더 통상적인 '한번 하자'였으면 이렇게 놀라지는 않았을 것 같다.

'오픈 릴레이션십을 해보자'는 말은 태어나서 처음 들어보는데, 대체 어떻게 반응해야 할지 알 수가 없었다. 아, 다 모르겠으니 일단 통상적인 의미로 '한번 하자'고 이쪽에서 확 그냥 먼저 던져버려? 다시 폭주하려는 정신을 간신히 붙잡으며, 미래는 생각했다.

팩트 : 시원은 미래에게 관계가 진전되기 전에 '오픈 릴레이션십 관계에 있는 애인이 있다'는 사실을 솔직히 오픈했다.

그럼 이건 불순한 의도가 있는 사이비 오픈 릴레이션십이 아니라 진정성 있는 오픈 릴레이션십이라고 믿어도 되는 것일까? 시원의 멋진 어깨와 예쁜 웃음과 감미로운 목소리를 생각하면 그러고 싶긴 하지만. 정말, 정말 그래도 되는 것일까?

"그러니까… 애인분 생각도 시원 씨랑 똑같다는 거죠?"

"네."

"시원 씨 혼자만의 생각이 아니고?"

"네."

"에이, 설마. 진짜로? 진짜… 진짜로?"

"하, 그렇다니까요! 진짜, 정말."

시원이 피식, 입꼬리를 올리며 매력적인 미소를 지었다. 미래의 가슴이 철렁했다. 게다가 벌써 세 시간째 맥주, 와인, 이것저것 섞어서 마시고 있자니 점점 정신력에도 한계가 왔다. 다 됐고, 그냥 저 아름다운 입술에 키스하고 서로 물고 빨다 잠들고 싶다고….

"에이, 그래도, 그건 그쪽 말도 들어봐야 아는 거지…. 아 몰라요. 아, 난 아직 못 믿겠어…."

미래는 잠드는 줄도 모른 채 그렇게 테이블 위로 엎어졌다.

2.
왜 나는 너를 공유하는가

며칠 뒤.

미래는 모두의 오피스 마포점 근처의 한 카페에 있었다.

맞은편에는 시원이 앉아 있었다. 미래가 먼저 카페에 왔고, 퇴근한 시원이 방금 도착했다. 두 사람 사이에 약간의 긴장감이 감돌았다. 미래가 어색한 손짓을 하며 말했다.

"음, 저희 먼저 커피를 시킬까요?"

"아, 거의 다 왔다고 하는데….

"어, 네. 그럼 기다리죠, 뭐."

차분해지려 애썼지만, 미래는 자꾸 문으로 향하는 시선을 어찌할 수가 없었다.

멋지고 예쁜 사람들이 계속 들락거렸다. 그러면 '혹시 저 사람인가? 아니, 저 사람인가?' 하고 혼자 마음을 졸이며 시원의 눈치를 보았다가, 아닌 것 같아 잠시 마음을 놓으면 또 다른 쟁쟁한 후보가 문으로 들어왔다. 미래의 마음은 빨리 그를 만나고 싶은 호기심과, 당장 자리를 박차고 일어나 영영 모르고 싶은 충동 사이를 분주하게 오갔다. 이 순간이 품고 있는 숱한 가능성들 때문에 미래는 거의 미쳐버릴 것만 같았다.

그 마음을 아는지 모르는지, 줄곧 태연한 표정으로 휴대전화를 흘끔거리기만 하던 시원이 고개를 들더니 말했다.

"저… 사실, 저도 이런 자리는 처음이어서요. 생각보다 떨리네요."

그제야 미래는 시원의 얼굴을 제대로 보았다. 이 상황이 주는 긴장에 압도되어 마주 앉아 있는 시원을 살피지도 못했던 것이다. 상기된 그의 표정이 거짓말 같지는 않았다.

"아, 처음…이시라고요?"

"네. 애인까지 이렇게 셋이 만나는 건 처음이에요. 제가 요즘 딱히 새롭게 누굴 만나지도 않았고…."

"그치. 한동안 개점 휴업 상태였지. 나랑은 다르게."

그때, 낯선 중저음 목소리가 가까이서 들려왔다.

미래는 고개를 들었다.

시원의 애인이 거기 서 있었다. 수없이 상상해 보았던 모습 그대로, 실은 그중 무엇과도 닮지 않은 모습으로.

뻣뻣하게 굳은 얼굴로 자리에서 일어난 미래는, 비장하게 첫마디를 내뱉었다.

"어, 저, 커피는 뭘로 드시겠어요?"

✦

그러니까, 이것은 어떻게 된 것인가 하면.

과음의 '네트워킹 데이' 다음 날은 다행히 토요일이었다.

띄엄띄엄이긴 해도 전날의 기억이 조금은 남아 있었다. 시원의 젠틀한 부축을 받아 택시에 탔고, 놀라운 귀소본능을 발휘해 집까지 무사히 돌아온 것. 아마도 무사 귀가를 알렸을, 짧은 통화 기록까지 남아 있었다.

이 정도 숙취는, 대체 얼마 만이지? 오랜만에 느끼는 경이로운 어지러움에 미래는 잠시 기억을 더듬어 보았다. 삼십 대가 되고 나서는 체력이 안 되어서 이 정도로 마신 기억이 없는데…. 그래, 그때가 마지막이었나 보다. 만으로 서른 살 생일이라고 새벽까지 마시고 노래방 갔다가 콩나물 국밥 먹은 다음에 다시 새롭게 마시기 시작했던 그날…. 총 20시간에 걸친…. 우욱. 생각만 해도 속이 울렁거렸다.

미래는 어지러운 머리를 베개에 파묻고 가만히 침대에 누웠다.

그러자 문득 너무나 아늑하고 평안한 기분이 들었다. 비록 아직도 원룸 신세를 못 벗어났지만, 낡은 매트리스지만, 내가 벌어 마련한 작은 방이 있다는 것이 새삼 감개무량했다. 이것이 어른이라는 것인가….

어, 근데 좀 목마른데…. 일어나서 물 한잔 마시면 딱 좋겠는데…. 잠깐만 몸을 일으켜서 냉장고로 가면….

그렇게 꿈결처럼 중얼거리다, 미래는 그대로 다시 한번 잠에 빠졌다.

미래가 다시 눈을 뜬 것은, 해가 중천에 떠올랐다가 서서히 저물기 시작할 즈음이었다.

드디어 몸을 일으켜서 화장실에 갔다가, 물을 마시고, 라면을 끓여서 후루룩 흡입한 뒤(말하자면 생리적인 니즈를 모두 처리하자마자) 미래는 포털 사이트 검색창에 '오픈 릴레이션십'을 입력해보았다.

어젯밤의 모든 일을 다 잊어도 시원과의 그 대화만큼은 잊을 수 없기 때문이었다.

"오픈 릴레이션십이 미래 씨 고민의 답이 될 수도 있어요…."

끼아악….

"궁금하시면 저랑 한번… 해볼래요?"

끼야아아악!

시원의 목소리, 눈빛, 표정… 그 모든 것이 정말이지 '끼야아아악'이었다. 너무 좋은데 이상하게 소름이 돋는다고 할까.

그 순간을 다시 떠올리자, 미래는 문득 궁금해졌다.

어젯밤에 시원이 많이 취했던가?

아니. 운영진으로서 행사를 진행하느라 시원은 미래에게 '한 잔 더'를 권한 다음부터 천천히 술을 마시기 시작했다. 말투도, 목소리도 (미래의 기억에 따르면) 매우 또렷했다. 결론적으로 그리 취한 것 같지는 않았다.

그럼 맨정신으로 자기가 오픈 릴레이션십 관계를 맺고 있다는 걸 고백하고, 심지어 미래한테도 권했다는 얘긴데… 아니 대체 뭘 믿고? 내가 '에이~ 저 사람 오픈 릴레이션십 같은 거 하는 사람이래요~'라고 소문이라도 내면 어쩌려고? 허 참, 겁도 없다, 정말. 내가 그런 사람이 아니라서 망정이지. 운 좋으셨어. 사람 보는 눈은 있네….

그때, 지잉, 하고 미래의 휴대전화가 울렸다.

'푹 쉬고 일어났어요? 숙취는 좀 어때요?'

시원이었다!

사실 (오픈이든 클로즈든 관계없이, 대화든 몸이든 관계없이!) '술 먹고 급전개된 사이'에서 가장 중요한 다음 스텝은 뭐니 뭐니 해도 다음 날의 연락이었다. 다음 날 서로 연락을 안 한다? 그렇다면 일회성으로 끝난 관계라고 생각하는 게 여러모로 속 편한 일이었다.

그런데 시원에게서 먼저 연락이 온 거다!

어떡하지? 지금 바로 메시지를 확인할까? 하지 말까? 확인하면 답은 뭐라고 해야 하지? 혹시, 나도 모르게 시작된 건가, 오픈 릴레이션십?

미래가 어찌할 줄 모르는 사이, 메시지 한 통이 더 도착했다.

'오늘 오전에 애인하고도 얘기했고, 같이 만나자고 하는데요. 언제 볼까요?'

뭐라고요??

미래의 머리카락이 쭈뼛 섰다.

어젯밤 갑자기, 그것도 만취 중에 훅 시작되어 버린 이 '오픈 릴레이션십 플로우'를 미래는 도저히 따라잡을 수가 없었다. 어디서부터 어떻게 얘기를 해야 하지? 약 30분간 휴대전화의 키패드를 붙잡고 씨름하다, 미래는 결국 시원에게 전화를 걸었다.

✦

두어 번 신호음이 간 다음,

미래가 미처 마음의 준비를 마치기도 전에 시원이 전화를 받는다.

미래 : (긴장해서) 여보세요?

시원 : (웃음을 참는 듯한 목소리로) 네. 미래 씨.

미래 : (무슨 말이라도 해야 할 것 같아서) 속은 좀 괜찮…으세요?

시원 : 저야 괜찮죠. 미래 씨는요? 지금 일어났어요? 목소리가 완전
      잠겼네.

미래 : 예에, 뭐…. 많이 잤더니 괜찮아요.

시원 : 그럼 다행이고요. 숙취 해소제라도 들려 보낼 걸 그랬어요.

미래 : 아… 집에 있어요. 삼십 대 음주 생활의 필수품이죠.

시원 : (피식 웃고) 잘됐네요. 챙겨 먹고 잤어요?

미래 : 매번 까먹으니까 아직도 집에 있는 거죠.

시원 : (다시 웃으며) 지금이라도 먹어요, 그럼.

미래 : 네에…. 그, 저기…. (망설이면)

시원 : 네?

미래 : 제가, 시원 씨 애인을… 같이 만나기로 했었나요?

시원 : 네. 어제 그랬잖아요, 미래 씨가. 직접 만나서 듣지 않으면 못
      믿겠다고요.

미래 : 아…. (그 말을 들으니 조금 기억이 나는 것도 같다)

미래의 회상

미래 : (잔뜩 혀가 꼬인 목소리로) 시원 씨가 아무리 달콤한 목소리로 말
　　　해도 소용없어요!! 애인분이 제 앞에 나타나서 직접 자기 입으
　　　로 말하기 전까진 못 믿어요!!! 오픈 릴레이션십은 바람둥이들
　　　의 핑계 부동의 1위라고요!!!

부끄러움에 얼굴을 감싸 쥔 미래는, 전화 통화라 표정이 보이지 않아 다
행이라고 생각한다.
시원은 계속 말한다.

시원 : 그래서 얘기했고, 애인도 기꺼이 만나겠다고 했어요. 궁금하
　　　다고 하더라고요. 미래 씨가 어떤 사람인지. 아, 물론 부담 가
　　　지실 필욘 없어요…. 미래 씨가 만나고 싶으신 경우엔, 가능하
　　　다고 알려드리는 거예요.
미래 : 아아, 네….
시원 : (조심스럽게 얘기한다) 뭐, 꼭 저와의… 관계를 발전시키지 않더
　　　라도 오픈 릴레이션십이란 것에 관심이 있으시다면 한번 이
　　　야기 나눠봐도 좋긴 할 거예요. 워낙 주관이 뚜렷한 사람이기
　　　도 하고…. 우선 경험자니까. 미래 씨도 그런… 고민이 있으시
　　　잖아요.

미래 : (약간 실망했지만, 티 내지 않으며) 아아, 네…. 뭐 상담받는 셈 치

고요?

시원 : 네, 저야 물론… 미래 씨랑 더 가까워지고 싶은 게 사실이지

만…. 제 감정을 강요할 순 없잖아요.

미래가 꼴깍 침을 삼킨다. 휴대전화를 귀에 댄 채로 한참 동안 말을 잇지

못한다.

✦

시원의 말은 확실히 달콤했다. 하지만 미래는 여전히 두려웠다.

오픈 릴레이션십이라는 미지의 영역이, 자신이 받게 될지도 모르

는 상처가, 그 안에서 겪게 될지도 모를 고통이.

그러나 호기심 역시 너무 컸다. 그건 꼭 시원에 대한 것만은 아

니었다. 자신이 이번 일을 통해 무엇을 느끼게 될지, 이 관계를 통

해 어디까지 가게 될지…. 지금 여기서가 아니면 영원히 알 수 없

을 것들을 경험해 보고 싶었다.

누군가에겐 그저 불쾌하기만 한 가정일지 모르지만, 그런 건

미래에게 아무런 문제도 되지 않았다. 그 대신, 이 일로 인해 상처

받는 사람은 없어야 했다. 만약에 정말로 그렇기만 하다면…. 역

시 이상한 끈기와 모험심은 타고난 모양이다.

결국 다른 누구도 아닌 바로 그 자신만이, 미래를 이 순간의 카페로 데려올 수 있었다.

✦

남자 하나에 여자 둘.

구도로만 보면 아주 전형적인 멜로―막장 드라마 같은 상황이었다. 서로 윽박지르고, 머리채를 잡고, 죄 없는 김치까지 동원해서 뺨을 때리고, 아무튼 일단 큰 소리로 악을 써야만 할 것 같은 상황. 하지만 이곳의 분위기는 사뭇 달랐다.

시원이 커피를 주문하러 간 사이, 미래는 그의 애인과 마주 보고 앉았다.

비슷한 길이의 단발머리였지만 그 여자의 머리는 좀 더 컬이 풍성했다. 커다란 링 귀걸이에 화장기 없는 얼굴. 왼쪽 팔 안쪽에는 작은 문신이 있었는데, 귀여운 스마일 페이스였다. 자기보다 네다섯 살은 어려 보이는 것 같다고, 미래는 생각했다. 작고 흰 얼굴 가운데 우뚝 솟아 중심을 잡은 콧날이 근사했다. 단순히 예쁘다고 표현하기에는 좀 더 개성이 있는 얼굴이지만 역시, 예뻤다. 잠깐 쓱 보기만 해도 누구나 알 수밖에 없는 매력이 자연스럽게 흘러넘치는 사람이었다. 그럴 줄 알았어. 그런데 그게, 분하다거나 질투가 난다기보다는 이상하게 두근거렸다.

"저는 소리라고 해요. 반가워요."

그리고, 낮지만 주의를 집중시키는 목소리.

"아, 네. 저도 반갑습니다…"

미래는 조심스럽게 말하며 그와 눈을 마주 보았다.

그가 생기 있는 표정으로 살짝 웃었다. 호기심과 호의가 들여다보이는 눈빛이었다.

"여기, 커피 왔어요."

겨우 첫인사를 주고받는데 시원이 돌아왔다.

"어, 둘이 인사 좀 나눴어?"

"니가 너무 빨리 왔잖아."

"아, 그러게. 좀 천천히 올 걸 그랬나?"

시원과 소리, 둘 사이의 친밀한 분위기가 미래에게도 느껴졌다.

애인하고 얘기할 때는 저런 얼굴을 하는구나. 시원의 사적인 얼굴이 조금 신기했다.

"아, 참. 이걸 먼저 말씀드려야지. 제가 바로 한시원 씨 애인 맞고요, 오픈 릴레이션십은 저희 둘 사이에 합의한 거니까 그 말이 거짓말일까 봐 걱정하실 필욘 없어요."

"어어, 네…"

"물론 이건 첫 관문일 뿐이니까, 앞으로 관계를 시작하실지 말지는 전적으로 미래 씨 마음이고요."

"네에. 그, 그렇죠…."

"근데, 저희가 오픈 릴레이션십 해보기로 한 지 2년 반이 넘었거든요? 생각해 보니까 진짜 이런 자리는 처음인 거예요…. 미래 씨, 멋있다."

"네? 제가요?"

예상치 못했던 말에 미래의 얼굴이 붉어졌다.

"아, 물론 그동안 저나 시원이나 다른 사람을 안 만난 건 아닌데, 상대 애인을 직접 만나서 눈으로 확인하겠다던 사람은 처음이거든요."

아, 그러니까 이 관계에서 시원 씨가 처음으로 만난 '다른 사람'이 나라는 건 아니고….

그 말에 잠시 서운할 뻔했던 미래는, 이윽고 정신이 번쩍 들었다. 애인까지 만난 마당에 그런 걸 따져서 어쩌자는 건지, 최소한 '다른 사람' 중에선 1등이 되고 싶었던 거야, 뭐야? 정말이지 인간의 마음은 너무나 간사하다니까.

나도 어쩔 수 없는 클리셰야…. 미래가 속으로 괴로워하는 동안, 소리가 말을 이었다.

"뭐 그동안 만났던 사람들의 마음을 다 알 수는 없지만, 다들 그냥, 모르는 척 무시하고 싶었던 마음도 컸을 거라고 생각해요. 막상 직면하기는 괴로울 수 있는 일이니까."

"아니면, 나랑 이 관계 자체를 진지하게 생각 안 했을 수도 있는 거고. 오픈이라고 얘기하면, 그때부턴 그냥 잠깐 만나는 거, 잠깐 즐기는 거라고 생각하는 것 같은 느낌을 받을 때가 많았거든요."

시원이 옆에서 덧붙였다.

아, 그렇구나. 오픈 릴레이션십을 제안받은 사람만큼이나 이미 그 관계에 있는 사람도 고충이 있을 수 있는 것이었군! 그건 미처 생각하지 못한 점이었다. 하긴 '오픈 릴레이션십 중입니다'라고 밝히는 순간, 미래 자신이 그랬듯이 우선 경계하고, 진지하게 받아들이지 않을 확률이 훨씬 높을 것 같았다.

이번엔 미래가 말했다.

"저, 그럼 혹시… 시원 씨, 제가 오픈 릴레이션십이라는 걸 진지하게 받아들일 것 같은 사람이라서… 그래서 저랑 만나보고 싶다고 하신 건… 아닌가요?"

'오픈 릴레이션십'이라는 형태의 충격에 잠시 뒷전으로 밀렸지만, 어쨌든 시원은 지금 미래와 로맨틱한 관계를 맺고 싶다는 의지를 보이고 있다. 실은 아주 놀라운 일인 것이다. 이렇게 멋지고, 무엇보다 내가 혼자 짝사랑한다고 생각했던 사람이 적극적으로 나와 관계 맺기를 희망한다는 것이.

그게, 그 놀라움이 너무 큰 나머지, 이들 상황의 특수성을 고려하여 이런 의심을 하지 않을 수 없게 된 것이다. 이미 오픈 릴레이션십 관계를 맺고 있는 시원에겐 아무리 매력적인 대상이어도 그 전제를 받아들이지 않으면 연애의 대상이 될 수 없을 테니까.

미래로서는 아주 비장하게 물은 말이었는데, 시원이 불쑥 예의 그 아름다운 눈웃음을 지었다. 그리곤 재미있다는 듯이 말했다.

"음, 지난번에 대화를 나눴을 때 정말 잘 통하겠다는 생각이 들어서 더 확, 끌렸던 건 사실이에요. 하지만 그냥 인사만 나눌 때도 전 미래 씨가 좋았는데요. 제 상황이 좀 특수하긴 해도 좋아하지도 않는 사람이랑 만날 정도로 절박하진 않아요!"

"아, 그 봐. 역시 용기 있다니까, 미래 씨."

소리도 옆에서 덩달아 웃었다.

그 분위기에 휩쓸려서 그만 미래도 웃고 말았지만, 이렇게 웃어도 괜찮은 건지는 알 수 없었다.

"저희는 지금까지 오픈 릴레이션십 관계에 있다고 얘기해 오긴했는데, 만약에 시원이나 제가 새롭게 만난 사람과 관계가 진지하게 발전한다면 자연히 폴리아모리 관계로 변해갈 거라고 생각해요. 그 부분은 그렇게 열어두고 있으니까…. 미래 씨도 결정하시기 전에 참고하시면 좋을 것 같아요. 아무것도 미리 정해진 건 없으니까요."

"아, 아―네…."

갑자기 쏟아지는 전문적인 용어들의 향연에 잠시 버퍼링이 왔지만 미래는 얼결에 고개를 끄덕거렸다. 그 표정을 읽은 시원이 옆에서 덧붙였다.

"혹시 미래 씨와의 관계는 어디까지나 부수적이고 가벼운 것에 국한된다고 생각하실까 봐요…. 그런 건 아니라는 뜻에서."

"아, 아! 네. 무슨 말씀이신지 이해했어요."

미래의 입장에서 생길지도 모를 걱정이나 불안을 미리 없애주려는 두 사람의 배려를 늦게나마 이해했다. 사실 결심보다는 호기심을 가지고 온 자리이지만, 그래서 무엇을 원하고 무엇을 얻어야 할지 아직 미래 자신조차도 명확히 알지는 못하지만, 그래도 조금 안심이 됐다. 덕분에 긴장이 누그러진 미래는, 문득 소리의 얼굴을 보다가 말했다.

"근데 정말… 소리 씨는 괜찮아요?"

"뭐가요?"

"그 시원 씨가, 그러니까 자기 애인이, 지금 다른 사람을 좋아한다고 말하는 거잖아요…. 눈앞에서…."

그러고 보니 어쩌면 이 자리에 나올 용기가 필요했던 것이 자신만은 아닐 것 같다는 생각이 들었던 것이다. 그러자 괜히 막 눈앞의 소리가 짠해지려 하는데, 그가 눈을 동그랗게 뜨며 말했다.

"당연히 괜찮죠! 시원이가 미래 씨를 좋아한다고 해서 나를 안 좋아하는 게 아니고, 우리 사이는 변함이 없을 건데, 제가 안 괜찮을 이유가 뭐가 있어요? 그게 저희가 오픈 릴레이션십을 한다는 말의 의미인데요."

"아…?"

"하, 미래 씨, 진짜 이거 너무 좋지 않아요??"

"…네?"

그러게, 누가 누굴 짠해해?

미래는 새삼 자신의 위치를 확인했다.

얄짤없는 이 구역의 뉴비*.

"사람들이 잘못 생각하는데요, 오픈 릴레이션십은 다른 사람을 만나고 싶어서 하는 게 아니에요. 지금 이 사람하고 오래 만나고 싶어서 하는 거죠."

"어어…. 그… 그런가요?"

문장은 분명히 머릿속에 들어왔는데, 뜻이 정확하게 접수되지 않았다.

머리가 덜커덩거리는 느낌에 미래는 저도 모르게 얼빠진 표정

---

* 어떤 분야에 미숙한 초보자.

을 지었다. 소리가 귀엽다는 듯 보더니 설명했다.

"친구를 한 명만 사귀지 않잖아요. A도 좋아하고, B도 좋아하고. 각자의 우정이 점차 쌓여가고, 각자 다른 방식으로 좋아하고. 그게 되게 자연스럽잖아요. 가족도 엄마, 아빠, 언니, 동생, 모두 다 사랑하고요. 물론 인간이라는 종의 특성상 어떤 인간들은 '엄마가 좋아, 아빠가 좋아' 같은 걸 묻긴 하지만, 그 말이 엄마랑 아빠 둘 중에 하나만 골라서 좋아해야 된단 말은 아니죠."

"그, 그죠⋯."

"미래 씨도 그런 적 있지 않아요? 아니, 많이들 그럴 텐데. '나, 다른 사람이 좋아졌어' 이 말이 나오는 순간, 끝이죠. 헤어지자는 거지. 연인들의 결별 이유로 제일 흔한 것."

확실히 그랬다. 미래의 머릿속에 지난 연애사와 몇몇 애인들의 얼굴이 후루룩, 지나갔다.

"물론 지금 애인이 싫어진 상태에서 다른 사람이 좋아진 거면 헤어지는 게 맞죠. 근데 그게 아니라, 지금 애인도 좋고 새로운 사람도 좋을 수 있잖아요. 솔직히 누구나 그런 적 있잖아요. 그러면 어떡해야 하냐는 거죠."

"그, 그래서 보통은 애인이 있으면⋯ 마음이 다른 데로 가려고 하면은 막 최선을 다해서 막아야 된다고 하죠. 피해 다니고 거리 두고⋯."

대화를 하다 보니 어느새 미래가 평소엔 그리 동의하지도 않는 '일반론'을 대변하는 역할이 되어 있었다. 하지만 소리가 어떤 답을 할지가 듣고 싶었다. 아주 깊게 뿌리를 내린 통념들로부터 미래조차도 완전히 자유롭지는 않았으니까. 일반론에도 동의할 수 없지만, 그렇다고 완전히 소리와 같은 경험에 뛰어들지도 못한 상태로 쭉 부유해 왔던 미래는, 이제는 어느 쪽이라도 좋으니 진심으로 자신이 설득되기만을 원했다.

소리가 "풉" 하고 웃더니 말했다.

"아니, 그 말도 참 웃겨요. 내 마음이라는 게 무슨 팔다리가 달려서 이 세상에 딱 하나밖에 없는 요정 같은 건가요? 막긴 뭘 막아. 그리고 다른 데로 가면 여기엔 없는 건가? 누가 그렇게 정했을까요? 친구는 여러 사람을 동시에 좋아하면서. 하다못해 연예인을 좋아하는 것도, 영화를 좋아하는 것도 동시에 여러 개 좋아할 수 있잖아요. 그리고 솔직히, 그렇게 막으면 막아지나요? '좋아하면 안 돼!' 하는 순간 더 좋아하게 되는 게 사람인데요."

"음, 그래도 노력을…."

"그리고!"

어떻게든 '노오력'으로 얼버무려 보려 했는데 잘 안 됐다.

소리가 계속 말을 이어갔다.

"내가 누군가를 좋아하는 마음이 막 자라나는데, 마음껏 좋아하고 싶은데, 지금의 애인과의 의리 때문에 그걸 애써 접는다면요. 서로 행복하고 싶어서 사랑하는 건데 애인 때문에 내가 행복해지지 않는 거잖아요."

"흠, 그건 좀 이기적인 것일 수도…?"

"'내가 딴 데 봐도 넌 나만 바라봐' 하면 이기적인 거지만 애인한테도 똑같이 그럴 자유를 주는 건데요?"

"어어, 지금 내가 다른 사람을 좋아하면 애인이 행복하지 않을 수도 있는 거잖아요…?"

"그건 두 사람이 관계를 어떻게 정의하느냐에 따라 달린 문제죠. '우리는 서로만 좋아해야 돼. 절대 다른 사람을 좋아하면 안 돼'라고 흔히 하듯이 관계를 닫아버리면 그때부터는 배신이 되고, 행복하지 않은 일이 되겠지만 저랑 시원이처럼 관계를 열어두면… 그때는, 애인이 새로운 감정과 새로운 사랑으로 두근거리고 행복해하는 모습을 보면서 나도 기쁠 수 있어요."

"아, 맞아요. 그건 정말 그래요."

가만히 듣고 있던 시원까지 거들었다.

하지만 미래로서는 솔직히 믿기 어려운 얘기였다.

"아니, 뭐 말로는 그럴 수 있다는 걸 알겠는데, 정말 그렇다고요?"

"네. 친구가 사랑하는 사람 만나서 행복해하는 모습 보면 기쁘잖아요. 여동생이, 언니가 그런 모습 보면 기쁘잖아요."

"그게, 완전히 같을 수 있는걸까요…?"

"차이가 뭔데요? 애인하고는 섹스를 해서?"

소리가 갑자기 훅, 들어왔다. 애서 태연한 표정을 짓기 위해 미래가 눈을 껌뻑이는 동안, 시원이 괜히 헛기침을 했다.

"섹스 때문은 아니에요. 결정적인 건 결국 독점할 거냐, 말 거냐는 거죠. 똑같이 사랑해도 친구랑 가족은 안 그러면서, 왜 애인은 꼭 독점해야 된다고 생각하는 걸까요?"

"어…."

그러게…. 왜지? 아무도 그 이유를 제대로 가르쳐 준 적은 없는 것 같았다.

그것만이… 진실한 사랑이어서? 독점하지 못하면 내가 필요할 때 애인이 곁에 없을 수도 있으니까? 그것도 아니면… 다른 데서 성병을 옮겨 올 수도 있고, 나에게 그런 유, 무형의 피해를 줄 수도 있으니까?

"일부일처제라는 이성애 결혼 제도를 통해 두 성인이 경제 공동체를 만들고, 아이도 낳아서 키우는 정상 가족이라는 형태가 국가로서는 제일 안정적으로 인구도 유지하고 세금도 잘 걷을 수 있는 훌륭한 시스템이어서."

"와우."

"그래서 그게 가장 이상적인 형태의 로맨스라고 사회 문화적으로 교육하는 거죠. 자연스러운 인간의 본능 같은 건 아니라고 생각해요. 사회의 필요에 의해서 합의된 것에 가깝겠죠."

"네에⋯."

이건 또 무슨 갑작스러운 지성미인가? 놀란 듯한 미래의 얼굴을 보며 소리가 피식 웃었다.

"순전히 제 생각인 게 아니라, 이미 다른 사람들이 오래전에 다 그렇게 얘기한 거예요. 암튼, 근데 또 문제가 뭐냐? 어차피 지금도 그 독점이라는 게 잘 지켜지지도 않아요. 그게 그렇게 잘 지켜졌으면, 수많은 네이트 판 이야기들은 어디서 나오는 거겠어요? 불륜 드라마가 왜 그렇게 흔하겠냐고요."

"그러게요⋯."

아, 이것만큼은 '천하무적 일반론자'로서도 도무지 반박할 수가 없는 얘기였다.

"어차피 다들 지키지도 못하잖아요. 그럴 바에는, 그냥 차라리 솔직해지자는 거예요. 속이는 거, 속는 거, 정말 그거 못 할 짓이잖아요."

소리의 목소리에서 처음으로 피로와 환멸이 느껴졌다. 분명 그도 어떤 일들을 겪어왔을 테니까.

"오픈 릴레이션십을 한다고 해서 늘 작정하고 다른 사람을 찾아다니는 건 아니에요. 그냥 다른 커플들처럼 둘이서만 잘 지낼 때도 많죠. 하지만 우리는 사람이니까, 살다 보면 또 다른 사람에게 관심이 갈 수도 있는 거고…. 제가 미래 씨를 발견한 것처럼요. 그런 때에 서로를 속이면서 비겁해지고 싶지 않은 거예요. 그게 진짜 배신이고, 진짜 관계를 끝장내는 거니까…."

시원이 덧붙였다.

미래는 그 말을 천천히 곱씹어 보았다.

"대신 애인이 다른 사람을 좋아한다는 말이, 나를 더 이상 좋아하지 않는다는 말은 아니라는 그 정도의 믿음은 확실히 있어야겠죠. 연인 간의 신뢰라는 건, 사실 사귀기로 결정한 순간에 끝나는 게 아니에요. 계속 노력하고 대화하면서 끝없이 업데이트하는 거죠. 오픈이 아닌 관계에서도 꼭 필요한 거라고 생각해요. 그런 노력도 안 하면서 나 말곤 다른 사람을 좋아하지 않으니까, 단지 그것만이 나를 정말 사랑한다는 증거다? 솔직히… 그건 좀 게으른 것 같아요."

미래는 충격을 받았다.

소리가 들려준 이야기가 뜻밖이었고, 아름다웠고, 오랜 세월 자신이 바라던 그 무엇에 가깝게 느껴졌는데, 그게 너무나 힘든 일이라는 것이 적나라하게 보여서, 그럼에도 불구하고 그 수고를 하고 있는 사람들이 눈앞에 있어서, 그 모든 것이 놀라웠다.

"그러니까 전, 다른 독점 연애 관계의 커플이 저랑 시원이보다 사랑이 깊어서 그런 거라고 생각 안 해요. 오히려 그 반대죠. 지금 시원이는 쉽게 말하면 제 애인이 맞는데요…. 사람들이 말하는 그런 단순한 애인은 아니에요. 최고의 친구이고, 어떤 면에선 가족 같기도 하고…."

소리와 시원이 눈을 맞추고 바라보다가, 서로의 팔을 살짝 쓰다듬었다.

그것을 바라보는 미래의 마음속에서는 익숙한 감정들이 새로운 방식으로 복잡하게 뒤섞였다. 소리가 계속 말했다.

"이건 저희가 정말 부단히… 각자를 지키고, 이 관계를 지키고, 무엇보다 행복하려고 노력한 결과로 만들어낸… 이 세상에 딱 하나밖에 없는 관계거든요. 뭐 저희도 완벽한 건 아니지만… 노력하는 거예요, 계속."

딱 하나밖에 없는 관계….

그렇구나. 미래는 고개를 끄덕였다.

이들은 자신들의 '로맨스 언어'를 처음부터 만든 것이다. 사랑은 소유이자 독점이고, 그 끝은 결혼이라는 쉬운 각본을 거부하기 위해서는, 결국 그 방법밖에 없었을 것이다.

각자의 긴 리스트를 들고 만나 아주 지루하고 어려운 조율을 하나씩 해나갔을 것이다.

이것이야말로 엄청난 업적이었고, 아마 상상하기 힘들 정도의 노력이 들어갔을 것임이 짐작되었다. 그만큼 두 사람은 서로를 신뢰하고, 엄청 사랑하는 것이다.

"상대를 독점적으로 소유하는 것만이 사랑이라는 그 생각만 바꿔봐도 될 텐데. 그런 사랑으로 너무 많은 고통이 있다는 걸 솔직히 다들 알면서 모른 척하는 것 같아요."

"그건 정말 그래요…."

미래는 진심으로 대답했다.

"뭐, 그 관계도 장점은 있겠죠. 단순하고 쉽다는 거. 근데 그것뿐 아닌가?"

시원이 미래를 쳐다보았다.

뭐랄까. 으쓱하는 것 같은 표정이었다. '내 애인 정말 멋지죠?' 같은.

미래는 비로소 의심 없이 웃었다. 이 자리의 결론으로 이런 감상이 남을 줄은 몰랐지만, 동의하지 않을 수가 없었다. 미래는 완전히 마음을 빼앗겼다. 소리에게, 소리가 들려준 이야기에, 그런 소리와 아름다운 관계를 만든 당사자인 시원에게, 그 둘이 실험하고 있는 새로운 관계에. 자신도 그 경험을 해보고 싶다는 생각이 강렬하게 들었지만, 그와 동시에 망설여졌다.

그동안 '차선'이 '차선'인 것을 알면서도 취했던 것은, 역시 자신에게도 그게 편했기 때문이라는 생각이 들었기 때문이다. 미래 자신도, 결국 조금은 게을렀다.

미래는 가끔 자신이 로맨스에 미친 사람, 심하게 중독된 사람이라고 생각했었다. 하지만 이 둘에 비하면 댈 것도 아니었다. 이들이야말로 진짜 로맨스에 미친 자들이었다. 삶은 만만치 않고, 에너지는 한정되어 있다. 그러나 이들은 '최선의 로맨스'를 위해서 그 한정된 에너지에서 엄청난 양을 할애해 쏟아붓고 있었다. 나는, 그럴 준비가 정말 됐을까? 그럴 에너지가 나에게 있을까?

대화를 할수록, 오픈 릴레이션십은 그 자체의 윤리나 도덕의 문제가 아니었다. 오히려 얼마만큼 진심으로 로맨스에 '최선'을 추구할 수 있는지에 대한 문제였다.

"소리 씨, 그리고 시원 씨는 대체 이전에 어떤 연애들을 한 거예요? 처음부터 오픈 릴레이션십을 하진 않았을 거잖아요…."

혼잣말처럼 중얼거린 미래의 말에 소리와 시원이 반응하듯 마주 웃었다.

미래와 소리의 눈이 다시 마주쳤다. 소리가 '말하지 않아도 알죠?'라고 속삭이는 듯했다.

"처음부터는 아니었지만, 처음이 있긴 했죠, 저나 시원이한테도."

"맞아. 어렵고 서툴렀어요."

"뭐, 누구한테나 처음은 있는 거니까요. 자기한테 딱 맞는 좋은 순간이 있을 거예요. 서두르지 마요, 미래 씨."

미래는 살짝 고개를 끄덕였다.

그리고 이 순간이 자신의 처음이 될 수 있을지를 천천히 생각해 보기 시작했다.

3.

괜찮아? 사랑이야??

"이야~ 대단한 한쌍이네. 세상에서 지들이 제일 멋있고 쿨한
줄 아는 애들 꼭 있다니까."

"그니까. 와, 대박인데?"

며칠 뒤, 미래는 단골 맥줏집에 친구들과 함께 있었다.

이들과는 모두 독서 모임에서 만난 사이다.

한 사람은 윤하나, 결혼 1년 차 딩크. 또 한 사람은 정다정, 작
가 지망생이다.

성인이 되어 만난 친구들이지만, 그래서 오히려 더 편하기도
하다. 그들은 오로지 30대의, 지금의 미래의 모습만 알고 있기 때
문이다. 어떤 말, 어떤 행동을 해도 '너 원래 안 그랬잖아', '이전에
는 이랬었잖아' 같은 게 아니라 '아, 넌 그런 사람이구나'로 받아
들여 주는 것이 좋았다.

두 사람은 각자 다른 이유로 미래의 연애 이야기를 늘 재미있어했다.

하나는 한 남자와 8년을 연애하고 결혼했다. 사실상 첫 연애 상대와 결혼한 셈이었다. 물론 착한 사람이고 결혼이 막 후회되는 건 아니지만 한 번 사는 인생에 로맨스도 한 번이라는 생각을 하면 자다가도 벌떡 깰 때가 있다고 했다.

한편 다정은 연애를 안 한 지 3년이 넘었다. 그런데 읽는 건 늘 로맨스 소설이고, 로맨스 작가가 되고 싶어 했다.

그러니 말하자면 미래의 연애 이야기는 하나에겐 대리 만족이고, 다정에게는 조금의 자료 조사가 되는 모양이었다.

미래 입장에서도 눈을 빛내며 들어주는 친구들의 반응이 재미있긴 해서, 새로운 이야깃거리가 생기면 짐짓 어떻게 풀어갈까 고민도 해가면서 오늘처럼 술자리를 만들곤 했다.

물론 그들은 미래가 희망하는 '최선의 연애'와 그에 못 미치는 '차선의 연애'에 대해서 잘 알고 있다. 수호와 헤어졌을 때도, 다같이 독서 모임을 한 사이인 만큼 '수호만 한 애도 잘 없긴 한데'라고 아쉬움을 표하긴 했었지만 '그래도 생각한 것보단 오래간 것 같기도 해'라며 건배를 권했었다.

그런데 오늘의 반응은 예상한 것보다도 더 격렬했다.

하나의 노골적인 비아냥과 다정의 뜬금없는 '엄지척'에 미래는 내심 당황했다.

"그, 그런가? 그 둘은 되게 진짜 서로 엄청 *끈끈*하고 난 솔직히 부럽던데."

"그게 부러울 수도 있구나…."

미래의 말에 다정이 머릿속에 메모라도 하듯이 조용히 혼잣말을 했다.

"에이, 그냥 지내다 보면 너처럼 결혼 말고 연애만 하고 싶어 하는 사람 또 나타나겠지!"

"그렇긴 하지만… 내가 바라는 게 단순히 결혼 없는 연애로 다 설명되는 건 또 아니라서…."

"그렇다고 니가 원했던 게 임자 있는 사람 만나는 건 아니었잖아!"

반면 하나는 유독 텐션이 높아서, 말끝마다 느낌표가 붙어 있는 것 같았다. 미래는 저도 모르게 조금 웅얼거리듯 대답했다.

"아니, 들을수록 이 오픈 릴레이션십이란 게 사랑하되 상대방을 소유하지 않는다는, 그것의 어떤 궁극인 것 같더라고…."

"야, 그건 너무 궁극이야. 극단적이라고! 여기가 뭐 베를린이니? 우리 서울시 서대문구에 있어, 지금~!"

"그래서 미래 너, 그 애인 있는 남자랑 사귀어보려고?"

"뭐, 사실 아직 고민 중이야…."

"고민? 이게 고민할 거리가 돼??"

하나의 옥타브가 결국 하나 더 올라갔다!

균형을 맞추려는 건지 다정이 살짝 눈치를 본 뒤 차분하게 목소리를 깔며 물었다.

"구체적으로 어떤 점이 고민인 건데?"

"음, 일단 외모가 너무 맘에 들어…."

"근데 애인이 있잖아."

"게다가 말도 잘 통해."

"근데 애인이 있다고…."

"그리고 그 사람 손이… 진짜 딱 마디는 두꺼우면서도 전체적으로 길쭉한 게 너무 예뻐. 완전 내 취향. 십 점 만점에 백 점…."

"근데 애인이 있는 거라니까?!!"

하나가 마치 코러스를 넣듯이 한마디씩 자꾸 끼어들었다. 보다 못한 미래가 말했다.

"야, 윤하나, 너 솔직히 재밌어서 그러지?"

"아니거든?"

"미래 니가 말한 건 고민이 아니고 다 장점이잖아."

"음, 그건 그렇네…. 아니, 오픈 릴레이션십에 대해서도 난 사실 반감보단 호기심이 컸어. 언젠가 해볼 수는 있다고 생각했는데,

대신에 그걸 하게 된다면 상대랑 나랑 동등한 상태에서 시작하는 걸 상상했었거든….”

“동등한 상태라면?”

“음, 각자 싱글인 상태에서 ‘자, 이제부터 우리는 오픈 릴레이션십을 전제로 사귀어보자!’ 하는 거?”

“아하. 근데 막상 지금 그쪽은 이미 애인이 있으니까, 동등하지가 않다?”

“그치. 그렇게 끈끈한 둘 사이에서… 내가 버틸 수 있을까, 계속 비교하게 되진 않을까….”

“하, 내 말이 그거라니까! 너가 거기 끼면 그냥 지 잘난 맛에 사는 애들 사이에서 놀아나는 거야! 사람을 우습게 봐도 유분수지, 진짜…!”

하나가 얼굴까지 붉히면서 진심으로 화를 내는 얼굴을 정면에서 보다가, 미래는 자기도 모르게 ‘풉!’ 웃음을 터뜨렸다.

미래의 반응에 잠깐 황당하다는 표정을 짓던 하나도, 결국 반쯤 화나고 반쯤 웃는 것 같은 표정으로 웃어버리고 말았다.

“야, 웃냐?? 왜 웃어!!”

“아니…. 너 솔직히 말해봐. 이렇게까지 열받은 이유가 뭐야?”

“뭐? 이유? 지금 이 상황에서 무슨 이유가 필요…해?!”

“풉.”

점점 자신이 없어지는 하나의 말투에 이번엔 다정의 웃음이 터졌다.

✦

맥주를 한 잔씩 더 시키고, 자신이 제일 좋아하는 나초 안주를 새로 시킨 다음에 조금 흥분을 가라앉힌 하나가 차분히 입을 열었다.

"나는 남편이 있잖아. 우리 남편이 나 말고 다른 사람 만나는 거 싫을 것 같거든. 일단 우리는 결혼 서약이라는 걸 했는데, 그렇게 하는 건 배신이잖아? 근데 막 걔네들처럼 대단하고 그럴듯하게 들리는 말로 정당화한다고 생각하면 억울하고 화날 것 같아. 나도 이 결혼이라는 것을 위해서 희생하고 포기하는 게 있는데…."

다행히 하나의 목소리 데시벨이 평소처럼 돌아온 듯했다. 미래가 말했다.

"그래. 근데, 네 남편이 너한테 미리 얘기 안 하고서, 다른 사람을 만나고 와서, '이게 오픈 릴레이션십이다'라고 주장할 수는 없는 거야. 그건 그냥 바람인 거지. 이거랑 완전 다른 거라니까."

"그래, 그건 알겠어."

"근데?"

"음… 뭐 니가 하도 캐물으니깐…. 나도 지금 생각을 한번 깊이 해보고 있는데…."

미래는 진지한 하나의 얼굴을 보면서 침을 한번 꼴깍 삼켰다. 다정 역시 덩달아 긴장한 듯한 얼굴이었다.

잠시 뒤, 한참을 골똘하게 생각하던 하나가 드디어 생각을 마친 듯 입을 열었다.

"그런 오픈 그런 게, 이제 우리나라에도 많아진다고 쳐. 그러면 만약에 남편이 나한테 우리 관계를 오픈하자고 할 수도 있는 거 잖아."

"그건, 니가 원하지 않으면 거절할 수도 있잖아. 그치? 그런 거지?"

묵묵히 듣기만 하던 다정이 끼어들면서 미래에게 확인의 눈짓을 했다. 미래는 수긍의 의미로 고개를 살짝 끄덕였다.

"그치, 그렇긴 한데…. 만약에 거절을 했다고 하더라도 한번 그런 대화를 하고 난 다음부턴 계속 의심을… 하게 될 것 같고."

"아, 그럴 수도 있겠네…."

"결국 오픈을 해도 안 해도 뭔가 문제가 생길 것 같달까. 그래서 그런 전제 자체가 있는 게 싫어."

"그렇구나…. 하지만 오픈하고 싶은 생각을 가졌다고 해서, 그게 바로 바람과 직결되는 건 절대로 아닐 거라고 생각해. 그건 정말 다른 문제라고 생각하거든….”

“그래, 뭐 그럴 수도 있겠지만 내 입장에선 그렇다는 거야. 왜 갑자기 오픈을 하고 싶어 하겠냐고. 다른 사람에게 관심이 갔거나, 나한테 마음이 식었거나 불만이 있거나, 뭐 그런 거 아니겠냐는 거지….”

“음, 만약에 그런 생각이 든다면 그 부분들에 대해선 솔직히 물어보고 깊이 대화를 나눠봐야 되는 거 아닐까?”

미래가 물었다. 그러자 하나가 어이없다는 듯 눈을 동그랗게 뜨며 말했다.

“그래봤자 솔직하게 말을 안 하겠지! 높은 확률로.”

미래로서는 하나의 이야기가 그 나름대로 무척 이해가 되는 한편, 시원과 소리를 만났던 날에 했던 생각들이 떠오르는 것은 어쩔 수 없었다. 역시 완전히 서로를 소유하는 방식이 가장 쉽고 간편한 것이다.

대화로 풀어간다는 것이, 말은 좋지만 두 사람이 늘 솔직하게 모든 걸 말하리란 법도 없고, 한편으론 상대의 그 솔직함을 다 감당할 자신을 갖기도 쉽지 않다. 그 효율성이 너무나 강력하기 때문에 독점 연애라는 것이 이토록 굳건하게 뿌리를 내린 것이겠지. 미래는 다시 한번 실감했다.

"그리고 아무리 그게 개인의 선택이고 가치관 차이라고 하더라도 만약에 상대방이 오픈하자는 걸 거절하면 내가 꽉 막히고 보수적이고 후진 사람 되는 것 같잖아. 그런 기분이 드는 게 싫어. 오픈하기 싫은 게 잘못은 아니잖아."

"그치. 어느 쪽도 잘못은 아니지…."

다정이 또다시 메모를 하듯이 느릿느릿한 말투로 혼잣말을 중얼거렸다.

"치, 윤하나, 맨날 연애 딱 한 번밖에 못 해봐서 억울하다면서 다 뻥이었어. 그쪽에서 오픈하자고 하면 넌 땡큐 아니냐? 너도 다른 사람 만날 수 있는데!?"

미래가 일부러 장난스럽게 눈을 흘기며 말했다. 이번엔 민망함으로 하나의 볼이 조금 붉어졌다.

"어휴, 말이 그렇다는 거지…. 그걸 어떻게 감당해? 솔직히 별로 자신 없다. 그리고 그러는 걸 누가 좋게 볼까 싶기도 하고."

"큭, 누가 뭘 보는데?"

"아, 몰라! 토 달지 말고 마셔!"

'오랜만에 두뇌 풀가동했다'는 듯한 표정으로 하나가 상쾌하게 잔을 들어 올렸다. 미래는 다정과 함께 하나의 잔에 짠, 하고 자신의 잔을 부딪쳤다. 이번엔 다정이 입을 열었다.

"아까 하나가 했던 말대로, 많은 사람들이 좀 위협적으로 느낄 것 같긴 해."

"그런가?"

"그치…. 이걸 아주 단순화시켜서 다시 일부다처제 같은 게 부활하는 거라고 이해를 한다면, 능력 있는 한 사람이 여러 사람을 거느리는 걸 허용한다는 느낌이잖아. 그럼 상대적 박탈감을 느낄 수도 있고…. 이미 애인이 있는 사람이든 아니든."

"아아, 그럴 수도 있는 건가. 그런 게 허용되는 순간 내 애인이 더 대단한 다른 사람에게 가버릴 수도 있는 거고…. 아니면 미래의 애인을 내가 못 만날 수도 있으니까? 한 명당 한 명씩 할당을 받아야 그나마 가능성이 높아지는 건데?"

이해하기 위해 한번 반복했을 뿐인데, 다정이 살짝 움찔하는 것이 느껴졌다. 혹시 말투가 좀 까칠했나 싶어 미래도 덩달아 긴장이 됐다.

"어어, 뭐 그런 거지. 이게… 항상 애인이 있는 사람들은 그런 생각할 일이 없을 수도 있지만…."

그러고 보니 다정이 연애 안 한 지가 꽤 됐다는 사실을 잊고 있었다. 과연, 그렇게 생각할 수도 있겠군…. 미래가 잠시 생각에 잠겼다가 번뜩, 떠오른 것을 말했다.

"어, 근데 반대로 생각해 보면 더 좋은 거네!"

"뭐가?"

"모두가 꼭 일대일로만 연애를 해야 한다고 하면, 이미 애인 있는 사람은 나랑 만날 수 없는 사람이지만, 오픈 릴레이션십이라고 하면 만날 수 있는 거잖아. 매력 있는 사람을 셰어할 수 있는 거라니까. 그, 공유 자전거 같은 거야."

"뭐, 공유 자전거?"

가만히 먹는 것에만 열중하고 있던 하나가 어이없다는 듯 웃음을 터뜨리더니 말했다.

"하긴, 못나고 가부장적인 남자랑 결혼해서 사느니 강동원의 몇 번째 아내가 되는 게 차라리 낫겠다고, 인터넷에 그런 거 많던데."

"하, 근데 그게… 정말 평등한 공유가 될까? 자꾸 비교하게 될 것 같고 내가 뒷전이라는 생각이 들면 더 힘들 것 같아…. 너희도 알다시피 난 좀 자신감이 없잖아…"

"아니 뭐, 그런 느낌이 들어서 너무 힘들면 대화를 하면 되고, 정 안 되면 헤어지면 되고, 너도 또 다른 사람 만나면 되는 거니까…"

미래가 열심히 방어해 봤지만, 다정이 생각만 해도 머리가 아프다는 듯 고개를 절레절레 젓더니 말했다.

"그리고 말이야. 너희도 잘 알겠지만 로맨스 소설이 주는 판타지의 핵심은 '무슨 일이 있어도 나만 사랑하고 나만 바라보는 사람', '영원히 변치 않는 사랑' 그런 거란 말이야. 그 관점에선… 사실 나 말고 다른 사람도 좋아졌다고 말하는 순간에 그건 더 이상 사랑이 아닌 거라고."

"아…."

멍하니 입을 벌린 미래가 뭔가를 말하기도 전에, 이번엔 하나가 먼저 선수를 쳤다.

"근데 그건 그렇다. 그게 왜 그렇게 강력한 판타지겠어? 현실에서 잘 없으니까 그런 거 아니야?"

누가 먼저랄 것도 없이, 그 순간 세 친구는 조용히 서로의 잔을 한 번 더 부딪쳤다. 어쩐지 씁쓸하고 쓸쓸해 보이는 친구들의 얼굴을 곁눈질하면서 미래는 속으로 생각했다. 진정한 사랑이야 어쨌든, 이만큼 솔직하고 진지하게 대화를 나눌 수 있는 좋은 친구들을 둔 건 분명 행운일 거라고.

사실 그동안 접한 '오픈 릴레이션십', '폴리아모리'에 대한 사람들의 반응은 대부분 너무나 일차원적이고 즉각적인 것들뿐이었다. 정확하게 이 관계성의 세부를 이해할 의지가 없다. 특히 '상호 간의 사전 동의가 필수'라는 부분을 유독 누락시킨다. 고의적인 누락이 아닐까 하는 합리적인 의심이 들 정도다. 그리고 이 관계의 무엇이 특별히 자신에게 거슬리는 문제인지를 공들여 생각하고 싶지 않아 한다. 아무래도 그에 대해 '생각한다'라는 것 자체가 정당성의 여지를 주는 것 같은 느낌인 모양이다.

결국 '폴리아모리'의 '폴리'까지만 말해도, 화들짝 놀라며 '애인 있는데 또 다른 애인? 미친 거 아니야?'라고 화를 내버리고 끝이다. 심하게 말해 무릎을 툭 치면 발이 휙 올라가는 것과 같은 생리적인 반응이나 다를 게 없다. 스크롤을 한참 내려야만 다 읽을 수 있는 진심 어린 당사자 인터뷰 기사에도 항상 '베플*'은 '말세다', '나라 망하게 하는 XXX들'처럼 늘 같은 돌림 노래뿐이니까. 역시 그 편이 가장 간단하긴 할 것이다. 효율적으로.

이후 세 사람의 이야기는 자연스럽게 하나가 덕질하는 아이돌의 근황과 다정이 요즘 새롭게 시작한 취미 생활인 달리기로 넘어갔다. 다들 이러니저러니 해도 일상 속의 작은 즐거움을 찾기 위해 바지런히 노력하며 산다는 점이 미래는 귀엽게 느껴졌다.

그러면서도 한편으론, '나 역시 조금 더 즐거운 일상을 보내려는 노력을 하는 것뿐인데'라는 생각이 들어 마음이 복잡해지기도 했다. 어디 가서 '요즘 조깅을 시작했어요' 얘기하듯 '요즘 오픈 릴레이션십을 시작했어요' 할 수는 없겠지 하는 생각이 들어서. 하다못해 '취미는 사랑'이라면 낭만적이기나 하지, '취미는 오픈 릴레이션십'이라고 하는 순간 어쩐지 로맨스 카테고리가 아니

---

* '베스트 리플'의 준말. 추천을 가장 많이 받는 댓글을 칭한다.

라 사건 사고 쪽일 것 같지 않은가 이 말이다. 그런 와중, 하나가 미래의 전 남자친구 수호의 근황을 알려주려 하는 바람에 미래는 황급히 손을 내저어 친구의 입을 막아야만 했다.

✦

"노브라 맞다니까요. 노브라!"

배우에게 유감은 없지만, 입 모양을 커다랗게 하면서 '노브라'를 부르짖는 얼굴이 참으로 밉살스러웠다. 그냥 그때 영화를 끌 걸. 몇 번이나 이마를 짚어가면서 미래는 자신의 작고 귀여운 방에서 스트리밍 서비스를 통해 2008년에 만들어진 한국 영화 〈아내가 결혼했다〉를 시청하는 중이었다.

TV에서도 여러 번 방송되었고 분명히 예전에도 봤었는데, 그때는 크게 거슬리지 않았던 것이 지금은 너무 많이 보였다. 하긴, 이 작품만 그런 것은 아니다. 전부라고 할 순 없지만 과거에 만들어진 상당수의 작품들이 지금 보기엔 상당히 '불편'한 경우가 많다. 특히 일부 사람들이 치를 떠는 '정치적 올바름(Political Correctness)'이나 '페미니즘' 관점에서 말이다. 그에 대해 미래는 개별 작품이나 개별 창작자에 대한 평가절하를 하기보다는, 그만큼 세상이 빨리 변했고 우리가 다 같이 앞으로 나아가고 있는 중이라고 이해하는 편이었다. 물론, 보는 동안의 괴로움은 그와 별개지만 말이다. (같은 일터에서 일하는 여성이 브라를 하든 말든 왜 관심을 가지는 것이며 그게 무슨 대단한 일이라고 '3만 원 내기'까지 하면서 이렇게 호들갑을 떠는 것일까? 그리고 뭐? 백만 개의 흡착판? 이백만 개의 솔기? 저기요??)

미래가 그 영화를 다시 보게 된 것은, 다정 덕분이었다.

며칠 전 함께 맥주를 마신 자리에서 '오픈 릴레이션십'과 '폴리아모리'에 대한 구체적이고 심도 깊은 대화를 나눈 뒤, 다정도 하나도 그에 대한 생각을 나름 이어갔던 모양이다. 하나는 대체로 모든 것을 터놓고 이야기하는 남편에게도 그날 나눈 이야기를 꺼내지는 못했다고 고백했고, 다정은 그날 집에 돌아와 오랜만에 생각이 나서 〈아내가 결혼했다〉를 다시 보았다고 했다. 미래 역시도 이전에 시원의 말을 듣자마자 떠올렸던 작품이니, 지극히 당연한 사고의 흐름이기는 했다. 결국 다정이 전해준 감상의 결론은 '스페인 여행이 너무 가고 싶다'이긴 했지만, 어쨌거나 '폴리아모리'라는 자극적인 소재를 다뤘는데도 대중적으로 성공한 작품이니, 미래 너도 이 시점에 다시 보면 뭔가 새롭게 보이는 게 있을 것 같다는 의견을 주었다.

듣고 보니 그럴듯하다는 생각에 미래 역시 영화를 재생했던 것인데, 뜻밖에 새롭게 보이는 것은 불과 십여 년 전만 해도 미디어에서 여성을 다루는 방식이 지금과는 많이 달랐다는 깨달음뿐이었다. 물론 '폴리아모리'라는 개념을 처음으로 대중들에게 소개했다는 점에서 대단한 역할을 한 작품이긴 하지만, 사실상 완전히 대상화되어 있는 여성 주인공이 2인분만큼의 역할(회사 일, 집안일에 섹스까지)을 아주 완벽히 해내고 있다는 전제하에 제한적으로, 허락…까지도 아니고 어쩔 수 없이 '끌려가 준다'는 느낌으로 그려져 있었다. 뭐, 물론 첫술에 배부를 수는 없는 것이고, 십여 년이 지난 지금까지도 반감이 심한 소재이니만큼 어쩔 수 없는 한계가 있었을 것도 분명하지만 말이다. 한편으론 이 작품 이후 십수 년이 흐르는 동안 그 바통을 이어받을 만한 또 다른 '폴리아모리' 대표작이 하나도 나오지 않은 것을 봤을 때, 이런 관계를 한국인들이 얼마나 싫어하는지, 그 반감의 깊이를 새삼 느낄 수 있었다.

미래는 〈아내가 결혼했다〉의 주인공 '인아'를 보는 내내 자신이 직접 만났던 소리의 모습을 겹쳐보려 노력했지만 잘되지 않았다. 문득 소리와의 만남을 통해 자신이 느꼈던 감정의 핵심, 그러니까 오픈 릴레이션십에서 더 중요한 것은 '오픈'이 아니라 '릴레이션십'이라는 사실을 떠올려 보았다. 폴리아모리에서도 마찬가지일 것이다. '폴리'보다 중요한 것은 '아모리', 그러니까 '사랑'이다.

이 작품 속에서 '인아'가 '덕훈'을 정말 사랑하긴 했을까? 왜 사랑했을까? 미래는 영화를 다 보고, 내친김에 원작 소설까지 다시 읽어봤지만, 여전히 잘 모르겠다는 생각이 들었다. 생각해 보면 이 작품을 처음 봤던 십여 년 전에도 그랬다. 다만 그때는 그게 중요한 것인 줄을 몰랐을 뿐이다.

그 후로도 며칠간 다정은 '폴리아모리'나 '오픈 릴레이션십'과 관심이 있는 작품들의 리스트를 보내줬다. 하나는 그때처럼 목소리를 높이지는 않았지만, 여전히 미래의 새로운 로맨스에 대한 우려와 반대 입장을 내세우며 틈틈이 단속을 하려 들었다.

"너 설마 그사이에 그 오픈 릴레이션십 하기로 한 거 아니지~?"

그런 메시지를 볼 때마다 미래는 하나와 만났던 호프집에서처럼 "풉" 하고 웃어버리고 말았다. 말은 그렇게 하면서도 사실은 무언가 흥미진진하고 재미있는 얘기를 기대하고 있는 친구의 마음이 너무나 들여다보였기 때문이었다.

그래서 막상, 소리와의 '삼자대면' 이후 시원과의 관계가 어떻게 됐느냐고 묻는다면….

✦

"앗, 미래 씨, 안녕하세요?"

놀랍게도, 마치 아무 일도 없었다는 듯 이전과 똑같았다!

그 모든 술주정과 대화가 마치 없었던 일인 양, 미래와 오다가다 마주칠 때면 시원은 이전처럼 상큼하게 인사를 건네는 친절한 매니저의 얼굴을 했다.

덕분에 여전히 갈팡질팡하는 미래의 입장에선 편하기도 했지만, '손 한번 잡아봐도 되냐'며 뻗어오던 손길과 눈빛을 생각하면 그것도 혹시 다 없었던 일이 된 건가 싶어 불안하기도 했다.

사실 이게 무슨 프로젝트 마감 같은 것도 아니니까, 언제까지 입장문을 정리해서 이메일로 공유하기로 한 것도, 추후 미팅을 하기로 한 것도 당연히 아니었다. 차라리 그런 거라면 평소처럼 빠르게 해낼 수 있으련만. 소리의 마지막 말도 그런 거였다. 서두르지 말라고. 충분히 고민해 보라고. 그럼, 나 언제까지고 시간 끌어도 되나…? 그만큼 기다려 줄 수 있는 건가?

이 새로운 콘셉트의 연애에 강력한 호감과 호기심이 들면서도, 당장 손들고 '저도 오픈 릴레이션십 할게요'라고 달려가기도 멋쩍은 기분을 떨치기 어려웠다. 그 이유를 한마디로 설명하긴 어렵겠지만, 미래 역시도 오랜 세월 독점 연애 관계만 맺어왔기에 그 관성의 힘을 무시할 수가 없는 것 같았다. 게다가 시원에겐 이미 멋진 애인인 소리가 있으니까…. 아아, 이 입장이 되어 다시 한번 생각해 보니 확실히 영화 속 '덕훈'이 억지로 끌려갔던 것도 무리는 아닌 것 같다는 생각이 든다.

그래, 나도 차라리 그렇게 끌려가고 싶다…. '인아' 같은 사람을 만나서 몸도 마음도 완전 사랑에 푹 빠져버린 다음에, 그 사람이 '난 여러 사람을 동시에 사랑하고 싶어' 그러면, 고뇌하고 괴로워하면서도 어쩔 수 없다면서 오픈 릴레이션십 관계를 시작하게 되는 거지….

이렇게 아무도 강요하지 않는데 불쑥 시작하려니, 참… 뭐랄까, 어색하고… 지나치게 맨정신인 것 같아 머쓱하고 그렇다. '오픈 릴레이션십'이든 '폴리아모리'든 막 머리와는 달리 마음이 끌려서 어쩔 줄 모르고 격정의 소용돌이 속에서 시작되는 것이 아니었단 말인가….

"야. 야! 집중 안 해?"

그 덕분에, 지방에 있는 공장 투어를 마치고 오랜만에 사무실에 온 선배와 회의를 하는 와중에 자꾸 딴생각이 들었다. 어쩌겠는가, 유리문 밖으로 자꾸 시원의 모습이 어른거리는데. 비유적 표현이 아니라, 실제로 그랬다. 오늘따라 왜 이렇게 돌아다니는 거야, 저 사람!

저도 모르게 밖을 흘끔거리는 게 들켰는지, 눈치 빠른 선배가 물었다.

"어, 그러고 보니까 지난번에 어떻게 됐어?"

"뭐가."

"지난번에 모두의 오피스 무슨 행사 했었잖아. 니가 관심 있는 매니저랑, 뭐 없었어?"

"아, 관심은 무슨."

"잤어?"

"아, 이 언니 진짜 미쳤나 봐!"

뜬금없지만 묵직한 돌직구에 미래는 자신도 모르게 웃음을 터뜨렸다. 아무래도 요즘 부쩍 웃음이 좀 많아진 것 같다는 생각이 들었다.

"뭐야. 아니라면서 왜 이렇게 좋아해?"

선배도 덩달아 실실거렸다.

마음 같아서는 당장 속에서 일렁이는 '오픈 릴레이션십'에 대한 고민을 털어놓고 싶었지만, 하나나 다정과는 달리 선배는 모두의 오피스 계약 당사자이기도 하고, 공적으로 계속 시원을 볼 일이 많은 사람이라는 것이 마음에 걸렸다. 게다가 생각해 보니 선배와는 진지하게 정색하고 사생활의 고민을 나눠본 적이 한 번도 없었다. 가벼운 농담 따먹기를 빼면 말이다. 늘 뭔가를 열심히 하느라 바쁜 사람이라, 연애 말고도 다른 할 얘기가 많았기 때문인 것 같았다. 바로 선배의 그런 점이 좋았던 거지만.

그 덕분인지, 역시 관성이란 것이 그렇듯 자연히 두 사람의 대화는 다시 공적인 영역으로 넘어갔다. 선배가 말하길, 이번에 공장에서 만든 샘플이 제법 잘 나와서, 패키지 디자인이 마무리되고 몇 가지 소소한 타협을 거치고 나면 곧 대량의 발주를 넣는다고 했다. 진짜로 사업이 굴러가기 직전이었다. 미래는 "선배, 내 월급은 계속 줄 수 있는 거지?"라며 농담을 했지만, 실은 드디어 몇 달간 준비했던 일이 구체적인 실체가 되어간다는 기분에 두 사람 모두 전에 없이 들떴다.

덕분에 오랜만에 선배와 둘이서 저녁을 먹고, 살짝 반주도 곁들인 다음에 한껏 이 사업의 장밋빛 미래를 함께 그린 후, 공유 자전거를 타고 집에 가려고 미래가 모두의 오피스 앞으로 돌아왔을 때—바로 그때, 미래는 하필 그 시간에 퇴근 중이던 시원과 마주쳤다.

"아, 안녕하세요! 미래 씨, 지금 들어가세요?"

미래가 반응을 어떻게 준비할 틈도 없이, 또 시원이 너무 밝게 인사했다. 너무 밝아서, 그게 좀 거슬릴 정도로.

"아, 안녕하세요….."

방금 전까지 신나게 웃다 왔는데도 이상하게 착, 마음이 가라앉았다. 시원이 반갑지 않은 것도 아니었는데 말이다. (굳이 따지자면 엄청 반가운 쪽에 가까웠다)

시원이 그 미묘한 뉘앙스를 눈치 챈 듯, 잠시 고개를 갸웃하더니 미래에게 다가왔다. 아무렇지 않은 표정을 지었지만, 미래는 속으로 엄청나게 당황했다. 그리곤 그 찰나의 순간 동안, '내 기분이 왜 이러지?'를 맹렬하게 생각하려 애썼다. 아, 그것과 비슷하다. 약간 서운하고 약간 삐졌는데, 먼저 말 꺼내긴 애매한 건이라 그냥 혼자 꽁해 있을 때, 그 기분. 하지만 시원에게 내가 삐질 수 있다고 생각해 본 적이 없었는데. 삐지는 건 아주 가까운 사이에서만 할 수 있는 일이니까. 마치… 연인처럼?

"미래 씨… 혹시 저한테 뭐 하고 싶은 말 있어요?"

어쩌면 속 모를 밝은 인사보다는 기다렸던 말이었지만, 미래는 온 힘을 다해 태연한 척하기로 마음먹었다. 그래서 아무렇지 않은 척 입을 떼었다.

"어…. 아뇨, 뭐."

시원이 미래의 얼굴 빛을 잠시 살피다가 결론을 내렸다는 듯 말했다.

"…네. 그럼, 조심히 들어가세요."

"네…. 어, 뭐, 소리 씨는… 잘 지내죠?"

아뿔싸! 미래는 지그시 입술을 깨물었다.

그냥 깔끔하게 돌아섰어야 했는데 그걸 못 참고…!

그 감정의 동요가 전해졌는지, 시원이 어쩐지 싱글, 웃는 것 같은 얼굴로 미래를 쳐다보았다.

"예, 잘 지내죠. 저희도 잘 지내고요. 안 그래도 소리가 미래 씨

안부를 궁금해했는데….”

“아….”

“혹시 부담을 드리는 걸까 봐, 시간이 필요하실 수도 있으니까…. 기다렸죠. 계속 그럴 생각이니까, 편히….”

“이렇게… 이렇게, 생각을 많이 해도 되는 건가요?”

“에?”

“생각을 하면 할수록, 더 모르겠어서요…. 저는 사실… 오픈 릴레이션십이 이것보다는 더 드라마틱할 줄 알았거든요. 생각보다는 감정의… 소용돌이 속에서 막… 휘몰아치면서….”

미래는 최선을 다해 최근 며칠간 자신이 했던 생각을 전달하려 노력했다. 잘된 것인지는 모르겠지만 말이다.

“픕.”

미래가 미간을 찌푸리며 심각한 표정을 짓고 있는데, 시원이 웃음을 터뜨렸다.

“…?”

“당연히 생각을 많이 해야죠. 일대일 연애보다도 더 복잡하고 어려운 결정인데, 그걸 그냥 휩쓸려 가듯이 하면 후회할 일이 훨씬 많지 않겠어요?”

“아아….”

미래는 대충 수긍하는 듯 머리를 끄덕이며 일단 길게 말을 끌었다. 시원은 아무 말도 하지 않고 기다렸다. 미래는 조금 더 용기를 냈다.

"솔직히…."

"솔직히?"

"저질러 버리고 싶은데 겁나요! 내가 감당할 수 있을지 잘 모르 겠다고요…."

시원은 웃으면서, 한편으론 미안하면서도 민망한 듯한 표정을 지었다.

"하, 이것 참. 그냥 연애 한번 해보자는 건데 너무… 사생결단처럼 되어버렸네요. 그쵸?"

"조금… 그런 감이 없지 않죠."

미래의 입에서 저도 모르게 볼멘소리가 나와버렸다.

"지금껏 저희가 한 건 서로 호감이 있다는 걸 확인한 것밖에 없는데 말이죠…."

"그러게요…."

그러고 보니 정말 그랬다. 처음 시원과 모두의 오피스에서 긴 대화를 나눴던 날로부터 거의 2주가 지났다. 다른 경우였다면, 그 사이에 물고 빨고 온갖 일을 다 겪은 다음에 벌써 한 번 헤어졌을 수도 있었다. 그러니까 조금 극단적인 경우였다면 말이다. 이토록 차분하게 절차를 하나씩 밟아가는 관계라니. 오픈 릴레이션십, 그

거 막 난잡하고 그런 거 아니었나? 응?

"그치만 제 상황을 설명 안 하고 더 진전되어 버리면 그건 반칙이니까 어쩔 수 없었다고요."

시원의 말에 미래는 선선히 고개를 끄덕였다. 그건 그 말 그대로였으니까.

"오픈이다 아니다가 일단은 가장 중요하죠. 하지만 그것 자체에 대해서는 미래 씨가 어느 정도 고민을 끝냈다면… 저라는 사람이 미래 씨랑 얼마나 잘 맞는지, 얼마나 서로를 더 많이 좋아하게 될지가 더 중요한 거 아닐까요? 일단 그걸 좀 시험해 보는 거 어때요? 너무 큰 부담 없이요. 안 맞으면 언제든 관두면 돼요."

시원이 조심스럽게 손을 내밀었다.

그래. 이 정도의 설득력으로 차라리 나한테 옥 장판을 판다 그랬으면… 벌써 열 장은 샀을 텐데….

자꾸 또 썰렁한 농담으로 도망치려는 생각을, 미래는 애써 붙잡았다.

그리고 눈앞에 있는 시원의 진지한, 이 와중에도 잘생긴 얼굴을 바라보았다.

어쩐지 자신과는 연이 없을 것만 같았던 공유 오피스라는 곳을 출퇴근하면서, 마주칠 때마다 묘한 동경의 마음을 품게 했던 사람. 상상도 못 했던 호감을 표현해 준 사람. 여기까지는 분명히 로맨스 영화의 한 장면이었는데, 갑자기 오픈 릴레이션십 관계의 애인이 있다고 고백하면서 장르를 헷갈리게 만든 사람. 하지만 여전히 설레는 사람, 말이 통하는 사람, 더 알고 싶은 사람, 믿을 수 있는 사람, 믿고 싶은 사람….

"역시 좀 더, 시간을 드리는 게 좋을까요?"

시원이 부드러운 목소리로 말하면서 미래 쪽으로 뻗었던 손을 조심스레 거두려는 듯 손가락을 말아 쥐었다. 그 움직임이 눈에 들어오는 순간, 미래는 더 생각하지도 못하고 반사적으로 그 손을 덥석 붙잡았다!

잠시 놀란 듯 크게 떠졌던 시원의 눈이 결국 예쁜 반달을 그리며 웃었다.

미래는 마주 웃으면서 말없이 시원의 미소를 바라보았다.

최선을 바라면서도 차선의 연애를 반복했던 자신의 지난 시간을 생각했다.

이토록 아름답고, 내 연애의 고민을 이해해 주는 사람을 만나기만 한다면 그때야말로 최선의 연애를 할 수 있을 거라 생각해 왔는데, 생각지도 못했던 조건 하나가 더 붙었으니 그럼 이번에도 결국 차선의 연애가 되는 걸까?

하지만 말 그대로 생각지도 못했던 조건이니까, 이 방식으론 한 번도 해본 적이 없었으니까.

바로 그 이유로, 그동안 했던 어떤 연애보다도 최선으로 진화할 가능성이 높은 차선일 수도 있는 거라고, 그렇게 생각해 버리기로 했다.

좋아하는 사람과 손을 잡고 있으면 아무래도 긍정적인 마음을 먹기 쉬우니까 말이다.

"해볼래요, 이 연애."

마침내, 미래가 말했다. 이전에도 다른 곳, 다른 사람 앞에서 수없이 반복했을 말이었다. 하지만 지금의 이 한마디는 어쩌면 이전과는 다르게 미래의 세상을 완전히 바꿀 수도 있었다.

자신과 눈을 맞추는 시원의 얼굴을 바라보며, 미래의 심장이 여느 때보다도 빠르게 뛰었다.

4.
내가 연애를 관둘 수 없는 (대략) 10가지 이유

그리고 다음 날 아침, 미래는 시원의 방에서 눈을 떴다··· 같은 급 전개를 상상 안 했던 건 아니지만, 자그마한 자신의 방 익숙한 침대에서 눈을 떴다.

이제 나는 정말 오픈 릴레이션십이라는 것을 시작해 버린 것인가? 같은 달콤한 죄책감과 혼란에 빠질 틈도 없이 평소와 똑같은 아침이었다.

다만 어젯밤은 조금 다르긴 했다. 시원과 한참을 걸으며 많은 이야기를 나눴으니까.

왜 우리는 다른 사람과 가까워지기를 바라는 것일까?

혼자서도 충분히 잘 먹고 잘 지내는 일상 속에서도 가끔 뭔가가 부족하다고 느끼는 이유는 뭘까?

이따금 생각해 보는 것들이지만 답을 얻는 경우는 드물었다.

이유가 뭐든 간에 어떻게 그 감정을 다독이며 살 수 있을 것인지를 고민하는 것이 오히려 더 시급하고 중요한 일이기도 했다.

하지만 어제처럼 누군가와 좋은 시간을 보내고 마음을 나누는 날엔 그 이유를 확실히 알 것 같은 기분이 들었다.

우리가 행복이란 단어를 통해 의미하는 것은 거창한 인생의 목표점 같은 것이 아니라 기껏해야 잠시의 쾌감이라는 말이 있다. 좋아하는 사람과 손을 잡고 걸으며 이해하고 이해받은 그 시간, 마치 찰나였던 것처럼 지나가 버린 몇 시간 동안 미래가 느낀 것은 분명히 행복이었다.

미래는 이미 자신에게 호감을 느끼고 있는 시원의 눈빛과 말들을 통해 자신의 좋은 모습들을 새롭게 발견하고, 더 드라마틱하게 연출함으로써 미처 몰랐던 모습들을 확실히 자신의 것으로 가지게 되었다. 사실 이것이 타인을 만나 관계 맺기 시작할 때 가장 재미있는 부분이기도 했다.

몇 십 년째 '나'라고 불리는 존재를 매일 같이 견디고 다독이며 살아가는 나로서, 나를 한결같이 아끼고 사랑해 주는 일은 생각보다 쉽지 않다. 물론 세상에는 그게 쉬운 사람들도 있겠지만, 미래는 그렇지 않았다. 그럴 때 다른 사람의 애정과 시선은 우선 미래에게 자기애를 충족시켜 주었다. '한창 예쁠 때'라고 함부로 이름 붙여지는 시기의 어떤 여성들이 그렇듯, 한동안 그 감각에 중독되었던 적도 있었던 것 같다.

이제는 그 시기를 지났고, 자신이 한동안 그것에 너무 빠져 있었다는 것도 깨닫게 되었지만, 여전히 미래는 그 순간들이 즐겁기는 했다. 다만 이전과 달라진 것이 있다면, 상대가 발견하는 '새로운 모습'이 그녀 자신에게 있었던 것이 아니라 그들 자신의 욕망에서 나오기도 한다는 점을 명확하게 알고, 분별할 수 있게 됐다는 것이다.

아주 유치하게는 이런 것부터―'머리를 기르면 더 예쁠 것 같아', '안경을 벗으면 더 귀여울 것 같아', 더 나아가서는―'참 상냥하다', '좋은 엄마가 될 것 같다', '공무원이나 선생님 하면 잘할 것 같다'까지. 외모부터 행동, 심지어 먼 훗날의 모습까지도 그들은 멋대로 '발견'해 댔고 한 치의 망설임도 없이 입에 올려댔다.

어찌 됐든 좋아하는 상대가 하는 말이니까, 그런 말을 진지하게 들었던 적도 있다. 별로 내 취향은 아니지만 머리를 길러볼까, 눈이 아프지만 렌즈를 껴볼까…. 하지만 이제 그런 시기는 지났다. 오히려 그런 말을 듣는 순간 천년의 사랑도 식어버리겠지.

그런 면에 있어서, 어두워진 도시를 걸으며 나눴던 시원과의 대화는 아주 편안했다.

그 저녁, 시원은 미래의… 진지한 면이 좋다고 했다. 엉뚱하고 마이웨이라는 말을 주로 들어왔던 미래에겐 제법 신선한 말이었다. 어쩌면 일반적으로 남성이 성적인 호감을 느끼는 여성을 묘사할 때 자주 쓰이지 않는 형용사 같아서 그랬는지도 모른다. 그 반대라면 몰라도.

✦

사무실 앞에서 우연히 만나 대화를 나누다가 미래가 시원의 손을 덥석 잡아버린 뒤, 드디어 공식적으로 연애가 시작되었음을 기념하며, 두 사람은 근처에 있는 공원까지 걸으며 이야기를 좀 더 나누기로 했다. 마침 적당히 선선해서 기분 좋게 걷기 좋은, 일 년에 며칠 안 되는 그런 좋은 날이기도 했다. 이 연애를, 그러니까 우리의 연애를 날씨마저도 축복한다고 믿어버리고 싶은 것은, 막 사랑에 빠진 사람들이 흔히 저지르는 비이성적 사고의 흐름인 것을 알면서도 멈출 수가 없었다.

두 사람 모두 서로의 첫인상을 기억하고 있었다.

미래가 처음으로 모두의 오피스에 왔던 날이었다. 출입문의 지문 인식 등을 등록하기 위해, 선배가 매니저를 만나라고 시간 약속까지 잡아줬다. 그래서 정해진 시간에 오긴 왔는데, 아무래도 새 일을, 새 공간에서 시작해야 하는 미래의 입장에선 모든 게 좀 낯설게 느껴졌다.

태어나서 처음으로 이용해 보는 공유 오피스라 낯선 것도 있었고, 무엇보다 공간의 콘셉트나 운영 시스템에서 느껴지는 모든 감각이 너무나 힙(hip)한데, 그런 힙함의 일부가 되어 익숙한 척하는 것이 미래에겐 언제나 늘 어색한 일이었던 것이다. 그래서 아무래도 조금 긴장한 채로 앉아 있는데 그때 마침 나타난 것이 시원이었다.

미래로서는 역시나, 하는 느낌이었다. '이런 사람이 이런 곳에서 이런 일을 하는 거구나' 하고 단번에 이해가 됐달까. 시원의 미니멀하고 가벼운 옷차림부터 부담스럽지 않으면서도 친절한 태도, 빠르고 정확한 일 처리 능력, 그 모든 것이 모두의 오피스에서 지향하는 그 무엇을 한데 뭉쳐 인간으로 만든 것 같았다…고 얘기했더니, 시원이 "하하하" 하고 평소 잘 듣지 못했던 큰 소리를 내면서 웃었다!

실은 자신도 모두의 오피스에 출근한 지 2주밖에 안 됐을 때였고, 신규 등록 안내를 혼자 하는 것이 처음이라 엄청나게 긴장하고 있었다는 것이다. 당시의 미래로서는 도저히 상상도 할 수 없었던 일이었다. 너무 익숙하고 능숙해서 이달의 우수 사원처럼 보였었는데!

"저는 오히려, 잔뜩 긴장하고 내려갔는데 미래 씨가 제 말을 너무 잘 들어주는 거예요. 막 감탄까지 하면서. 계속 '아아~' 하는 이 표정이었거든요. 평소에도 잘 짓는!"

"아, 제가요? 하긴, 그랬을 수도⋯."

"사실 매니저라고 해도 기본적으론 사용자분들을 도와드리는 입장이라서요. 게다가 사무실 이용 안내가 뭐 특별히 대단한 내용은 아니니까 건성으로 듣거나 대답도 거의 안 하시는 경우가 많은데 미래 씬 너무 리액션도 좋으시고⋯ 대단한 얘기를 하는 것처럼 들어주셔서."

"아, 제가요⋯?"

자기도 모르게 같은 말을 반복하면서 미래는 민망한 마음에 웃었다.

"그때 지문 찍는 것도 잘 안 됐었잖아요, 그쵸?"

"아, 네, 맞아요⋯. 제가 지문이 좀 희미한가 봐요. 민증 등록할 때도 영 잘 안 됐어요⋯."

미래가 쑥스러운 듯이 웃으면서 손을 들어 보이는 순간, 시원이 물었다.

"손 좀 봐도 돼요?"

미래가 긴장한 표정으로 끄덕이자 시원이 대뜸 커다란 자신의 손을 뻗어서 미래의 손가락 끝을 만졌다. 천천히, 여러 번, 가까이 들여다보고 가볍게 누르면서.

갑작스럽게 몰캉거리는 감각이 느닷없이 자극적이라 "흡" 하고 미래는 저도 모르게 숨을 들이쉬었다.

"하, 정말 그때 하도 안 찍혀서 손가락 한번 확인해 보고 싶었을 정도였다니까요…."

그러더니, 슬쩍 미래의 얼굴을 살피면서 자연스럽게 깍지를 끼듯 손을 잡는 시원이었다. 미래도 쑥스러움을 꾹 참고 마주 잡았다. '역시 빠르고 정확한 일 처리 능력…!' 하고 썰렁한 농담을 한번 머릿속으로 해야 할 만큼, 미래는 바짝 긴장이 됐다. 멀리서 바라보기만 하던 그 예쁜 손이 지금 이렇게 가까이서 나와 깍지를 끼고 있다는 게 믿기질 않았다.

"요새는 지문 인식 잘돼요? 한동안 되다 말다 해서 좀 불편하다고 그랬었잖아요."

"네…. 아직도 조금 그렇긴 해요. 덕분에 손 씻고 나서 꼼꼼하게 손수건으로 물기 다 닦는 버릇도 생겼다니까요."

"아아… 물기 있음 더 안 되니까. 그쵸? 아마 사무실에, 조그만 카드키 하나 있을 거예요. 담에 그거 빌려줄게요."

"정말요? 아녜요, 그렇게까지…."

"괜찮아요, 지문이 희미한 분들한테 많이 빌려드렸었어요…. 이렇게 얘기해야, 미래 씨가 좀 부담을 덜 가지겠죠?"

"예에?"

뭐야, 농담이야 진짜야, 어느 쪽이야? 미래가 듣다가 헷갈려하는 모습을 보면서 시원이 또 웃었다.

"미래 씨는 참… 진지한 사람 같아요. 친절해서 그런 건가? 제 말 한 마디, 한 마디도 다 진지하게 들어주잖아요. 다른 사람들은 허투루 하거나 건성으로 넘기는 것도 그렇게 안 하고."

"에에, 제가 그랬나요?"

그렇다기엔, 진지해야 할 순간에도 속으론 엉뚱한 생각을 하고 있는 자신의 모습이 떠올라 미래는 우선 조금 부끄러워졌다.

하지만 시원의 말을 듣고 보니 조금은 그런 면이 있는 것 같긴 했다. 사람들이 의례적으로 하는 인사말에도 꼬박꼬박 다 대답하고, 메신저로 일 관계에 있는 사람과 이야기를 나눌 때 윤활유처럼 끼얹는 작은 스몰토크 하나하나에 다 반응해야 할 것 같아서 괴로울 때도 많았으니까.

그런 자신의 모습을, 시원은 진지하고 친절하다며 장점으로 해석해 주었다니 그건 조금 고맙고 설레는 일이긴 했다. 하지만 한편으론, 혹시 따분하고 질척이는 사람으로 보는 건 아닐까 하는 걱정도 됐다. 실제로 친구들이 옆에서 그런 조언을 몇 번 하곤 했으니까. "저 사람은 이제 대화 끝내고 싶은 거야. 왜 거기다 답을 하고 그래? 느낌표랑 이모티콘은 좀 빼고!"

나도 누구보다 농담 좋아하고 잘하고 그런 사람인데…. 그건 시원 씨가 눈치를 좀 챘나 모르겠네. 어떻게 어필을 할 수 있을까,

그런 생각들을 하고 있는데 시원이 미래와 지긋이 눈을 맞추더니 말했다.

"카드키 정도는, 매니저 애인으로서 부담 없이 받아도 될 것 같은데요~?"

"애, 애인이요!?"

그 말의 임팩트에 새삼 미래가 동요하는데, 시원이 그 모습을 보고 웃으며 여유롭게 말했다.

"카드키는 다섯 개나 더 있으니까 걱정 안 해도 돼요, 진짜로."

카드키 때문에 그런 게 아니란 걸 알면서 태연하게 말하는 얼굴이 또 조금 얄밉게 느껴져서 "풉" 하고 웃어버렸더니 시원도 마주 웃었다.

"암튼, 전 처음부터 그런 미래 씨의 진지함이 좋았어요. 저도 좀 그런 면이 있기도 하고…. 진지한 사람을 보면 안심이 돼요. 이상한 말이지만…."

쑥스러워하는 시원을 보면서 미래는 고개를 끄덕였다. 잘 설명은 안 되지만 무슨 말인지 알 것 같아서였다.

'가벼운 사람들이나 오픈, 폴리, 그런 거 하는 거'라는 편견이 무척 공허하다는 것을 이미 여러 번 느낀 미래였지만 새삼 시원으로부터 '진지함'이라는 말을 듣고 보니 더욱 특별한 감응을 느꼈다.

앞뒤 안 가리고 저지른 다음에 "사랑에 빠진 게 죄는 아니잖아"라고 외치는 사람이야말로, 처음엔 영원히 이 세상 끝날 때까지 너만 사랑하겠다고 약속했던 사람일 것이다. 그런 약속을 할 수 있는 것은 진지하지 않기 때문이다. 진지한 사람은 쉽게 영원을 약속할 수 없다. 그런 것을 경험한 적이 없기 때문이다. 오히려 인간이란 존재가 짧은 생 동안 경험해 본 것이라곤 짧게 끝나고, 변해버리는 것뿐이다. 그래서, 섣불리 지킬 수 없는 약속을 하기가 싫은 맘에 '지금은, 널 사랑한다'라는 말로 진심을 표현해 버리고 마는데, 그러면 가볍다고 말하는 것. 그래서, '그건 가벼운 것이 아니고, 이러한 이유로 오히려 더 진지한 거란다'라고 설명하려 하면, '설명충'이라며 다 듣지도 않고 진저리를 내는 것. 이유 같은 건 알고 싶지 않고, 그저 자신이 듣고 싶은 말만 해주길 원하는 것. 지난 십수 년의 연애에서 너무나 많이 겪었던 일이었다.

처음 '오픈 릴레이션십' 이야기를 들었을 때는 막연히 낯설고 겁먹고 두려웠지만, 사실은 그동안 영원을 약속하고 소유격의 사랑을 말했던 사람들보다 오히려 시원이 자신과 더 비슷한 언어로 이야기하고 있었다는 것을 그때는 잘 몰랐었다. 지금은, 확실히 알겠다. 최소한 머리로는.

"좀 재밌네요."

"뭐가요?"

"사람들은 가벼운 사람들이나 오픈이니 폴리니 그런 거 하는 거라고 하는데, 정작 우린 진지해서 좋았다고 그런 얘길 하고 있으니까요."

"하하, 그러게요."

"그러고 보니까 저도 시원 씨의 진지함이 좋았나 봐요. 물론 처음엔… 너무 깎아놓은 밤톨같이 잘생기셔서 관심이 갔던 거지만…. 게다가 늘 옷차림도 깔끔하시고 항상 기분 좋은 향기가 나서…. 그런데 잘생긴 남자 특유의 자의식 과잉도 안 느껴지고. 그 정도면 일단 완전 이 구역 핫 가이죠."

너무 진심이었는지, 저도 모르게 말이 점점 빨라지다 못해 목소리에 힘이 실렸다. 얼굴이 살짝 달아올랐지만 미래는 애써 태연한 척했다. 시원 역시 얼굴을 붉혔다.

"아이고, 그런 건 너무 기본인데…. 겨우 그 정도로 칭찬을 들으니 좀 쑥스럽네요."

대답마저, 핫 가이의 품위에 걸맞았다. 미래는 계속해서 말을 이었다.

"근데 사실 '오픈 릴레이션십 관계에 있는 애인이 있다' 선언을 하셨을 때, 처음엔 당황스럽기도 했고… 뭐랄까, 안타깝고 그랬거든요. 그치만…."

정말 안타깝긴 했다. 그 말 한마디에 긴 고민 없이 당장 시원과의 뜨거운 무언가에 퐁당 뛰어들 각오로 터질 듯 충만해져 있던 마음이 푸슈슈, 김이 빠지긴 했으니까.

"어떤 사람은 그런 말을 듣는 순간 '뭐 이런 미친놈이…'라고 할 거고, 분명히 나쁜 의도로 그런 말을 하는 사람도 있겠지만요…. 저는 그래도 일단 그걸 저한테 얘기해 줬다는 게 '그날 밤의 그런 것들에 대해서, 저에 대해서 가볍게 생각을 안 했구나'라는 생각 이 들더라고요. 시원 씨가 말만 안 했으면 저는 아마 몰랐을 텐데, 가볍게 하룻밤 스칠 거라면 굳이 얘기 안 할 수도 있는 거잖아요, 사실."

"아아, 그렇게 생각해 줬다면 정말 고맙네요…."

"이상한 사람으로 보일 수 있는 위험도 감수하고, 또 소리 씨한 테도 이야기해서 저희 셋이 만나고…. 그런 게 되게 번거로울 수 도 있는 일인데, 다 거쳐온 거고요."

"그거야, 당연히… 그래야 하니까요."

"그래서 '진짜 이 관계 유지에, 로맨스에 진심이시다…' 생각했 어요. 따져보면 저도 그 관계에 결부된 당사자인데도, 마치 남 일 을 보는 것 마냥… 좀 감동이 있더라고요. 원래 제가 남이 뭘 진심 으로 열심히 하는 모습을 보면 되게 감동받거든요."

뭔가 말이 길어질수록 뒤죽박죽이 되어가는 기분이었지만, 시 원은 말없이 고개를 끄덕여 주었다. 무슨 말인지 잘 알겠다는 듯이, 자신이 그랬던 것처럼.

"저는 미래 씨랑 앞으로 얼마나 더 가까워질지, 앞으로 어떤 일들이 생길지 그런 것들이 다 너무 기대되지만, 지금 이 순간만으로도 너무 좋고 행복하네요. 누군가에게 이해받았다는 게 정말 커요. 사실 이해받기 어려운 거라는 거 알고 있고, 감수하고 지내고 있긴 하지만 가끔씩 지치거든요…."

"그러게요. 그럴 것 같아요."

잠시 두 사람은 서로의 눈을 마주 보았다. 오늘은 또 조금 다른 눈빛이었다.

"이해 못 하는 사람은… 절대로 이해 못 하니까요. 이 편견이라는 게 워낙 강해서…. 저도 독점 연애만 하던 시절이 있었으니까 그 마음을 모르는 건 아니에요. 하지만 딱히 원하지 않는 사람한테 강요한 것도 아닌데, 이렇게 사는 제가 존재한다는 것만으로 너무 심하게 불쾌해하는 경우들도 많으니까…."

"그럴 것 같아요. 사실 제 주변에 친한 친구들한테도 상담해 봤는데, 별로 반응들이 안 좋더라고요. 하하."

"아아, 친구들이 좀 걱정하겠어요…."

"뭐, 조금은요. 그래도 괜찮아요. 한편으론 다들 재미있어하고, 엄청 궁금해하거든요. '어떻게 되어가냐', '오픈 릴레이션십 아직 시작 안 한 거 맞지?' 그러면서 은근히 떠본다니까요. 절 통해서 대리 만족하려는 것 같아요."

미래의 말에 시원이 또 소리 내어 웃었다.

"미래 씨 친구들도 다 재밌을 것 같아요, 미래 씨처럼."

"제가 재밌어요?"

"네. 미래 씨 되게 솔직하고 재밌잖아요."

"음, 사실 솔직하려고 노력하고 있긴 해요. 시원 씨도 엄청 솔직
하잖아요."

"아, 저도 한 솔직하죠…."

시원이 빙긋 미소 짓는 모습을 보며 미래는 속으로 맞장구를
쳤다.

그러게나 말입니다. 저한테도 그랬고, 애인인 소리 씨한테도,
그리고 무엇보다 자기 자신에게도. 솔직하다는 게 얼마나 번거롭
고 힘든 일인지, 아닌 척, 멋진 척, 있는 척, 없는 척, 무슨 척이든
척하는 게 훨씬 쉬운 일이란 걸 이제는 잘 알아서….

"솔직도 솔직이고, 전 호기심도 모험심도 좀 많은 편이긴 해요.
만약에 내가 하고 싶은 게 있는데 남한테 피해 주지 않는 거라면,
가급적 해보자, 뭐 그런 마음으로 살고 있어서…."

시원의 말을 듣자마자 미래는 살짝 소름이 돋는 한편, 조금 벅
찬 기분이 되었다. 하고 싶은 말이 턱끝까지 차오르는 바람에, 뜸
들이지 않고 고인 숨을 뱉어내듯 말했다.

"와, 그거 완전 내가 맨날 하고 다니는 말인데?"

"아, 정말요?"

어느새 이번엔 시원이 미래의 입버릇인 감탄사를 똑같이 하고 있었다.

나도 방금 그 생각을 했는데, 막 그 얘길 하려고 했는데! 그 순간의 기쁨 역시도, 이 시기에 주로 누릴 수 있는 달콤함이었다. 그때의 재미를 생각하면 연애, 썸, 만남, 뭐라고 부르든, 관계의 시작에만 중독되는 사람들도 이해가 안 가는 건 아닐 정도다.

"호기심이랑 모험심이요. 그것 때문에 진짜 험한 꼴도 많이 봤지만, 아무튼… 얘기하신 딱 그 이유로, 소리 씨도 만나보기로 한 거였거든요. 솔직히는 분명 해보고 싶은 일인데, 남한테 피해 주지 않는 게 맞는지 확인은 해야 했으니까…."

들뜬 감정을 있는 그대로 전하고 싶어서 숨 가쁘게 털어놓은 말들을 시원은 차분히 들어주었다.

"그랬구나…. 왠지, 그럴 줄 알았어요. 저는 정말 삶에서 호기심과 모험심이 중요하다고 생각해요. 무엇보다 자기 자신을 위해서 좋다고 생각하고…. 그것 때문에 가끔 힘들 때도 있지만, 그래도 확실히 삶이 풍성해지잖아요?"

"맞아요, 진짜 그래요."

'옛말이라는 게 괜히 있는 줄 알아? 뻔히 보이는 고생길을 안

피하고 굳이 가놓고서 그걸로 경험했다고 자기 위로하지 말아줄 래?'라고 장난스레 힐난했던 언젠가의 하나의 말이 미래의 머릿속에 떠올랐지만, 이 순간엔 과감히 무시하기로 했다. 시원은 그 '알고도 간 고생길'도 기꺼이 경험이라고 표현해 줄, 자신과 비슷한 사람이었으니까.

"근데 사실, 여성에겐 훨씬 힘들 거라고 생각해요. 똑같이 호기심과 모험심이 생기더라도, 행동으로 옮겼을 때의 위험 부담이 남자보다 훨씬 클 테니까요. 현실이 정말로 그렇잖아요. 그러니까 제가 솔직하고 호기심, 모험심 갖고 사는 거야 뭐 별로 대단한 것도 아니고…. 미래 씨가 대단한 거예요."

"아아…. 그렇죠."

짧게 대답하는 동안 미래의 머릿속에서 수많은 순간이 빠르게 흘러갔다. '험한 꼴'이라고 축약해서 말했던 어떤 일들, 감정들. 그리곤 덧붙였다.

"저도 알아요."

다시 한번 미래의 가슴이 조금 벅차올랐다. '내가 알고 있던 것을 저 사람도 알고 있구나' 하는 그 감각 때문이었는데, 단순히 자신이 좋아하는 밴드의 노래를 알고 있다거나, 좋아하는 영화의 명대사를 알고 있는 것과는 완전히 다른 의미였다.

너무나 당연한데도 여러 번 설명해야 했고, 대체로 통하지 않아 좌절도 했던 그것에 대해 '이 사람과는 실랑이할 일이 훨씬 적 겠구나' 하는 안도감. 바로 그것이었다.

✦

많은 사람이 21세기의 자유연애는 무조건 평등한 것이라 생각 하겠지만 사실 그렇지 않다. 물론 평등에 가까운 연애도 있겠지 만, 모든 연애가 평등하지 않다는 뜻이다. 연애와 결혼이 순전히 '감정'하고만 연관된 개인적인 이벤트라고 믿는다면 그것은 한 번 도 사회 속의 차별과 불편을 느껴본 적 없는 순진한 사람의 생각 일 가능성이 크다.

개개인의 차이를 참작하더라도 사회 문화 속에서 남성과 여성 이 아직 완전히 평등하지 않기 때문에, 이성애 연애가 완전히 평 등하기도 어렵다. 그게 어느 한쪽의 잘못인 것도 아니다. 개인이 그렇듯 커플도 사회 속에 있으므로, 그들의 관계는 백 퍼센트 두 사람의 관계 그 자체로만 성립되지 않는다. 두 사람의 관계는 그 들의 주변 사람들과 사회의 장력 안에 존재한다. 이는 객관적인 통계들을 바탕으로 논리적으로 결론 내릴 수 있는 가치 중립적인 사실이다.

그렇기에 어쩌면 더 중요한 문제는 연애 당사자들이 이 문제를 어떻게 받아들이느냐다.

이성애 연애 상태에 있는 두 사람의 남녀가 있다고 가정했을 때, 여성이 성별에서 기인하는 불평등에 대한 이슈를 입에 올리는 경우를 상상해 보자. 그것은 대부분의 경우 상대 남성에게 당장 이 불평등을 해결해 달라는 요구가 아니다. 사회와 문화는 그렇게 쉽게 바뀌는 것이 아니다. 어떤 근육질, 재벌, 초능력 히어로도 당장 이 오래된 문제를 해결할 수는 없다. 모든 강간범과 모든 디지털 성폭력 가해자와 모든 데이트 폭력 가해자와 모든 가정폭력 가해자와 모든, 또 모든, 모든 성차별주의자를 당장 잡아서 없애달라는 것이 아니다. 설령 그렇게 한다 한들, 그게 정말로 이 문제를 해결하는 방법도 아니다.

혹은, 상대 남성에게 이 모든 것에 대한 책임을 묻기 위함도 아니다. 누구 한 사람의 탓으로 생긴 문제도 아니고, 누구 한 사람이 책임질 수도 없다. 하지만 그렇다고 해서 '나는 그런 사람이 아니다'라는 말도 크게 도움이 되지는 않는다. 사회라는 복잡한 시스템 안에서 어떤 특징들을 가지고 태어난 개인으로서, 내가 속하게 된 집단이 나의 의도와는 상관없이 다른 이들보다 우위에 있는 일이 생긴다는 것을 받아들이는 것은 교양 있는 현대인의 기본 소양이다. 성별은 그중에 하나이고, 우리는 그 외에도 성적 지향, 장애 유무, 경제력, 학력, 출신지 등 다양한 요소들에 의해 사회 속에 위치 지어진다.

그러므로 이성애 커플이 평등해지기 위해 가장 필요한 첫 스텝은 다름 아닌, 지금 사회의 성별 불평등을 직시하고 인정하는 것부터다.

그러면 최소한 두 사람 사이의 대화만큼은 평등에 가깝게 이루어질 수 있고, 어떻게 하면 아직 불평등이 남아 있는 사회의 장력 안에서 평등한 관계를 만들어갈지를 함께 고민하는 한 팀이 될 수 있다.

그러나 한쪽에서, 이제는 여성이 대학 교육을 받을 수 있고, 직장 생활을 진취적으로 할 수 있으며 사유 재산을 모을 수도 있고, 투표권을 가졌고, 꾸미지 않을 수 있고, 남자보다 시험 성적이 잘 나올 수 있으며, 남자의 구애를 거절하고 인터넷에서 모욕을 줄 수 있다는 이유로 '이제는 여성 상위 시대가 왔다'고 주장한다면, 안타깝지만 그런 두 사람은 한 팀이 될 수 없다.

시원의 그 말 한마디에 미래는 그와 한 팀이 될 가능성을 발견했던 것이다.

아무리 생각해도 그것이 지극히 당연한 것으로 여겨지는 미래의 머릿속과는 달리, 현실은 어떤 경우 참혹하기까지 했으므로, 그 순간 느껴지는 안도감은 어쨌거나 소중한 것이었다.

그런 생각을 하고 났을 때, 미래의 눈앞에 짙은 녹음이 우거진 밤의 공원이 펼쳐졌다.

✦

삼십 분 가까이 걸어왔으니, 잠깐 벤치에 앉기로 했다.

미래와 시원은 자연스럽게 나란히 앉았고, 살짝 고개를 돌려 서로의 얼굴을 마주 보았다.

손도 잡고, 소리까지 만나서 연애에 대한 별의별 깊은 이야기를 다 나누었지만—여전히 조금은 어색했다. 서로 명백하게 확인한 호감 탓이기도 할 것이고, 생각해 보면 아직 그리 친하지 않은 사이였으니 당연하기도 했다. 눈을 계속 쳐다보기엔 쑥스럽고, 무슨 말을 꺼낼까 한참을 고민하면서도 그 부담이 싫지 않은, 오히려 가능하다면 이 밤이 영원했으면 하는 간지러운 기분이 두 사람이 떠어 앉은 그 사이를 가득 채우고 있었다.

그들의 주위로 산책하는 사람들, 운동하는 사람들, 반려견과 산책하는 사람들이 뜸하지 않게 지나다녔다. 미래는 반사적으로 시간을 확인했다. 밤 열한 시. 평소 같으면 씻고 누워서 멍하니 휴대전화를 만지작거리며 잘 준비를 하는 시간이지만 오늘은 그 어느 때보다도 정신이 또렷했다.

"이 시간에도 사람이 많네요."

"계절이 좋으니까요."

"그러고 보니 시원 씨 집은 어디에요?"

"아, 저는 사무실에서 멀지 않아요. 얼마 전에 이사했어요."

"정말요? 에고, 그럼 다시 돌아가야 되겠네요."

함께 걸어온 길도 데이트의 일부였으니 아무래도 좋으련만, 이렇게 모든 순간에 동선의 효율을 따져버리고 마는 것도 미래의 '진지한 친절함'에서 나오는 오지랖 중에 하나였다.

"괜찮아요. 미래 씨는요?"

"사무실에서 자전거로 15분 거리요."

"여기서는요?"

"걸어가면… 한 20분 걸리겠는데요."

"그렇구나. 이따가 데려다줘도 돼요? 산책도 더 할 겸."

"좋아요."

'데려다줄게'라는 말은 많이 들었지만 '데려다줘도 되냐'고 묻는 말은 오랜만에 듣는 것 같은 기분이었다. 별거 아닌 어미의 차이일 뿐이지만, 둘 중에 어떤 문장을 선택하는지가 그 남자와 그 관계에 대해 많은 것을 말해준다. 미래에게 그것은 너무나 분명한 사실이었다. 하지만 애초에 그 디테일한 차이를 이해 못 하는 사람들이 더 많았다. 그랬기 때문에 그렇게 많은 차선의 경험을 한 것이겠지만.

"그러고 보니까, 저 처음 만났을 때가 모두의 오피스 출근한 지 2주밖에 안 됐었다고 하셨잖아요. 그럼 그 전까진 어디서 일하고 있었어요?"

"아, 그 전엔… 카페에서 매니저로 일하고 있었죠."

"카페에서요?"

"네. 종로에 모두의 오피스 본사가 있는데… 제가 일했던 카페가 바로 그 앞이라, 본사분들이 정말 자주 오셨거든요."

"와, 커피도 잘 아시겠네요."

"좀 맛있게 내리는 편이죠."

시원이 평소보다 으쓱해하는 태도로 장난스럽게 대답했다. 겸양의 태도가 몸에 배어 있는 사람이 저렇게 말할 정도면, 정말 맛있겠는데…. 좋아하는 커피의 신맛을 생각하니 미래의 입 안에 절로 침이 고였다.

"아아, 멋지다…. 근데 그럼 이 일 하면서 그 재능을 썩히시는 거 아니에요?"

"하하, 그렇게 볼 수도 있죠. 하지만 카페 매니저라는 일도, 생각보다 커피보다는 사람들하고 해야 하는 일이 많아서요."

"하긴, 그렇겠네요…. 그럼, 설마 거기서 스카우트된 거예요?"

"네. 좀 멋지게 말하자면 그런 거죠. 마침 마포점에 새로 사람을 뽑는데 혹시 지원해 보지 않겠냐고. 제가 좀 매니지먼트, 케어, 이런 것에 나름 특화되어 있나 봐요."

어느새 시원이 평소 모드로 돌아와 수줍어하며 대답했다.

자신의 업무 분야인 디자인과 카피 작성 같은 거야 자신 있어도, 그 외의 자잘한 생존 스킬은 좀 부족하다고 자평하고 있는 미래로서는 시원이 새삼스럽게 대단해 보였다. 게다가 매니지먼트와 케어에 특화된 남자라니…. 이 땅의 남성으로서 갖기 힘든, 정말로 보기 드문 자질이었다. 미래는 아주 분명하게 그것을 알고 있었으므로, 또 하나 새롭게 발견된 시원의 장점이 너무 반가운 나머지 가슴이 울렁거렸다.

"그럼 요리도 잘하고요?"

"아, 좋아해요. 자신 있는 요리 몇 가지 있는데, 다음에 해드릴게요."

"와… 너무 좋아요. 전 사실 요리 잘 못하거든요. 사실 크게 관심도 없어요…. 먹는 건 그렇게 좋아하면서…."

"하하하, 그럴 수 있죠."

"시원 씨한테 좀 배워야겠다."

"좋죠."

"소리 씬 어때요?"

이야기를 잘 주고받다가, 저도 모르게 불쑥 소리의 이름이 꺼내버렸다! 당황한 미래가 급히 자기 입을 한쪽 손으로 막는 제스처를 했다. 시원은 그에 비해 태연한 듯 미소 짓긴 했는데, 그 역시 당황한 티가 역력했다.

"어… 미래 씨가 궁금하시다면야…. 궁금하신 거죠?"

"아, 네네. 제가 물어봤잖아요."

"소리는 요리를 좀 좋아하는 편이에요. 몇 개 잘하는 메뉴로 좀 돌려 막기 하는 스타일이긴 하지만…. 하하. 요리 자체는 제가 좀 더 잘하지 않나, 저는 그렇게 생각하고 있습니다."

어색한 웃음까지 덧붙이면서 필사적으로 태연한 척하려는 시원의 노력이 들여다보이는 것이 조금 귀여웠다. 이렇게 그냥 넘어갈까, 하는 생각도 들었지만 역시 이 순간에도 미래의 진지함이 이겼다.

"당황하셨죠? 갑자기 궁금해져서 저도 모르게 말이 나왔어요."

"아니에요, 그럴 수 있죠. 다만 '소리 얘기 하지 않게 조심해야지' 그 생각을 계속하고 있었는데, 미래 씨가 먼저 꺼내셔서 말 그대로 그냥 잠깐 당황했어요."

"그렇구나…."

어쨌거나 최대한 배려하려고 저쪽에서도 신경을 쓰고 있었던 거구나. 당연히 그랬을 텐데, 새삼스럽게 느껴졌다.

"네, 그 관련해선… 뭐든 미래 씨가 편한 대로 했으면 해요. 제가 다 맞출 테니까요."

이것 참, 시원의 배려는 충분히 이해하지만 '이름을 말할 수 없는 그 사람'도 아니고, 소리에 대해선 절대 얘기하지 말자고 하는 것도 뭔가 좀 어색하다. 그런다고 그 사람의 존재감이 없어지는 것도 아닌데. 하지만 그렇다고 해서 어떻게 하는 게 '가장 편할지'는 지금으로선 미래 자신도 잘 알 수가 없었다.

"알겠어요. 그럼 일단은… 제가 궁금할 때 물어볼게요. 그에 대해서만 대답해 줘요. 그래도 될까요?"

"물론이죠."

시원이 미래를 향해 환하게 웃어 보였다. 일전에 피로와 생리전 증상으로 무거웠던 몸의 피로를 싹 날려줬던, 바로 그 미소였다. 어쩌면 그 모든 고민에도 불구하고 미래를 지금 이 자리에 있게 만든 그 미소.

여느 때와 같은 설렘과, 여느 때 같지 않은 제3자의 존재감 속에서 그 모든 새로운 감각을 온전히 느끼면서 미래는 다시 한번 옆에 놓인 시원의 손에 자신의 손을 겹쳐보았다. 누군가와 사귄다는 건, 이렇게 서로가 원할 때 온기를 나눌 수 있는 사람 하나가 생기는 거구나 싶어서. 지금은 우선, 그것만 생각하기로 했다.

✦

　언제나 똑같은 출근길이지만 평소와 다른 느낌이라는 것 역시, 막 시작된 연애가 주는 달콤함의 큰 부분임은 틀림없다. 어제의 나와 오늘의 나는 같은 사람이지만, 만나고 싶은 사람, 궁금한 사람, 함께 좋은 것들을 나누고 싶은 사람이 생겼다는 것만으로도 일상이 더 특별해지고 즐거워진다. 연애도 해볼 만큼 해봤으면서, 처음 겪는 일도 아닌데 그게 아직도 그렇게 좋으냐고 묻는다면— 제일 좋아하는 맛이 언제나 제일 맛있는 거니까, 너무 당연한 거 아닌가.

　이렇게 곧 사라질 설렘에 푹 빠지는 것이 아무래도 바보 같은 일이라고 시니컬해지기보다는, 현상 자체에 집중하면서 될 수 있으면 그럴 일을 더 많이 만드는 노력을 더 많이 해왔던 미래로서는 그날 아침의 그 기분이 나쁘지 않았다. 달리 표현하자면, 아주 좋았다. 언제나 이용하는 공유 자전거의 페달이 그날따라 더 잘 미끄러져 나가는 것처럼 느껴졌을 정도였다.

　햇살도 바람도, 지나가는 사람들의 풍경까지도 유독 아름답게 보였던 그날, 언제나처럼 모두의 오피스 앞에 도착했을 때 시원으로부터 메시지가 와 있었다.

　'미래 씨, 출근 잘 했어요? 오늘 점심 같이 먹을래요? 카드키도

줄게요.'

그 문장을 보자마자 마음이 간지러워져서 미래는 씩 웃었다.

역시 연애가 내 체질이긴 하다고 실없이 뿌듯해하면서, 숨이 가쁜 줄도 모르고 정성껏 양손으로 휴대전화의 키패드를 눌렀다.

'뭐 먹고 싶어요? 아참, 어제 시원 씨가 말했던 마라탕 가게 궁금했는데!'

전송 버튼을 누르고서 답을 기다리면서 미래는 사무실 계단을 천천히 오르기 시작했다.

이제는 몇 달 전처럼 우연히 시원과 마주치기를 바라지 않아도 된다는 것이 새삼 신기하게 느껴졌다. 언제든 원하면 전화할 수 있고, 보고 싶으면 불러낼 수도 있다. 그러자 새삼스럽게 뻐근한 쾌감이 잔잔하게 퍼져갔다. 아아, 역시 이런 게 뭐, 행복 그런 건가 보지? 아무도 듣지 못할 마음속 생각을 홀로 겸연쩍어하면서 미래는 누가 볼세라 살짝 미소 지었다.

5.
우아하고 계획적인 공유 연애

시원과 시작한 '오픈 릴레이션십' 연애는 미래가 걱정했던 것에 비하면, 큰 틀에서 그간 해왔던 연애와 비슷했다.

평생 타인으로 살던 두 성인이 각자가 살아왔던 세계를 공유하면서 같은 부분에 감탄하고, 다른 부분은 신기해하며 서로의 존재로 인해 조금씩 달라지는 일상을 각자 살아가는 것. 좋은 것들을 나누고, 좋은 영향을 주고받는 것. 혼자일 때의 외로움을 못 이기고 그만 뻘짓을 할지도 모를 어느 날의 위험성과 시간 낭비를 제로로 만들어주는 것까지….

좋았고, 필요한 것이었고, 익숙했다.

역시 딱 한 가지 다른 것이 있었다면, 소리라는 존재였다.

하지만 소리가 둘 '사이'에 있다고 말하기는 애매한 것 같았다. 흔히 이야기하는 삼각관계 같은 것과는 좀 달랐기 때문이다.

그에 대해 시원은 이렇게 말하곤 했다.

"저랑 되게 친해서 자주 만나야 하는 친구가 한 명 있다고 생각하시거나… 사이가 좋은 가족이 있다고 생각하시면 어때요?"

그 말이 실은 '애인'을 칭하는 것을 분명히 알고 있으면서도 일부러 상황을 축소하려는 꼼수나 기만 같은 것으로 느껴지지 않았던 이유는, 실제로 시원과의 관계를 꾸리기 시작하면서 미래가 느꼈던 감정이 그것과 비슷했기 때문이다.

이전에 잠깐 사귀었던 사람 중에 각별히 사이가 좋은 고등학교 동창 무리가 있어, 남자친구의 주말 시간을 그들보다 먼저 선점하지 않으면 안 되는 신경전을 해야 했던 적이 있었다. 혹은 혼자 서울에 온 지 얼마 안 돼서 자주 들여다봐야 하는 여동생이 있었던 경우도 마찬가지고.

연애 상대에게 애인인 나만큼 중요한 또 다른 존재가 있고, 그 부분은 서로 이해하기로 약속한 승인된 존재이기 때문에(이 점은 아주 중요하다), 그의 시간과 관심이라는 한정된 자원을 함께 나눠야 하는 상황이라는 점에서 확실히 미래가 지금 느끼는 감정은 그때와 비슷했다. 달리 말하면, 지금 두 사람의 관계에서 소리의 존재감이란 것은 시원과의 약속을 잡을 때 종종 언급되며 고려해야 하는 대상 정도였던 것이다.

하지만 그 존재가 오래된 절친이나 가족이라고 하더라도 그런 상황이 썩 유쾌한 것은 아니다. 심지어 '신경전'이라고까지 표현했던 이유는, 연애 상대의 물리적인 시간을 내가 얼마나 점유할 수 있는지에 대해 늘 신경을 곤두세워야 했기 때문이었다.

만약 그 점유율이 신통치 않거나, 마땅히 나에게 양해를 구하고 사과해야 할 상황이 펼쳐졌는데 애인의 태도가 그렇지 않을 땐 바로 다음과 같은 지옥이 펼쳐지고야 말았다.

'친구들(혹은 가족)이 중요해, 내가 중요해?'

문장 형태는 의문문이지만, 많은 의문문이 그렇듯 정말 궁금해서 묻는 것이 아니다. 진짜로 하고 싶은 말은 '나는 네가 나보다 친구(혹은 가족)를 더 중요하게 생각하는 것처럼 이미 느꼈다'는 것이다.

한번 그 생각을 하게 되면, 쉽게 그 흔적이 지워지지 않는다.

'당연히 네가 더 중요하지'라는 말과 함께 사과를 들으면 그걸로 그 지옥문이 닫혀야 하는데, 이미 그 감정을 느끼게 만든 상황은 진짜고, 상대의 위로는 달콤한 거짓일 수도 있다는 걸 너무 잘 알기 때문이다. 애써 마음을 다독여서 그 문을 닫고 돌아서더라도 그다음부터 지옥문은 거의 자동문이 되어 아주 작은 단서만 가지고도 너무 쉽게 열려버리고 만다.

그래서 미래는 벌써 두려웠다.

하물며 상대가 친구나 가족이 아니라 오랜 기간 상호 신뢰와 사랑을 쌓아온 애인인 것을 명백하게 아는 이 상황에서 '소리 씨가 중요해, 내가 중요해?'라는 의문을 갖게 되면? 아니, '나보다 소리가 더 중요하구나'라는 것을 느끼게 된다면?

그 자체가 너무 큰 고통일 뿐만 아니라, 처음부터 이 관계를 망설이게 했던 바로 그 버튼을 누르는 것과 다름없으므로 그 순간 미래는 이 관계에서 당장 떨어져 나가버릴 것만 같았다. 우주로 쏘아지는 발사대 위의 로켓처럼 순식간에, 아주 멀리멀리 가버리고 말 것이다.

하지만 이 감정을 솔직하게 말할 생각은 전혀 없었다. 그것은 유서 깊은 연애의 딜레마와도 연관이 있다. '불안하니까 나를 더 신경 쓰고 사랑해 주세요'라고 말하는 사람은, 첫째, 덜 매력적이라는 것. 둘째, 그 발언 이후 주어지는 상대의 배려와 사랑이 마음에서 우러난 것인지 내가 부탁해서 해주는 호의인지 확인할 방법이 없다는 것. 애초에 그런 말을 꺼내는 것 자체가 자존심이 상하고 창피하다는 것 역시 한몫할 테고 말이다.

그러므로 수많은 연애가 그래왔듯이, 상대와 내가 상호 작용하며 만들어갈 '바이브'에 몸을 맡기는 수밖에 없는 것이라고 생각했다.

그랬기 때문에, 미래는 지금의 이 상황이 매우 당황스러웠다.

✦

"미래 씨, 보고 싶었어요!"

이런 날이 또 올 수도 있을 거라곤 생각했지만, 생각보다 빠른 두 번째 삼자대면이었다. 이번엔, 지난번과는 조금 관계가 바뀐 상황이긴 했지만 말이다. 그것을 알려주려는 듯, 소리가 이번엔 시원을 미래 옆에 앉히고 맞은편에 혼자 앉았다. 문득 그렇게 배려해 줄 수 있는 것도 여유가 있는 사람의 입장이라는 생각이 들어 잠시 머릿속이 복잡해지려 했지만, 호의를 호의로만 받아들이자는 마음으로―이 구역의 뉴비인 자신의 입장을 상기하며 겸허해지기로 했다. 어쨌거나 여전히 매력적인 소리로부터 보고 싶었다는 말을 듣는 거야 나쁘지 않은 일이기도 했고 말이다.

"근데 사실 다시 보게 될 것 같긴 했어요."

소리가 찡긋, 눈짓을 하며 말했다. 딱히 플러팅* 멘트는 아니란 걸 아는데, '어우, 왜 설레냐' 싶어 미래는 자기도 모르게 침을 꼴깍 삼켰다.

"미래 씨 눈빛에서 호기심이 보였거든요. 좋아하는 마음이야 어떻게 참을 수 있어도, 궁금한 건 못 참지~."

---

* 호감을 갖고 유혹을 목적으로 하는 행위.

소리가 은근하게 건네는 '다 알아요~' 하는 표정에서 미래는 시원과의 대화에서 느꼈던 것과 비슷한 감정을 다시 한번 느꼈다. '이 사람도 나랑 비슷하구나'라는 것을 확인했을 때의 묘한 안정 감과 짜릿함.

"하하, 이런 기회가 언제 또 있을까 싶긴 했죠…. 아, 물론 무엇 보다도 시원 씨가 좋으니까, 더 가까워지고 더 알고 싶었던 거지 만요…."

그런 당연한 말을 새삼 하고 있다는 게 우습긴 하지만 진심이 었다. 소리가 그런 미래의 얼굴을 귀엽다는 듯 보다가 살짝 미소 지으며 말했다.

"시원이한테, 오픈 이런 건 막 미친 듯이 드라마틱하게 휩쓸려 가는 거 아니었냐고, 이렇게 심사숙고해도 되냐고 물어봤다면서 요."

"네, 맞아요."

쑥스러움과 동시에, '이 두 사람은 내 이야기를 서슴없이 하는 구나'라는 생각이 들어서 미래의 기분이 잠시 묘해졌다. 그런 두 사람의 모습을 상상하니 역시 어쩔 수 없는 소외감이 느껴지기도 했다.

"시원이가 막 더 옴므파탈처럼, 치명적으로 유혹하면 못 이기 는 척, 그렇게 시작하고 싶었나 봐요."

소리가 장난스러운 말투로 말했다. 따지고 보면 그게 맞긴 한데, 막상 남의 입으로 들으니까 좀 부끄러워졌다. 미래는 어쩔 수 없이 살짝 붉어지는 얼굴을 숙이면서 대답했다.

"뭐… 아무래도 좀 어색했다고 할까. 쑥스러워서요."

"근데 그럼 안 돼요. 나중에 상대방을 탓하게 되거든요. 폴리든 오픈이든 하다못해 망한 독점 연애 얘기라도, 그렇게 어쩔 수 없이 끌려들어 갔다는 이야기가 많은 이유가 뭐겠어요? 다 나중에 남 탓하려고, 자기방어하려고. 그 사람들, 실제로 다 그렇게 휩쓸리듯 갔을까? 반은 거짓말일걸요."

"아아…."

소리가 매서울 정도로 맞는 말만 하는 사람이란 건 이미 알고 있었지만, 그 대상이 자신이 되자 미래는 등줄기가 오싹했다.

"뭐, 미래 씨가 그랬다는 건 아니고요. 당연히 어색할 수 있죠."

미래가 살짝 굳어지는 것을 눈치 챘는지, 한마디 덧붙이며 빙긋 웃는 소리의 얼굴이―그게 더 무서웠다!

"맞아, 미래 씨가 그 얘기만 한 건 아니잖아. 더 중요했던 얘긴, 해보고는 싶은데 감당이 안 될까 봐 겁도 난다고 했던 거지. 그럴 수 있잖아."

옆에서 시원이 거들었다. 그 말에 소리가 끄덕였다.

"응, 그럼. 미래 씨가 솔직한 사람이라서 좋아. 어떤 사람들은

자기가 진짜 뭘 원하는지도 모르고 스스로 막 속이기까지 하거든
요. 그런 사람들하고 오픈 릴레이션십을 시작한다? 바로 헬 게이
트 오픈이에요."

생각만 해도 힘들다는 듯 고개를 절레절레 젓는 소리를 보면서
미래는 왜인지 모르게 살짝 주눅이 들었다. 지금 이렇게 같은 자
리에 앉아 있긴 하지만 정말 자신은 그들에 비하면 너무 갈 길이
먼 것 같아서, 혼자만 아무것도 모르는 것 같아서―역시, 감당할
수 없는 일을 벌이는 건가 싶어서.

"뭔가 좀… 반성하게 되네요."

저도 모르게 고개를 숙이는 미래의 모습에, 시원과 소리가 깜
짝 놀라며 동시에 외쳤다.

"아아, 아니에요, 미래 씨~!"

"진짜, 미래 씨, 너무 잘하고 있어요!!"

"그니까요. 미래 씨, 너무 좋아!!"

무척 당황한 듯 거의 아무 말을 외치는 그들의 모습에 가뜩이
나 위축된 미래 역시 당황했고, 그래서 본의 아니게 한층 더 기운
빠진 목소리가 나왔다.

"죄, 죄송합니다…."

"아냐, 아냐. 내가 미안해요. 기분 상했으면 사과할게요."

"괜찮아요, 미래 씨?"

"네, 괜찮아요. 그냥 제가 좀, 제 딴엔 고민을 많이 했다고 생각했는데 부족했던 것 같아서요."

"부족하긴요, 다 할 수 있는 생각인데. 나중에라도 마음에 걸린다 싶으면 꼭 말해줘요. 알았죠? 딴소리 그만하고 본론부터 얘기할게요. 사실 오늘 이렇게 뵙자고 한 이유는 따로 있거든요…."

그러더니, 소리가 테이블 위에 올려두었던 다이어리를 들어 보였다. 계속 거기 놓여 있던 물건이었는데 너무 일상적인 오브제라 미처 그 쓸모를 의식하지 못하고 있었다.

"저희, 한 달 치 일정을 셋이 같이 잡으면 좋을 것 같아서요."

"셋이 같이요…?"

"네. 미래 씨만 괜찮으시다면요."

"아아, 네, 좋아요. 저도 다이어리 꺼낼게요…!"

미래는 조금 긴장한 듯한 표정으로 손을 뻗어 빠르게 에코백 안을 더듬거렸다.

✦

곧 세 사람은 각자의 다이어리를 펼쳐서 그달에 앞으로 세 번 남은 주말, 총 6일과 각자의 평일 저녁 일정들에 관한 이야기를 나눴다.

그러고 보니 소리가 무슨 일을 하는지는 모르고 있었는데, 외국계 제약 회사에서 연구원으로 일하고 있다고 했다. 역시, 그러니까 내가 그럴 줄 알았다니까…. 게다가 몇 년 전까지 가족들과 함께 독일에서 살다가 혼자 일하러 들어왔다고 했다. 그 말에 미래의 귀가 쫑긋해졌다. 독일이라면 베를린? 베를린이라면 힙스터와 오픈 릴레이션십…? 성급한 일반화가 얼마나 바보 같고 해로운 것인지 알면서도, 그 순간 이런 생각이 드는 것만큼은 막을 수가 없었다. '나도 어쩔 수 없는 한국 사람인가 보다' 하고 자조하는 수밖엔.

그러면서 자연히 두 사람의 원래 연애 패턴에 대해서도 알게되었는데, 주로 금요일 저녁에 만나 토요일까지 시간을 같이 보내고 일요일에는 각자 시간을 보내는 것이 보통이라고 했다. 주중에는 한두 번, 시간이 나면 그때그때, 상황에 맞춰서. 그것만큼은 수많은 독점 연애 커플들과 크게 다르지 않은 느낌이었다.

다만 금요일부터 토요일까지 두 사람이 시간을 같이 보낸다는 부분을 상상하니 또 미래의 마음 한구석에서 작은 파문이 일었다. 몇 년을 만난 연인이니까 당연하고, 몰랐던 것도 아닌데 촌스럽게 내가 왜 이러나 싶으면서도 자꾸 눈앞에 있는 두 사람을 대상으로 불순한 상상이 펼쳐지려 해서 곤란했다. 아무리 이전에 경험했던 연애들과 거의 다를 게 없다고 스스로를 설득하려 해도, 역시 이것만큼은 오픈 릴레이션십만의 특징인 듯했다. 애인이 매일 친구들과 어울려 놀고 여동생을 자주 보러 가야 해서 좀 서운하다 한들, 거기 가서 섹스하고 올지도 모른다고 생각하지는 않으니까 말이다.

선배와의 일이 곧 바빠질 예정이긴 했어도 주말까지 반납하며 일했던 적은 거의 없어서, 이달에도 미래의 주말 일정은 거의 비어 있을 예정이었다. 그런데 주말 이틀 모두 시간이 된다고 얘기하는 게 소리 앞에서 너무 눈치 없는 일은 아닐지, 혹은 언제나 시간이 된다는 이유로 항상 맞춰주거나 기다리는 사람이 되는 것은 아닐지 노파심이 들어서 쉽게 입을 떼지 못했다.

그런 미래의 얼굴을 살피더니, 소리가 말했다.

"이번 달 주말이 이제 세 번 남았으니까…. 다음 주 금요일은 미래 씨 시간 어때요? 그 주는 제가 토요일만 시간이 되네요."

"아, 그 주 금요일 시간 괜찮네요."

"시원이 너도?"

"응."

"그럼 그 외에 두 번 남은 주말은… 제가 금요일 먼저 찜할게요. 괜찮죠?"

"네."

"시원이 넌?"

"나도 토요일은 다 괜찮아. 이번 달은 특별히 야근이나 주말 근무 없을 것 같으니까. 월말 행사는 일요일이고."

짧은 고민이 무색하게 상황을 깔끔히 정리해 주는 소리의 노련함에 탄복하는 한편, 자신을 배려해 주는 것이 고마우면서도 미안해서 맘이 복잡해지려는데―소리가 이어서 말했다.

"근데 두 사람은 같은 직장에서 일하는 거 알죠? 평일 낮에도 훨씬 자주 만날 수 있는 거."

"아아, 그쵸. 그건 그렇죠."

"저는 일이 좀 들쑥날쑥하긴 한데⋯ 이 주 화요일이랑 그다음 수요일은 확실히 시간 될 거 같으니까, 그땐 나랑 만나, 한시원."

"괜찮아요, 미래 씨?"

"아, 네, 그럼요."

그것조차 예상했다는 듯 미안해할 틈까지 주지 않다니, 소리 씨 당신이란 사람은 정말⋯. 센스 있는 그의 배려에 미래의 마음이 한결 편안해졌다. 한편으로는 그 능숙함에, 그동안 이렇게 일정을 조율하는 일이 몇 번이나 있었을까를 또 부질없이 생각해 보게 됐다. 소리에게 새 애인이 생기면 시원이 이렇게 가운데서 일정을 조율해 주고 그랬을까? 매니지먼트와 케어에 특화되어 있으니까 분명 잘했겠지⋯? 쓸데없다는 것을 알면서도 자꾸 생각이 꼬리에 꼬리를 물고 이어졌다.

"그럼, 다 됐네요. 물론, 이렇게 정했다가도 급한 사정이 생기거나 기분이 안 내키면 약속을 취소하거나 바꿀 수 있어요. 그건 당연히 그럴 수 있는 거니까. 하지만 그렇게 되면 꼭 미리 솔직하게 얘기해 주기."

"그럴게요."

산뜻한 소리의 말에 그나마 미래의 생각의 고리가 끊겼고, 다시 온전히 이 자리로 돌아와 웃으며 대답할 수 있었다. 그러자 소리가 눈을 찡긋하며 말했다.

"이러니까 꼭 우리 셋이 사귀는 거 같죠?"

미래는 다시 한번 어색하게 웃으며 침을 꼴깍 삼켰다.

거참, 그런 뜻 아닌 건 안다니까요.

✦

"이전에 소리 씨가 다른 사람 만날 때도 이렇게 일정을 공유했어요?"

미래가 다시 가방에 다이어리를 집어넣으며 조심스럽게 물었다. 그러자 시원이 선선하게 대답했다.

"다는 아니지만, 이렇게 한 적도 있어요."

그 말에 미래의 머릿속에 문득 자기 대신 이 자리에 있었을 또 다른 사람의 모습이 떠올랐다. 그 사람은 얼마나 이들의 곁에 머물다가 사라졌을까? 궁금했지만, 차마 물을 자신이 없었다. 갑자기 별로 공감되지 않던 하나의 말이 떠오르기도 했다. '지 잘난 맛에 사는 애들한테 놀아나는 거야… 놀아나는 거야….'

"저희도 고민을 많이 했었거든요. 어떻게 하는 게 가장 좋을지. 첨엔 시행착오도 있었고… 이런 자리 자체를 당황스러워하거나 싫어하던 분도 없었던 건 아니라 제가 중간에서 전한 적도 있고."

"네. 그럴 수도 있었겠어요."

미래는 저도 모르게 거의 반사적으로 고개를 끄덕였다.

"근데 저희 생각엔 이게 제일 낫더라고요. 왜, 사람들 연애할 때 보면 그런 거 많지 않아요? 일정 잡는 것 때문에 서운해지고, 또 서운하게 만들고…. 마음 시들해졌거나 삐진 거 있을 때면 꼭 갑자기 시간 안 된다고 해버리잖아요."

"아, 알죠, 알죠…."

"그런 식의 간접적인 의사소통에 익숙해지면 이 일정 잡는 것에 되게 의미 부여가 많이 되고 감정이 실리거든요. 그러다 보면 오해도 생기고 솔직해지는 데 방해가 많이 되더라고요."

"하긴…."

시원이 이어서 말했다.

"그런데다 저희는 지금 오픈해서 만나고 있는 상황이다 보니

저는 소리랑 미래 씨 두 사람하고 약속을 잡아야 하는데, 잘못하면 오해 생기기가 더 쉽잖아요."

"맞아요. 나보다 저 사람이랑 더 시간을 많이 보내는 거 아닌가, 그런 것에 신경 쓰기 시작하면 오해가 생기고 감정이 상할 수밖에 없으니까요. 지내다 보면 시원이가 이번 주는 어느 한쪽하고 시간을 더 많이 보낼 수도 있을 거예요. 근데 그게 저 사람을 더 좋아해서가 아니라, 단순히 이번 주에 서로 일정이 더 잘 맞아서일 수도 있는 건데…. 그걸 미리 확인을 안 하면 사람 마음이라는 게 그렇게 생각하기가 너무 쉬우니까요…."

"그러게요…."

언제나처럼 너무나 논리정연한 소리의 말을 듣는 동안, 미래의 표정이 조금 굳어지는 듯했다. 아까부터 섬세하게 미래의 표정을 살피던 두 사람은 단번에 그 변화를 눈치 챘다.

"물론, 이렇게 같이 일정을 정하고 하더라도 오해는 분명 생길 거고, 감정도 상할 수 있어요."

"맞아요, 이렇게 미리 공유했으니까 절대 감정 상하지 말기! 이런 건 절대 아니니까요!"

"오히려 만나다 보면 감정이 상하는 건 디폴트에 가까우니, 예상할 수 있는 위험 요소를 최대한 없애자는 것에 가깝죠."

표정만 보고도 단번에 미래의 머릿속에 스친 생각을 눈치 챈 듯한 말이었다. 덕분에 미래도 솔직하게 말할 수 있었다.

"아아, 네…. 사실 딱 그런 생각을 하고 있었거든요. 전 아직 잘 모르겠어요…. 그렇게 항상 이성적일 수가 있을지…."

"괜찮아요. 저도 시원이도 다 똑같아요."

미래로서는 믿기 힘든 이야기였지만, 아무튼 소리가 그렇게 말했다.

"중요한 건 그 감정이 들었을 때 어떻게 표현하고 어떻게 해소하느냐죠. 감정까진 어떻게 할 수가 없더라고요. 인간이 할 수 있는 일은 아마 그 정도인 것 같아요…."

쓸쓸한 듯 웃으면서 이야기하는 소리의 표정에서 느껴지는 아우라는 충분히 탈인간적인 무언가처럼 보이긴 했지만, 어쨌거나 자신을 안심시켜 주려 하는 두 사람의 노력을 미래는 기꺼이 받아들이기로 했다.

"그래서 저희는 저희 나름의 규칙을 많이 만들려고 노력하고 있어요."

"그런 거군요."

"물론 미래 씨한테는 동의를 구할 거니까, 그때마다 의견을 얘기해 준다면 좋겠어요."

"네, 그럴게요. 우선 일정을 세 사람이 같이 짜는 건 좋은 생각인 것 같아요. 배려해 줘서 고마워요."

미래의 말에 소리와 시원이 살짝 눈짓을 교환하며 웃었다. 너무 당연하게 고마운 일이라고 생각했었는데 역시 입 밖으로 소리 내어 말하지 않으면 전해지지 않는 것도 있는 모양이다.

"미래 씨도 아마 그런 생각 많이 했을 거예요. 이성애 연애의 남녀 역할극 같은 거 너무 재미없고 그만두고 싶다고."

"아아, 그럼요."

"그런 게 사실 저희가 지난번에 얘기했던 사회가 지향하는 일부일처제로 이어지는 통로 같은 건데…. 거기서 벗어나자고 얘기한 사람들은 오래전부터 많았거든요?"

"그래요? 그렇구나…."

'역시 그런 생각을 한 사람이 내가 처음일 리가 없지' 하고 조금 머쓱해지는 기분이었다.

"네. 근데 그게 쉽지가 않았나 봐요."

"흠, 그건 왜 그랬을까요?"

"일단 그걸 그만두자는 것에는 많은 사람이 동의했는데, 그다음에 뭘 어떻게 하면 좋을지에 대한 합의가 없었던 게 문제 아니었을까 싶어요."

"아아…."

어느새 자연스럽게 소리의 연애학 강의, 라고 표현하자니 너무나 얄팍하고 촌스럽지만 아무튼, 소리의 강의에 가까운 지적인 이야기가 또 시작됐고, 미래는 그것이 너무나 반가웠다.

"미래 씨도 그런 거 느끼지 않았어요? 결혼할 생각 없다고 말하는 남자들 대부분이 나쁜 남자처럼 굴잖아요."

"어? 네, 맞아요!"

"그리고 결혼 전제로 만나고 싶다고 얘기하는 남자들은 되게 조신하게 굴고요."

"하, 그쵸…!"

이건 정말 미래가 너무나 잘 아는 얘기였다. 미래의 입에서 한숨이 절로 나왔다. 시원은 흥미진진하게 두 사람의 대화를 귀 기울여 듣고 있었다.

"'결혼을 전제했다!'라고 하는 순간에, 해야 할 도리와 기대되는 역할 같은 것들이 쫙 정리가 되잖아요. 어쨌거나 사회적으로 바람직하다고 여겨지는 남성의 미덕들, 책임감, 다정함, 뭐 그런 것들을 수행하려고 최소한의 노력이라도 한다는 거죠. 근데 그 반대는, 아무것도 정해져 있지를 않으니까 그 최소한의 것들도 안 하는 거예요. 어쩌면 그것조차 하기 싫은 남자들이 '결혼 생각은 아직 없다'고 얘기하고 다니는 걸지도 모른다는 합리적 의심까지 들긴 하는데…."

"하… 소리 씨 천잰가 봐…. 진짜 그런 거였나 봐요."

미래는 너무 큰 깨달음을 얻은 기분이라 이마라도 한번 크게 치고 싶었다. 30대 초반에 지겹게 반복되었던 비슷한 경험들을 하나로 꿸 수 있는 실을 이제야 찾은 듯했다.

"하물며 결혼 전제 여부에 따라서도 그렇게 행동이 달라지는데, 서로 독점을 안 하는 연애를 한다면? 근데 아무런 원칙도 기준도 없다면…?"

소리가 장난스럽게 경악하는 듯한 표정을 지으며 말하는 것을 보며 미래도 자연스럽게 따라 했다. 두 여자가 눈을 맞추고 낄낄거리는 것을 보면서 시원은 웃으며 고개를 좌우로 저었다.

"그거야말로 헬 게이트 오픈…!"

일부러 소리가 사용했던 단어를 사용하면서 미래는 새삼스럽게 그들과의 유대감이 더 두터워진 느낌에 홀로 뿌듯해졌다.

"그러니까 정말로… 규칙이 중요한데, 이전에 있었던 우리가 다 알고 있는 것들 중에선 쓸 만한 게 없으니까요. 좀 번거롭긴 하지만 같이 의논해서 정해야 할 게 좀 많을 거예요."

"음, 네. 이해했어요. 저는 좋아요. 할 수 있는 한은 해보고 싶어요."

"좋아요."

소리가 미래를 향해 웃어 보였다. 처음 그를 만났을 때의 긴장과 어색함을 어느 정도 덜고 나니, 그 표정이 묘하게 시원과 닮아 보이는 느낌이 들었다. 잠깐 그 얼굴을 보다가 미래가 조심스럽게 입을 열었다.

"근데 혹시⋯ 어디까지 뭘 물어봐도 되는지 그런 것도 정하는 것이 좋을까요?"

"음, 뭐 때문에 그러는데요?"

소리와 시원이 잠시 눈을 맞춘 뒤 동시에 미래의 입을 쳐다보았다.

"저 사실⋯ 이전에 두 사람이 가졌던 다른 오픈 릴레이션십 관계가 좀 궁금해요. 근데 지금 당장 다 듣기엔 좀 겁나기도 하고요."

아주 짧은 침묵이 흘렀다. 하지만 미래는 자신이 실수를 했다거나 하지 말아야 할 얘기를 꺼냈다고 생각하지는 않았다. 두 사람이 그런 느낌을 주지 않았기 때문이다.

"아, 그건⋯."

시원이 살짝 소리 쪽을 쳐다보았다. 소리가 말했다.

"저희가, 한번 상의를 해볼게요. 미래 씨가 들을 준비되면 다시 한번 알려줘요."

"네, 고마워요. 두 사람의 사생활에 대해서 막 알고 싶다 이런 것보다는⋯ 아니, 솔직히 말하면 그것도 조금은 있지만⋯. 하하. 저한테도 참고가 될 것 같아서⋯."

"그 마음 충분히 이해해요. 그래도 너무 불안해하진 말았으면 좋겠어요. 저도, 이래 보이지만 나름 불안이 있답니다."

"에, 소리 씨가요?"

소리가 고개를 끄덕하더니 말했다.

"미래 씨 입장에선 제가 오래된 애인이라 더 안정적일 거라고 느끼겠지만, 제 입장에선 시원이가 새롭게 발견한 게 미래 씨니까, '혹시 나한테 뭐 부족한 것이 있었나?', '새로운 사람이 훨씬 더 흥미롭지 않을까?'라고 생각을⋯ 하려면 할 수도 있죠. 하지만 그러기 시작하면 아마 한도 끝도 없을 테니까, 그렇게 뻗어나가지 않으려고 노력하고 있어요. 저도 이렇게 만나는 건 처음이라서요. 근데 지금 이 상황 자체는 재밌고 흥미로워요. 그건 사실이에요."

"아아⋯."

미래는 저도 모르게 자신보다 훨씬 멋져 보이고 똑똑한 데다가 시원과도 더 오래 만났던 소리가 더 좋은 위치에 있을 것이라는 생각을 자꾸 기본값처럼 맘속에 품고 있었다. 이렇게 셋이 만난 자리에서도 항상 소리가 해주는 배려를 미래가 받는 입장이다 보니까, 자꾸 잊게 된다고나 할까.

"결국 다 똑같아요. 누가 더 나을 것도 없고, 이것도 그냥 연애예요. 각자의 연애를 열심히 하면 되는 거죠."

어쨌거나 중요한 건 시원과의 관계—아니, 그조차도 아닌 미래 자신이라는 것을, 그러니까 무엇보다 자신의 페이스대로 이 관계를 잘 끌어가면 된다. 끌려가지 말고, 휩쓸려 가지 말고. 그러고 싶어서 이 연애를 선택한 거니까. 소리의 말이 미래에게 다시 한 번 그 사실을 일깨워 주는 듯했다.

사람도 연애도 결국 다 똑같다고 말하는 데는 이유가 있는 거라고, 너만 그걸 부정하는 거라며 충고하는 클리셰들은 이제 지긋지긋했다. 그러니까 이번에야말로 스스로 그걸 실험해 볼 기회였다. 흔히 '그럴 것'이라 여겨지는 감정, 어디서 보고 배운 것을 그대로 느끼지는 말자고, 우선 그것부터 시작해 보자고 미래는 조용히 속으로 다짐했다.

6.
먹고 기대하고 사랑하라

'대충 때우는 게 아니라, 나에게 딱 맞는 맞춤형 식사입니다.'

여기까지 쓰고서 미래는 한참 동안 반짝이는 커서를 멍하니 바라보았다. 몇 달간 준비했던 첫 번째 대용식 제품의 출시가 다가오면서, 클라우드 펀딩 사이트에 올릴 마케팅 문구와 상세 페이지의 최종 마감일도 점차 다가오고 있었다. 메인 카피는 대충 이 정도면 되려나? 유난히 머리가 잘 안 돌아가는 느낌이었다.

스타트업 회사로서 공유 오피스를 사무 공간으로 쓰면서, 첫 론칭은 클라우드 펀딩을 통해.

이 정도면 제법 이 시대의 청년 사업가로서 취해야 할 요소들은 다 갖춘 셈이었다.

거기다 선배 지인의 지인이 운영한다는 망원동에 있는 카페에서 한 달짜리 팝업스토어도 협의 중이었고, SNS 계정까지 새롭게 개설했다.

　다만, 선배의 남동생이 SNS 운영을 도와준다고 큰 소리를 쳤다가 영 센스가 부족하다는 이유로 경질됐고, 결국 임시라는 단서를 달아 미래에게 넘겨졌다. 덕분에 미래의 일만 더 늘어났다.

　프리랜서로서 바쁜 시기를 보내는 거야 왕왕 있는 일이라 익숙하긴 했지만, 본격적으로 SNS 관리를 해야 하는 것은 처음이라 생각보다 신경 쓸 것이 많았다.

　그 얘길 시원에게 했더니 재미있어하면서 '팔로우'를 했다고 말해주었다. 안 그래도 조금 궁금하던 차였는데, 덕분에 미래는 어색함 없이 그의 계정과 '맞팔'을 할 수 있었다. 자물쇠 아이콘과 함께 '비공개 계정입니다'라고 적혀 있어서 호기심을 자극하던 시원의 계정이 드디어… 열린 것이다!

　사실 시원에 대해 '직캠 속 꽃미남' 정도의 인식을 하고 있었을 때부터, 미래는 이미 시원의 계정 주소를 알고 있었다. 뭐 특별히 대단한 것도 아니다. 관심 가는 사람이 생기면 그 사람이 온라인에 남긴 흔적부터 찾아보는 것이 현대인들의 새로운 취미 스포츠가 되었으니까. 게다가 요즘 세상에선 누군가와 1시간 대화하는 것보다, SNS를 20분 훑어보는 것으로 더 많은 것을 알게 될 때가 많다. 교우 관계과 관계 맺는 스타일, 말투, 미적 감각, 유머 감각, 광범위한 취향과 은연중에 드러나는 경제 수준까지―사실 너무 많은 것을 갑자기 알게 되어 조금 부담스러울 정도다.

그래서 미래는 이전에 관심을 가졌거나 관계가 진전될 뻔했던 상대들의 SNS를 보고 차갑게 식어버렸던 적도 있었다. 성범죄 전력이 있어 이젠 무슨 말을 해도 하나도 웃기지 않게 된 개그맨을 열렬히 좋아하는 피드가 한가득이라든지, 유사 과학에 너무 심취해 있다든지, 이해할 수 없는 미적 감각을 갖고 있다든지, 친구들과 주고받는 코멘트에 놀라울 정도의 혐오 표현들이 난무하다든지…. 이제는 다 기억도 나지 않는 이유로 '지뢰'를 밟는 일들이 제법 있었다.

그래서 시원의 SNS를 보게 되는 것이 반가우면서도 조금 두려웠다. 물론 그동안 시간을 두고 모두의 오피스에서 그를 살펴보았을 때의 느낌과 몇 차례 오랜 대화를 나눈 뒤의 대략적인 느낌이 있었기에 '지뢰'를 밟을 거라는 생각까지는 안 했지만, 그래도 혹시나, 사람 일은 알 수가 없는 것이니까. 정말, 정말로 SNS가 그냥 민낯 공개 정도가 아니라 그야말로 '빤스 내리는' 수준인 사람도 진짜로 있기 때문에…. 게다가 시원은 소리와 오래전부터 연애 중이었을 테니 혹시나 그와 관련된 이미지를 미처 준비되지 않은 상황에서 보게 될지도 모른다는 것 역시 간과할 수 없는 불안 요소 중 하나였다. 시원의 계정을 터치하기 위해 엄지손가락을 들었을 땐, 누적된 경험으로 인해 머리가 아니라 몸에서부터 느껴지는 불안이 가볍게 미래의 전신을 훑고 지나갔다.

그리고 그의 SNS를 드디어 열어보았더니—

게시물 23개 / 팔로워 57명 / 팔로잉 94명

단출한 숫자들이 아기자기하게 맞이한 시원의 계정에는, 거의 게시물이 없었다.

역시 굳이 SNS는 인생의 낭비라고 폄하할 필요까지는 없더라도, 어쨌거나 덜 하는 게 무조건 먹고 들어간달까. 이 계정마저도 시원의 성격을 반영하는 듯했다.

마치 '한시원 오피셜' 계정인 것처럼 아주 정제된 공식적인 내용(이직, 생일, 신년, 휴가 등)만이 띄엄띄엄 올라와 있었고, 얼굴이 제대로 나온 사진조차 없었다. 그러니 소리의 사진은커녕 연애의 흔적조차 드러나 있지 않았다. 그 운영 방침이 미래의 그것과 거의 비슷해 보였기 때문에(비공개 계정, 오프라인 지인들하고만 연결, 지나치게 사적인 것은 올리지 않음) 미래는 편안함을 느꼈다.

어떤 연인들은 SNS 계정이나 메신저 프로필에 애인 유무를 티낼 거냐, 말 거냐를 가지고 다투기도 하는 것 같았다. 처음에는 그런 다툼이 지금 둘 사이에 흘러넘치는 사랑을 어떻게든 주위에 티 내주기 바라는 나름 귀여운 마음 때문이라고만 생각했다. 그러나 그건 오히려 부수적인 것이고, 핵심은 '공식적으로 애인 있는 티를 안 내는 것은 바람의 소지가 있기 때문'이라는 말을 듣고서 조금 의아했던 기억이 있다. 그렇게까지 상대방을 못 믿으면서 어떻게 연애를 할 수 있단 말인가? 독점 연애 세계관에서 절대로 있어서는 안 되는 일이 바로 '바람'인데, 그래서인지 그 '바람 가능성'이라는 것은 늘 과대평가되며, 연애 기간 내내 집요하게 집착하며 서로를 통제하려 하는 것이 '사랑'이라는 식으로 퉁쳐진다. 그 노력으로 진짜 '바람'을 다 막지도 못하면서 말이다. 그 '감성'을, 미래로서는 잘 알 수가 없었다.

미래로 말할 것 같으면 SNS엔 20대 시절 3년 이상 사귀었던 남자친구와 같이 찍은 사진을 딱 한 번 올린 것이 전부였다. 사실 그렇게 한 가장 큰 이유는 헤어지고 나면 그 사람의 흔적을 남겨두기도 지우기도 겸연쩍어지기 때문이었다. 그리고 지금의 애인이 평생의 사랑이라고 한들, 둘만의 사적인 순간은 사적으로 간직하는 게 맞다고 생각했기 때문이기도 하다.

물론 '예쁘게 사랑'하는 (것은 대체 어떻게 하는 것인지 솔직히 미래는 잘 모르겠지만, 다들 그렇게 표현하는 모습만이 공개 대상이 되기 때문에) 그 모습을 통해 축복받고 싶고, 약간은 부러움도 받고 싶고 그런 마음을 이해 못 하는 바는 아니었다. 하지만 역시 '나'라는 사람의 SNS에 상대방의 지분이 너무 많아지는 건 미래로서 그리 달가운 일이 아니다. ('커플 계정'을 운영하면 되지 않느냐는 것은, 당연히 아예 선택지에 없는 일이다)

좋은 연애라는 것이 평생의 관심사 중 하나이긴 했어도, 인생에서 다른 것들보다 더 우위에 있다고 생각하고 싶진 않았다. 물론 매번 몰두하는 취미 하나하나를 SNS에 부지런히 올리는 친구들도 없는 것은 아니었지만… 역시 '걔 요즘 누구랑 사귄대', '걔는 최근에 헤어진 것 같던데'가 '걔 요즘 라탄 바구니 만든대'보다 훨씬 자극성 높은 가십이라는 것이 너무나 자명하다는 것을 생각하면…. 역시, 그냥 SNS는 덜 하는 게 무조건 먹고 들어가는 거다.

아무튼 그리하여, 시원의 SNS는 걱정과 달리 그와 자신이 비슷한 사람이라는 걸 다시 한번 확인하면서 신뢰도를 더 높여주었지만, 결과적으로 그에 대해 미래가 추가로 더 알게 된 것은 거의 없었다. 그것은 장점이기도 하고 단점이기도 했다. 어차피 연애라는 것이 서로를 새롭게 알아가는 것의 연속이라면 굳이 서두를 필요가 없는 것은 사실이니까. 하지만 그와 별개로 상대에 대해 하나라도 더 알고 싶은 갈망은 늘 존재하기 때문에, 그 이율배반적인 욕구 속에서 더도 덜도 없이 깔끔한 시원의 SNS 탐독을 15분 만에 마친 미래의 목이 타들어 갔다.

그러면 미래에게 시원에 관한 대량의 정보를 쏙쏙 습득할 기회는 영영 없는 것일까?

디지털이 막히면 아날로그가 빛을 발하는 법.

그 기회는 생각보다 빨리 찾아왔다.

✦

"실례하겠습니다."

금요일. 미래는 작은 소리로 중얼거리며 낯선 집의 문을 열었다. 모두의 오피스 마포점에서 가까운 시원의 집에 처음으로 초대받은 것이다.

계기를 따지자면, 이전에 산책하며 음식 이야기를 나눈 것이 시작이었다.

점심시간, 시원이 맛있다고 했던 마라탕집. 마주 보고 앉아 메뉴판을 탐독하는 두 사람. 시원이 슬쩍 미래의 눈치를 살피면, 미래의 눈에는 곤란함이 가득하다. 이내 한탄하듯 입을 여는 미래.

미래 : 전 마라탕을 너무 좋아하는데, 마라샹궈도 좋아하고 꿔바로우도 좋아하거든요. 어떻게 하면 좋을까요?

시원 : 마라를 많이 좋아해요?

미래 : 네….

시원 : 일주일에 두 번 먹어도 괜찮을 정도로?

미래 : (비장하게 끄덕이며) 일주일에 네 번까지도 먹은 적 있어요.

그러자 시원이 시선을 테이블 위로 아무렇게나 떨어뜨리며 툭, 말한다.

시원 : 그럼 샹궈는 제가 금요일에 집에서 해줄게요. 미래 씨만 괜찮

       으면요.

미래 : 에?

미래의 눈이 동그래지더니 귀가 번쩍 뜨인다.

시원 : 괜찮아요?

미래 : (진심으로 감격해서) 아… 전 너무 고맙죠, 진짜….

미래는 더 이상 말을 잇지 못하고, 시원이 그럼 해결되었다는 듯 손을 들어서 점원을 불러 메뉴를 주문한다.

시원 : 저희 마라탕이랑 꿔바로우요.

주문하는 시원의 늠름한 모습을 바라보는 미래의 눈빛에 잠깐 하트가 스

친다.

미래로서는 지방에 있는 엄마의 집에 방문하지 않는 한, 누가 자신을 위해 음식을 만들어주는 것은 정말 드문 일이었다. 집에 가는 건 일 년에 많아야 두 번, 거의 명절 때뿐이었으니 시원의 그 말은 거의 미래에게 명절을 하나 새로 만들어준 셈이었다.

미래는 새삼스럽게 생각해 보았다. 그동안 집에 초대해서 음식을 만들어준 애인이 있었던가? 뭐 20대 시절엔 애인이 생일 이벤트로 미역국을 끓여준 것 정도는 있었던 것도 같지만…. 정말… 없네, 없어. 골똘히 생각하다 보니 한편으론 좀 서러워지기도 했다. 아니 내가 좀 유난히 박복한 거야, 아니면 이게 한국 여성 평균인 거야? 요리에 젬병인 자신조차도 뭔가를 끓이고 구워서 내준 기억은 여러 차례 있는데, 아무리 기억을 더듬어보아도 한 번도 제대로 된 식사 대접을 받은 적은 없었다는 것은 분명한 것 같았다.

'애인이 음식을 해주는 건 처음이에요~'라고 말하는 건 뭔가, 좀 불쌍해 보일까 봐 그것만은 참았지만, 미래는 기쁘고 고마운 마음을 감출 수가 없었다. 물론 그날 낮에 먹었던 마라탕과 꿔바로우도 아주 맛있었다. 그러나 마음속 깊은 곳에서는 금요일 저녁을 벌써부터 기대하고 있었다.

시원 정도의 남자가 '집에서 요리해 줄게요'라고 하면 반하지 않을 사람이 얼마나 있을까? 이런 생각이 드는 것은, 현재 그의 애인인 미래의 지극히 주관적인 시선도 들어가 있겠지만, 어쨌거나 남성이 요리를 해주겠다고 하면 좀 더 근사하고 특별한 이벤트 같은 울림이 있는 것이 사실이었다. 왠지 꼭 와인 같은 거라도 한 병 사 가야 할 것 같은 뉘앙스다. (미래는 마라샹궈라는 메뉴 선정에 맞게 6캔들이 맥주를 사 갈 예정이었지만) 그만큼 덜 흔한 일이기 때문일 것이다.

반면에 여성이 집에서 요리를 해주겠다고 했을 때 그건 아무리 해도 조금은 일상적인 이벤트 같은 느낌이다. 메뉴도 무난한 한식 같은 것이 그려진다. 미래는 이전에 자신이 해줬던 음식을 먹으며 "음, 맛있네!"라고 단출하게 느낌표 하나를 찍었던 남자들의 반응이 조금 서운했던 기억을 떠올려 보았다. 처음엔 자신의 솜씨가 대단치 않아서 그런가 보다 했었는데, 점차 늘 남이 해주는 음식을 받아먹기만 하는 사람에게는 엄마가 해주나, 전 애인이 해주나, 현 애인이 해주나, 누나가 해주나, 여동생이 해주나, 할머니가 해주나, 뭐 별 커다란 감흥이 없을 것도 같다는 생각이 들었다. 그래서인지 점점 애인이 집에 와도 배달을 시키거나 포장을 해 오는 경우가 더 많아졌다. 요리의 번거로움도 있었지만, 묘하게 평가받는 느낌이 드는 것이 제일 싫었다. 게다가 그게, 가령 '글씨를 잘 쓰냐, 못 쓰냐'처럼 그저 개성이라 할 만한, 한 인간의 여러 가지 능력치 중에 하나로 평가받는 느낌이 아니었다. 그 '당연히 잘해야 한다'는, 그리고 '앞으로도 당연히 요리는 네가 한다'는 뉘앙스가 있는 상황에서 해야 하는 것이 싫었다. 이것저것 차린 밥상을 받아먹으면서도 '난 아침엔 꼭 국이 있어야 한다'는 소리를 한 자의 밉살스러움을 미래는 아직도 잊지 못한다.

아들딸 안 가리고 하나만 낳아 잘 키우자는 시대에 각자 외동으로 태어나 부둥부둥받으며 똑같이 자란 처지인데 갑자기 스물몇 살이 되고 나서부터 여자만 자연히 요리를 잘하길 기대한다니, 그건 어떻게 생각해도 상식적으로 좀 이상한 일이다. 인풋이 있어야 아웃풋도 있는 법인데, 설마 여자에겐 요리를 더 잘하는 천부적인 DNA라도 있어서? 그런 사회의 시선을 의식해서인지 명절에 집에 갈 때마다 엄마는 '너한테 요리를 더 시켜야 했는데 내가 잘못했다'고 그랬지만 미래는 지금도 배울 생각이 없다는 것을 확실히 밝히면서 '내가 아들이었으면 엄마가 그런 말을 했겠냐'고 따박따박 받아치곤 했다.

어차피 식사라는 것은 매일 두세 번씩 해야 하니 따지고 보면 일상적인 일이 맞다. 하지만 데이트를 하는 연인들에겐 이벤트이기도 하다. 해주는 쪽이 누구냐에 따라 '요리'가 되느냐 '집밥'이 되느냐의 뉘앙스가 미묘하게 달라지는 것은 조금이라도 감각이 예민한 사람이라면 도저히 모른 체할 수가 없는 일이다.

시원은 자신의 애인이지만, 그리고 그의 '남성스럽지 않은' 면들이 미래 자신도 무척 마음에 들지만, 그래서 조금 쉽게 점수를 따는 점은 솔직하게 좀 얄미웠다. 뭐 그 점수를 주는 사람이 자신이란 점에서 이번에도 역시 내적 모순을 피할 수는 없었지만 아무튼 그랬다.

예전엔 '요리 잘하는 사람이 좋다'고 말하는 미래에게, 남자가 요리해 준다고 하는 건 그냥 여자를 집에 끌어들이려는 수작이라고 단언하던 데이트 상대도 있었다. 글쎄. '집에 끌어들이려는 수작'이라는 그 말이 함의하는 불순함은 일단 둘째로 하더라도 누군가를 위해 요리를 해주는 것이 얼마나 번거롭고 수고스러운 일인지를 안다면 목적이 뭐든 간에 그런 노력이라도 실제로 하는 쪽이 더 바람직한 것이 아닐까 하고, 미래는 그렇게 생각하는 편이었다.

✦

드라마나 영화에서 보면 아주 깨끗하고 잘 정돈된 주방에서 주로 셔츠 차림에 모노톤의 세련된 앞치마를 한 남성이 요리한 음식을 하나도 흘리거나 묻히지 않고 그릇에 깔끔하게 담아서 건네

준다.

무의식중에 그런 익숙한 장면을 머릿속에 그리며 시원의 집에 발을 내디뎠던 미래는, 식재료들와 도구들이 어지럽게 놓여 있는 주방과 새빨간 앞치마를 대충 허리에 둘러매고 상기된 얼굴로 "미래 씨, 어서 와요! 잠깐 앉아 있어요!"를 다급히 외치고 사라지는 그의 뒷모습에 웃음을 참아야 했다.

"이거, 냉장고에 넣어둘까요?"

미래가 들고 온 맥주를 들어 보이자 불 앞에 서 있던 시원이 보더니 쪼르르 달려와 받았다.

"아, 아무것도 사 오지 말라니까~ 고마워요, 같이 마셔요. 거의 다 됐으니까 조금만 기다려요!"

이내 주방에서 제법 자리 지분을 차지하고 있는 커다란 냉장고에 미래가 사 온 맥주가 쏙 들어갔다. 미래는 잠시 그 자리에 서서 분주히 움직이는 시원의 뒷모습을 바라보았다. 뭐랄까, '지금은 저렇게 멋진 척하지만 평소에 제 손으로 밥을 해 먹긴 하는 건가' 하는 생각이 들곤 했던 화면 속 남성과는 묘하게 재질이 다른, 말하자면 '요리'보다 '집밥'이란 말이 어울리는 광경이었다.

거실로 나온 미래의 귀에 화르르르, 지글지글하는 소리가 계속해서 들려왔다. 시원이 마라와의 사투를 벌이는 동안 미래는 자유롭게 그의 집을 살펴볼 수 있는 시간을 얻었다. 집이야말로 SNS

를 들여다보는 것 이상으로 누군가에 대해 많은 것을 알 수 있는, 그야말로 한 사람에 대한 도서관이나 다름없는 공간이다.

그런 차원에서, 우선 처음으로 눈에 들어온 것은 제법 널찍한 거실에 배치된 디자인 가구들이었다. 하나같이 소재와 톤을 맞춰 두어 안정감이 있었고, 편히 쉴 수 있는 곳이라는 느낌을 받았다.

미래는 아직 원룸에, 흔히 말하는 '풀 옵션' 집만을 전전하고 있었다. 프리랜서라는 직업의 불안정 때문에 될 수 있는 대로 월 지출을 줄이고 싶은 마음과 목돈이 없는 현실 사이에서 타협한 결과, 좁은 평수의 전세에 주로 살게 됐다. 한편으로는 짐을 늘리고 싶지 않다는 생각, 가벼운 이삿짐만을 갖고 싶다는 마음을 소심하게 반영한 결과이기도 했다. 역시나 무거워지는 것이 싫고 어딘가에 매이고 싶지 않은 미래의 삶의 경향이 주거 스타일에서도 드러나는 것이라고나 할까. 하지만 그래서 언제나 임시의 삶이라는 느낌을 지우기는 힘들었다. 남이 쓰던, 남의 소유인, 또 남이 쓰게 될 가전제품들로만 채워진 좁은 일상이었다. 물론 평소엔 오히려 그런 임시성 자체를 즐기는 경지에 다다르긴 했지만, 자신의 것들을 완전히 펼쳐둔 것이 아니라 언제든 거둬갈 수 있게 슬쩍 걸쳐 놓은 느낌은 가끔 미묘하게 피로했다. 항상 도망칠 준비가 되어 있는 초식 동물처럼 선잠을 자는 느낌이랄까.

그런데 시원의 집은 그렇지 않았다. 애초에 옵션이란 게 없어

171

보이는 빌라였고, 오로지 실용성을 위주로 물건이 배치된 미래의 집과 달리 작은 '장식장'이나 'LP플레이어', '오디오' 같이 실용성 차원에선 낭비에 가까운, 호사스러운 물건들까지 있었다. 하지만 그런 물건의 유무가 결국 임시의 공간과 집을 가르는 것일지도 모른다. 그런 점이 확실히 어른스러운 집이라는 느낌을 줬다. LP 플레이어 옆에 있는 LP장에 의외로 재즈와 클래식 음반들이 주로 들어 있던 것을 보면 더더욱.

그리고 또 눈에 띈 것은 소파 위에 걸려 있는 스노우보드였다. 시원은 겨울 스포츠를 즐기는 모양이었다. 맞은편 벽에 놓인 장식 장 위에는 작고 센스 있는 달력이 하나 놓여 있었고, 거실에 TV와 시계는 없었다. 책이 많지는 않았지만, 커피와 요리에 관한 판형 이 큰 책이 몇 권, 브랜드와 라이프 스타일에 대한 잡지들과 함께 협탁에 달린 선반 안쪽에 꽂혀 있었다.

방문은 모두 단정하게 닫혀 있었다. 손님이 오니까 말끔하게 보이려는 의도도 있었겠지만, 음식 냄새가 방 안으로 들어가지 않 게 하려는 생활인의 습관이라는 느낌도 들었다. 무심결에 시원의 침실은 어떤 모습일까 상상해 보면서 미래는 그에게 양해를 구한 뒤 화장실로 향했다.

새로 타일 공사를 한 듯, 집의 연식에 비해 훨씬 깔끔한 화장실 이었다. 식당이나 카페에 갔을 때 유독 화장실이 잘 관리된 곳을 보면 감동하곤 하는 미래는 시원의 화장실에서도 좋은 느낌을 받았다. 핸드워시에서는 은은한 라벤더 향이 났고, 기념 문구가 적히지 않은 차콜 색의 수건이 단정하게 걸려 있었다. 가끔 탈취를 위해 향을 피우는 듯 변기 위에는 금속으로 된 작고 예쁜(중요!) 인센스 홀더가 놓여 있었다. 그리고 세면대 앞에는 면도를 위한 도구들이 가지런히 늘어서 있어, 새삼 이곳이 남성의 집이라는 사실을 상기시켰다. 슬쩍 들여다본 샤워 부스 안에는 눈에 익은 브랜드의 샴푸와 바디솝, 바디로션 등이 놓여 있었다. 언제나 좋은 향이 나니까, 시원도 제법 그에 신경을 쓰고 있을 거라고 짐작했었는데, 그 짐작을 직접 눈으로 확인하는 순간이었다. 샤워 용품에 관심이 많은 미래에겐 각별히 즐거운 순간이었다. 임시의 삶을 살다 보면 공을 들일 수 있는 것이 소모품 정도밖에 없기 때문에, 미래는 매일 씻을 때만이라도 좋은 기분을 누리고 싶어서 비싸도 좋은 제품을 사들이는 편이었다. 시원의 욕실에서 발견한 것은 지금 쓰고 있는 것은 아니었지만 구매 의사가 있어서 한동안 열심히 리뷰를 찾아봤던 제품이었다. 안 그래도 궁금했었는데… 혹시 이 집에서 내가 저 제품을 써볼 일도 있을까…? 그런 생각을 하니 자신도 모르게 헛웃음이 튀어나왔다. 아, 이런 걸 혹시 수작이라고 하는 건가…?

그 순간 살짝 얼굴이 달아오른 것을 느낀 미래는 커다란 거울에 꼼꼼히 비춰본 뒤 화장실 밖으로 나왔다. 그러자 어느새 매콤한 냄새가 집 안을 가득 채우고 있었다. 시원이 다급하게 외쳤다.

"미래 씨, 앉아요! 밥 다 됐어요."

연한 원목 색깔의 식탁 위에 커다란 접시에 담긴 새빨간 마라샹궈가 아름답게 자리하고 있었다. (식탁이라는 가구가 있느냐 없느냐, 이렇게 큰 접시를 갖고 있느냐 아니냐 역시 임시 거처와 집을 가르는 중요한 기준이 되는 것은 물론이다) 미래가 "오오오" 감탄사를 내뱉으며 식탁에 앉자마자 시원은 김이 폴폴 나는 밥을 막 퍼서 앞에 놓아주었다.

"좀 오랜만에 했더니 맛있게 됐는지 모르겠어요…."

"아유, 너무 맛있어 보이는데요!"

멘트만 보면 너무나 의례적인 그것이지만 미래로서는 정말 진심이었다. 오늘의 이 식사가 기대되어서 점심도 간단히 먹고 간식 욕구가 치솟는 것도 열심히 참았는데, 그 보람이 있을 것 같았다. 시원이 쑥스러운 듯 웃으며 앞치마를 벗고 (그거 귀여웠는데!) 자리에 앉으려다, 문득 생각났다는 듯 다시 일어났다.

"아참, 맥주. 맥주 할 거죠?"

"하하, 네…."

선물 겸 사 온 것이긴 하지만 그 자체로 너무 음주의 의지를 드러내 버린, 말하자면 미래 자신을 위한 선물이라 어쩐지 머쓱해졌다. 하지만 마라샹궈와 맥주라는 조합을 어찌 포기할 수가 있겠습니까?

"그럼 저기, 냉장고에서 좀 꺼내줄래요?"

"네!"

안 그래도 대접만 받고 앉아 있는 마음이 머쓱했는데 다행히 시원이 먼저 부탁을 해주었다. 미래는 조금 두근거리는 마음으로 시원의 냉장고를 향해 다가갔다. 냉장고를 부탁하는 TV 프로그램을 통해 우리 모두 명확히 알게 되지 않았는가. 냉장고 안의 내용물 역시 누군가의 생활과 성격에 대해 많은 것을 알려준다는 사실을. 하지만 너무 구경하는 티를 내는 것도 실례인지라, 미래는 냉장고 문을 열자마자 자신이 사 왔던 맥주를 먼저 눈으로 찾은 뒤에, 휘리릭 빠르게 내부를 훑어본 뒤 목표물에 손을 뻗어 임무를 완수했다.

그것은 정말 30초도 채 되지 않는 짧은 시간이었지만, 커다란 생수병들만 덩그러니 들어 있거나 (거기에 소주를 끼었거나) 상해버린 내용물을 담고 있는 반찬 그릇이 슬프게 놓여 있는 것이 아니라 우유와 계란, 과일, 채소 등 자주 들여다보고 먹어줘야 하는 것들이 비교적 많이 들어 있었다. 두 양극단 중에서 굳이 따지자면 전자에 가까운 냉장고를 갖고 있는 미래로서는 이 주방에 가득한 생활감이 신기하고 반가웠다. 단정하게 자신을 잘 돌보는 사람에겐 언제나 호감을 가질 수밖에 없는 법이다.

그리고 미래가 매의 눈으로 또 하나 발견한 것은, 여분의 맥주였다. 자신이 사 온 것 외에도 6개들이 맥주가 안쪽에 하나 더 들어 있었던 것이다. 시원이 평소에도 마시는 습관이 있는 건지 오늘의 식사를 위해 사다 놓은 것인지는 모르겠지만 어쨌든 혼자서만 맥주 생각을 한 게 아니었다는 것을 알게 되어 그 부분은 조금 안심이 됐다.

✦

"건배~!"

"잘 먹겠습니다!"

마라샹궈라는 것이 특별히 어려운 음식은 아니라고, 시원은 밥을 먹는 동안 몇 차례나 강조했지만 비교적 최근에 유행하기 시작한 이국적인 음식이라는 점, 그 누구도 직접 만들어준 적이 없었다는 점 때문에 미래에겐 어쨌거나 제법 대단해 보였다. 게다가, 맛있었다. 물론 평소에 미래가 까다로운 미식가가 아니라는점, 전반적인 식사 분위기나 함께하는 사람과의 친밀도가 음식의인상을 크게 좌우하는 경향이 있다는 점을 고려하면 애초에 맛이없을 수가 없는 자리였지만 그런 것을 감안하더라도 맛있었다. 소스는 적당히 매웠고 미래가 좋아하는 재료들이 딱 알맞은 정도로 익혀졌다. (미래는 청경채가 조금 아삭한 편인 것을 좋아한다) 게다가 미래가 가장 좋아하는 마라샹궈 재료 중 하나인 분모자가 들어 있었다. 각종 두부와 야채, 당면 등을 다 넣기도 바쁜 마라샹궈에 분모자를 챙겨 넣는 사람이라면 떡볶이, 수제비, 뇨끼같이 비슷한 계열의 말랑말랑한 탄수화물 덩어리들을 좋아할 확률이 높다고 볼 수 있다는 점에서 특히 기뻤다.

이렇게 서로 선호하는 음식과 재료, 입맛이 비슷하다는 사실을 말이 아닌 미각을 통해 직관적으로 깨닫는 것은, 사랑에 빠지지 않은 냉정한 이의 관점에서는 서로 괜찮은 식사 메이트가 될 수 있겠다는 것 정도를 의미할 뿐이겠지만 막 사랑에 빠진 연인들에게는 더 대단한 일이 될 수 있다. 서로가 서로에게 딱 맞는 짝이라는 비이성적 믿음으로 쉽게 점프할 수 있는 좋은 근거가 되기 때문이다. 연애 초기에는 그 근거가 많으면 많을수록 좋아서, 연인들은 수없이 사소한 공통점들을 찾아내 그것을 근거로 사랑의 불씨를 더욱 맹렬히 태워대곤 한다.

미래는 시원이 자신이 할 수 없는 요리를 할 수 있는 사람이라서 좋았고, 또 한편으로는 자신과 비슷한 음식 취향을 가진 사람이라서 좋았다. 사람을 알아간다는 것은 끊임없이 공통점과 차이점 사이를 오가며 서로의 위치를 확인하는 일이니까. 하지만 언젠가는 그 공통점 때문에 질리고, 그 차이점 때문에 싫어지는 때가 오기도 할 것이다. 우리 모두 그런 순간을 겪어보았다. 서로 같은 음식을 좋아하고, 그게 왜 좋은지를 설명하지 않아도 안다는 바로 그 점 때문에 그 사람을 사랑했는데, 사랑이 사라져 버리면 같은 음식을 좋아하는 것 따위는 아무런 힘을 발휘하지 못하는 것이다. 그렇다면 사랑이란 대체 어디서 오는 것인지, 도저히 인간으로서는 알 방법이 없다는 생각에 아득해지기도 하지만. 어쨌거나.

미래 역시 시원과 자신이 잘 맞는 짝이라는 근거를 무의식중에 계속 수집하고 있었다. 모든 연애에서 그랬겠지만, 유독 이번에는 더 예민하게 레이더를 세우고 있는 것이 스스로 느껴졌다. 그가 하늘에서 정해준 딱 하나의 운명, 혹은 오랜 옛날 갈라져 버린 내 영혼의 반쪽이라는 것을 증명하고 싶은 것은 당연히 아니다. 하지만 그 어느 때보다도 큰 만족을 줄 수 있는 연애 대상이기를 막연히 기대하고 있기 때문이었다.

이 연애를 통해 오픈 릴레이션십이라는 새로운 관계에 도전하고 있다는 것이 여전히 미래에게는 결코 간과할 수 없는 큰 부분이었다. 그러니 자신의 용기에 대한 일종의 보상으로, 함께 있는 순간만큼은 더 큰 만족감과 일체감을 얻을 수 있기를 바라는 마음이 무의식중에 있었다. 아주 명확하게는 아니어도, 미래 자신역시 그 사실을 어렴풋하게는 알고 있었다. 이성적으로 보면 그런 생각은 결코 관계에 좋은 영향을 주지 않을 것 같았다. 하지만 그 자신도 사람이었기 때문에, 그런 감정이 조금씩 자라나는 것을 당장 멈출 수는 없었다. 다만 아직은 그 감정이 분명하지 않았고 떡잎 정도만 보인 정도였기 때문에 미래는 스스로 더 분명하게 눈치 채고 언어화해서 표현할 수 있을 때까지 기다릴 생각이었다.

좋아하는 식당과 음식 이야기를 나누며 (역시나 시원은 떡볶이와 수제비, 뇨끼를 좋아했다) 수많은 농담과 은근한 성적 긴장감 속에서 약 한 시간 반 정도 두 사람은 기분 좋은 식사를 했다. 게다가 음식을 먹으면서 다음번에 먹을 것을 정하는 호사까지 누렸다. 한국에서의 데이트가 워낙 '맛집' 탐방의 연속이긴 하지만 식성이 겹치고, 둘 다 멋진 식당을 많이 알고 있다는 점에서 한동안 두 사람의 데이트 레퍼토리가 끊길 일은 없을 것 같았다.

둘 다 많이 웃었고, 500㎖ 맥주를 각각 두 캔씩 비웠다. 자연스럽게 식사에 술을 곁들였다는 것은, 두 사람이 이제 막 시작한 연인이라는 점을 고려했을 때 중요했다. 시간은 어느새 저녁 아홉 시에 가까워지고 있었다.

"아, 배불러. 정말 맛있게 잘 먹었네요."

힘들게 음식을 차려줄 테니 남김없이 먹는 것이 매너라고 각오하고 온 미래였지만 비장한 다짐이 무색할 만큼 정신을 차려보니 깔끔하게 접시를 다 비운 뒤였다. 약간의 긴장과 술이 정신없이 음식을 먹게 했다. 시원 역시 이전에 받은 인상은 굳이 말하자면 입이 짧은 쪽인 것 같았는데, 오늘은 훨씬 많이 먹은 것을 보면 그 역시도 조금은 긴장한 듯했다.

"미래 씨가 맛있게 잘 먹었다니 저도 기분이 좋네요. 사실…."

"사실…?"

시원이 맥주 때문인지 살짝 상기된 얼굴로 말을 잇다가, 잠시 머뭇거렸다. 미래는 그 순간에 이어질 말을 조금은 예감했지만 그 래도 물었다. 시원의 표정이 조금 혼란스러워졌지만, 미래가 괜찮 다는 듯 눈짓했다.

"아, 그… 소리는 마라를 별로 안 좋아하거든요."

"아, 그래요?"

미래가 안심하라는 듯 밝게 웃어 보였다. 시원의 표정도 덕분 에 밝아졌다.

실제로 미래의 기분은 아무렇지 않았다. 어쩌면 그토록 끈끈한 시원과 소리 사이에도 안 맞는 것이 있다는 사실에 오히려 조금 기분 좋았을지도 모른다. 그런 일로 기분이 좋다는 게 웃긴 일이 었지만 굳이 따지자면 그랬다. 의식하면서도 의식하지 않으면서 도 역시나 의식하고 있는 뫼비우스의 띠를 뱅뱅 도는 기분이었지 만 말이다.

"네. 매운 걸 잘 못 먹어서."

"그렇구나. 두 사람도 안 맞는 게 있군요!"

미래가 일부러 장난스러운 말투로 말했다.

"하하, 그럼요. 당연하죠. 완벽하게 딱 맞는 사람이 어디 있겠어요? 그럼 오히려 재미없겠죠…."

덧붙인 시원의 말이 맥 빠질 정도로 정론이라 미래는 가볍게 고개를 끄덕이며 덧붙였다.

"하긴… 저랑은 입맛이 맞지만, 또 안 맞는 게 있겠죠."

"그렇겠죠, 높은 확률로. 하지만 그것도 재밌을 거예요."

"하하" 하고 조금 어색한 웃음을 지으며 두 사람이 서로를 바라보며 웃었다.

어떤 차이점, 어떤 안 맞는 점이 나타날지는 모르는 일이지만 그게 '재미있을 것'이라고 표현하는 것에서 여유랄까, 존중과 간격이 느껴져서 좋았다.

"일단 한번 정리할까요?"

곧 시원이 일어나 먹은 것들을 치우기 시작했고, 미래가 거들었다. 설거지라도 하게 허락해 달라고 말해봤지만, 자신의 시스템이 있기 때문에 그건 어렵겠다고 거절당했다. 미래 역시 깨끗이 물러났다. 서로 어색하게 웃으며 접시를 싱크대로 일사불란하게 옮기는 동안, 시원이 물었다.

"술을 더 할래요, 아니면 차?"

그 순간 미래의 머릿속에 수많은 생각이 스쳐갔다. 들뜬 기분만 생각하면 술을 더 마시고 싶기도 했지만 왠지 좀 여유를 부리고 싶기도 했고, 마라로 후끈거리는 위장에 잠시 휴식을 주는 것도 좋을 것 같아서 간만에 이성을 발휘했다.

"음, 그럼 차를 마실까요? 혹시 캐모마일 있어요?"

그러자 시원이 고개를 끄덕이더니 부엌 서랍을 열어 티와 커피가 든 상자를 꺼내 보였다. 원두부터 모카포트, 각종 차들이 정갈하게 종류별로 정리되어 있었다. 이것도 카페 매니저 경험의 산물일까?

"이걸로 끓여줄게요."

"좋아요! 고마워요."

고급스러워 보이는 티 케이스를 들어 보이는 시원에게, 미래는 빙긋 웃으며 돌아섰다. 기분이 조금 더 좋아졌다. 역시, 별것 아닌 것으로 점수를 너무 쉽게 따는 것 같지만 어쩔 수가 없다니까.

✦

잠시 후, 두 사람은 테이블 위에 거름망을 끼운 투명한 전기 포트와 찻잔을 두 개 두고서 나란히 소파에 앉았다. 덕분에 미래는 아까 몰래 훔쳐보았던 시원의 거실을 다시 한번 찬찬히 둘러볼 수 있게 되었다.

"집에 다른 사람이 놀러 온 게 참 오랜만이에요."

"소리 씨를 빼면요?"

"아, 네. 소리를 빼면요."

미래가 굳이 덧붙인 말 때문에 분위기가 조금 어색해졌다. 그런 말로 굳이 이곳에 없는 소리까지 함께 있는 것 같은 느낌을 줄 필요는 없었는데. 하지만 그 생각과는 달리 미래의 머릿속에서는 소리가 이 집에서 어떤 모습으로 어떻게 앉아 있을지 같은 것들이 자꾸 떠올라서 곤혹스러웠다. 기본적으로 코끼리는 생각하지 말라고 하는 거나 다름없는 일이었다.

시원이 그런 분위기를 눈치 챘는지, 자리에서 어색하게 벌떡 일어나며 미래에게 물었다.

"으, 음악이라도 들을까요? 미래 씨는 무슨 음악 좋아해요?"

"아, 저는…."

그 순간 미래의 머릿속에 좀 전에 봤던 시원의 클래식, 재즈 LP들이 떠올랐다.

"원래는 밴드 음악 좋아하고요, 요샌 케이팝을 그렇게 듣네요…. 기운 끌어올리고 노동요로 듣기에 그만한 게 없어서요."

하지만 이렇게 대답하고 말았다.

예전 같으면 가급적 상대가 좋아하는 것을 좋아한다고 답했을 것이다. 더욱이 특별히 클래식이나 재즈를 싫어하는 것도 아니었으니까. 조금 전에도 그런 욕망이 불쑥 치밀어 오르기도 했다. 그러면 또 하나의 '서로가 잘 맞는' 근거 땔감이 발견될 것이었고, 무엇보다 시원이 조금 기뻐했을 테니까. 어쩌면 미래를 조금 더 좋아하게 됐을지도 모르고.

"아~ 좋죠. 저도 밴드 음악 참 좋아했었는데, 몇 년 전부터 취향이 좀 바뀌었어요."

물론 시원은 본인의 입으로, 다른 점이 있어도 재미있을 거라고 말했다. 그러니 기본적으로 미래가 뭐라고 답해도 좋을 테지만, 단순히 그 문제만은 아니었다.

"제가 가진 것 중에 그나마 밴드 음악은… 이것 정도네요."

시원이 작게 중얼거리면서 무려 《퀸(Queen) 베스트 앨범》을 꺼내더니 LP플레이어에 얹었다.

"퀸 좋아해요?"

"뭐, 아주 좋아하지는 않지만 나쁘지 않죠."

미래가 솔직하게 말하며 웃었다. 시원이 조금 머쓱하게 웃었고 곧 스피커에서 〈보헤미안 랩소디(Bohemian Rhapsody)〉가 흘러나왔다. '막귀'인 미래가 듣기에도 제법 웅장한 사운드였다. (최소한 이 집의 오디오 사운드를 점검하기에는 적당한 선곡이었다) 데이트 음악으로는 부적합할지 몰라도, 미래는 그 덕분에 만들어진 지금의 조금 괴상하기까지 한 분위기가 마음에 들었다. "그러고 보니 이거, 오랜만에 들어보네요"라고 중얼거리며 오디오에 귀를 기울이고 있는 시원도 나름대로 그런 듯했다.

✦

남성들이 여성의 환심을 사기 위해 그다지 좋아하지 않는 것을 좋아하는 척하는 제스처를 하는 것은 연애의 흔한 클리셰 중에 하나다. 그런 남성은 대체로 귀엽고 낭만적으로 보이고, 무엇보다 그 순간만큼은 상대 여성에 비해 약자로 보인다. 자신이 진짜로 좋아하는 것을 숨기면서까지 상대의 마음을 얻으려 하는 노력이 애처롭고 가상하게 포장되는 것이다.

하지만 어느 순간부터 미래에겐 그런 노력이 그렇게 귀여워 보이지가 않았다. 우선 그것은 명백히 목적이 있는 행동이다. 상대의 마음을 얻기 위한 일종의 전략인 것이다. 그래서 그런 과정을 통해 여성의 마음을 얻고 나면, 잠시 남성이 약자처럼 보였던 균형은 놀랍게도 언제 그랬냐는 듯이 수평이 되고, 계속해서 여성이 '까다롭게' 굴지 않는 한, 너무 쉽게 남성에게 주도권이 흘러간다.

미래가 보기에 그것은 어디까지나 '남성이 여성의 마음을 산다'는 전통 하에 인류가 반복해 온 행동일 뿐이다. 말하자면 강자는 여유가 있으므로, 쉽게 약자인 양 제스처를 취할 수 있는 것이다. 어차피 잠깐일 뿐이니까. '아내에게 잡혀 살아요'라는 말에서는 사이좋은 부부의 귀여운 자기 과시가 엿보이는 경우가 많은 반면, '남편에게 잡혀 살아요'라는 말에서는 어쩐지 어렴풋한 범죄의 향기가 느껴지는 것만 봐도 알 수 있지 않은가.

한편 미래는 어렸을 적, 동네 비디오 대여점의 문턱이 닳도록 드나들던 시절에 남성들이 꿈에 그리는 이상형을 사람으로 만들어놓은 것 같은 여주인공(대체로 무척 아름다운 금발 외모에 스포츠와 음주, 밤 문화와 섹스를 좋아하는 것으로 나온다)이 나오는 할리우드 로맨틱 코미디 영화들을 본 적이 있다. 여주인공은 애초에 그렇게 타고난 사람인 듯 '노력'을 한다는 느낌조차 없이, 시종일관 쿨하고 멋진 사람으로 그려진다. 여성을 위해 노력하는 남성을 짠내 나는 연민의 시각으로 그리는 것과는 딴판이다. 결국 그런 영화를 다 보고 나면 남는 것은 '쿨 걸'이 되는 것이 멋진 일이고, 덤으로 사랑까지 얻을 수 있는 지름길인가 보다 하는 깨달음뿐이었다. (술을 좋아하는 축구광이며 섹스에 적극적인 〈아내가 결혼했다〉의 인아 씨도 이 전통을 물려받은 캐릭터라고 볼 수 있겠다. 물론 이후에 폴리아모리를 요구한다는 최악의 단점(!)을 상쇄하기 위한 설정이었을 수도 있겠지만)

그런 것들의 영향으로 실제로 '쿨 걸'이 되어보려는 노력을 한 여성들이 지구상에 얼마나 많았을까? 생각하면 조금 아찔해진다.

그러나 미래가 경험한 바로는 진짜 자신을 가리고 '쿨 걸'이 되려고 노력하는 순간, 힘들어지는 건 미래일 뿐이고 관계의 균형은 걷잡을 수 없이 남성 쪽으로 기울어지기 십상이었다. 애초에 미디어 속의 쿨 걸은 '선택받기 위한 최적의 조건'을 다 갖춘 채로 그저 존재하면서 '자연스럽게' 구애와 사랑을 받는 것으로만 그려지기 때문에 뭘 주도하거나 결정하는 역할이 아니다.

직접 해보니까 계속 그렇게 '존재하는' 것은 너무 힘들었다. 게다가 상대가 그걸 알아주는 것도 아니었다. '네가 날 위해 그렇게까지 노력해 줬구나' 하고 안아주는 것이 희망 편이라면 '너도 좋아하는 줄 알았는데'라는 차가운 말이 돌아오는 것이 절망 편이고, 현실은 그 사이 어디쯤이었다. 굳이 말하자면 후자 쪽에 치우친 느낌이라 해야겠고. 아무래도 영화 속 그녀들은 진짜 '쿨 걸'이고 미래는 노력하는 가짜라서 그랬던 것일까? 정말로?

오죽하면 그런 현실에 지친 나머지 여우처럼 굴라는 연애 지침서에 마음이 간 적도 있었다. 여성이 먼저 반해서 남성의 마음을 사보고 싶을 때도 분명히 있는데, 뭘 어떻게 해야 할지를 도저히 알 수가 없었으니까.

그래서 '지혜로운' 책들은 애초에 그러지 말라고 가르친다. 그게 남성과 여성의 타고난 기질이라는 식이다. 그러다 보면 '그는 당신에게 반하지 않았다'는 것이, '내가 그에게 반했다'보다 더 중요하고 선행하는 조건이 될 수밖에 없다. 그리고 아무리 독립적인 여성이어도 그런 말에는 결국 솔깃하는 순간이 온다. 자신의 가치관과는 다소 맞지 않을지 몰라도, 당장 내 앞에 있는 현실의 괴로움을 피하기 위해서는 결국 그것만이 유일하게 통하는 진실이기 때문이다.

예전처럼 집안이, 부모가 강제하는 로맨스가 거의 사라진 것은 사실이다. 지금 시대의 로맨스는 모두에게 자유로운 선택인 것처럼 보인다. (자본주의 내의 계급 차에 대한 얘기는 일단 여기서는 넘어가도록 하자) 하지만 아직도 압도적으로 많은 경우에 '누구에게 구애할 것인가'를 선택하는 것이 남성이라면, '누구의 구애를 받아들일 것인가'를 선택하는 것이 여성이다. ("그럼 여자들도 먼저 고백해!"라고 말하겠지만 솔직히 말해서 그런 경우가 훨씬 드물고 '부자연스러운' 것으로 여겨진다는 것에는 많은 이들이 어렵지 않게 동의할 것이다. 그리고 내가 지금 눈앞의 남자에게 고백하면, 그 순간 전 세계에서 그런 일이 자연스러워지나? 정말 그렇다면 얼마나 좋게?) '당당한 여성'들의 '자유연애' 시대가 왔어도 미래가 실제 경험한 것은 그랬고, 그게 진짜 비극이었다. (미래로서는 그래서 여우처럼 굴어야 한다고 깨달았다기보다는, 그냥 자신이 원하는 대로 행동하고 실패하는 것을 반복했지만 아무튼 그러했다)

그런 의미에서 연애와 젠더 관습이 이만큼이나 빠르게 바뀌고 있는 만큼 더 많이, 더 먼저 좋아하는 여성이 남성에게 그 마음을 표현하는 방법에 대한 합리적이고 현실적인 '전통'이 절실하게 필요했지만 그런 사회 문화적 합의가 이루어질 날은 요원해 보였다.

요즘의 많은 여성들이 연애를 하기 싫어하는 이유 중 하나는, 아마도 우리가 사회 속에서 '이성 간의 연애'라고 했을 때 연상하기 쉬운 이런 '연애 규칙'들을 따르기 싫다는 의미도 매우 클 것이라고 미래는 짐작한다. (그다음 스텝으로 이어지는 '결혼 규칙'은 말할 필요도 없다) 사회와 문화의 변화에 도저히 발맞추질 못하는 것이다.

물론 음악 취향이나 취미에 대해서 얘기하는 것은 인생의 다른 가치관들을 양보하는 것이나 '쿨 걸' 행세를 하는 것에 비하면 지극히 사소한 일일지도 모른다.

하지만 지금 당장 시원의 마음에 들고 싶은 욕망이 강하게 올라오는 것을 느꼈기 때문에, 미래는 의식적으로 그것을 더 강하게 피하고자 하는 마음이 들었다. 관계에서 '맞추는 여성'이 되려는 행위가 그동안 얼마만큼 자신을 힘들게 했는지를 잘 알고 있기 때문이었다. 과연 '맞추는 남성'도 여성의 환심을 사기 위한 거짓말을 하면서 이만큼의 부담을 느낄까? 미래로서는 알 수가 없었다.

"겨울 스포츠는 좋아해요?"

거실 벽에 걸려 있는 스노우보드를 가리키며 시원이 물었을 때, 미래는 그런 의미에서 다시 한번 솔직한 대답을 준비해야만 했다. 어렸을 적에 스키장에 갔다가 다친 이후로, 자신에게 스키장은 추로스를 사 먹고 눈썰매를 타는 곳일 뿐이라고.

✦

결코 짧지 않은《퀸 베스트 앨범》이 끝날 무렵, 따뜻한 캐모마일 티로 한 차례 위장의 부담과 맥주의 숙취를 쓸어내린 미래와 시원은, 이미 위스키로 두 번째 음주를 시작한 뒤였다.

둘뿐인 공간, 그리고 집이라는 곳 특유의 나른한 편안함 때문에 소파에 기대앉은 두 사람의 몸이 점차 서로를 향해 기울어지고 있었다. 게다가 대화는 점점 더 내밀한 주제로 바뀌고 있었다.

미래는 어쩌다 보니 대학 시절에 가장 상처를 받았던 연애 이야기를 하고 있었고(미래의 연애 스타일을 '거리 두기'라 여기고 너는 나를 진짜 사랑하는 게 아니라며, 사랑하면 그럴 리가 없다고 자기 생각대로 미래를 바꾸려 하다, 뜻대로 되지 않자 일방적으로 이별을 고한 뒤, 6개월 뒤 결혼해 버린 구 애인), 시원은 첫사랑 이야기를 했다. (중학생 때 유독 어른스러운 반장을 좋아했는데 성인이 되고 동창회에

190

서 만나보니 레즈비언이었다는 이야기. 그 일화를 듣던 미래는 순간 뭔가 프로이트적인 해석이 필요한 것 아닌가 생각했지만 그에 대해 남근 말고는 아는 게 전혀 없었기 때문에 그냥 생각만 했다)

그리고 미래가 화장실에 한 번 다녀온 뒤에 그사이 소파 테이블을 정리하던 시원의 옆에 앉았고, 두 사람의 눈이 마주친 순간 몇 시간 동안 미래의 몸 전체를 계속 간지럽히던 그 가능성이 드디어 현실화될 시간이 되었다는 듯 끓어오르며―두 사람의 입술이 맞부딪혔다.

긴 시간이었지만 술을 제법 여러 잔 마셨는데, 더 취하기보다는 어쩐지 정신이 또렷해지는 키스였다. 시원의 입술은 부드러웠고 도톰했다. 혀는 뜨겁고, 뭐랄까, 거침이 없었다. 이제는 시원의 취향대로 틀어둔 오디오에서 웅장한 팀파니 소리가 울렸는데, 미래는 그게 자신의 심장 소리 같았다. 시원의 몸에서 은은하고 시원한 라임 향 비슷한 게 났다. 이게 아까 욕실에 있던 샤워 제품의 향이구나 싶었다. 모든 연애에서 가장 기억이 남는 순간은 첫 키스니까, 미래는 이 순간 역시 영원히 잊지 못할 거라고 생각하면서 동시에 그런 순간에 이런 생각이나 하는 자신을 우습다고 생각하며, 키스에 열중했다. 놀랍도록 그 모든 것이 동시에 이루어졌다. 미래는 이 순간에 더 집중하자고 다짐하며 자연스럽게 시원의 목덜미를 쓰다듬었다. 손을 위로 올렸더니 늘 귀엽다고 생각했던 뒤통수가 쏙 들어왔다.

얼마나 시간이 지났는지를 알 수 없을 정도로 두 사람은 서로를 부드럽게 매만졌다.

따지고 보면 부자연스러운 움직임이겠지만, 두 사람에겐 이보다 더 자연스러운 것이 없다는 듯이, 미래는 상반신을 천천히 소파 위로 젖혔다.

"미래 씨, 괜찮아요…?"

시원이 입술을 완전히 떼지 않은 채, '공기 반 소리 반이라는 게 이런 뜻이구나' 싶은 목소리로 물었다.

"네, 좋아요…."

미래 역시 똑같이 대답했다.

다시 한번 자연스럽게 시원의 입술이 미래의 목덜미로, 손은 가슴께로 향했다.

그 순간, 미래가 미처 생각할 틈도 없이 숨을 내뱉듯 말했다.

"아, 저, 오늘은 키스만 하고 싶은 것 같아요…!"

그러자 시원이 번쩍 고개를 들었다.

"아, 네! 그래요!"

갑자기 평소의 매니저 모드가 튀어나온 것 같은 대답에, 미래는 그만 웃음이 터졌다.

그러자 시원도 웃어버리고 말았다. 뭔가 쑥스러워진 듯 그의 뒷덜미가 붉어진 것이 보여서 미래는 자신이 먼저 시원의 웃는 입술을 덮쳐버렸다. 다시, 키스가 시작됐다.

정신의 80% 정도를 키스에 집중하면서, 미래는 문득 생각했다. 아까, 키스만 하고 싶다고 외치던 그 찰나에 머릿속을 스친 사람… 혹시 소리였나?

7.
당신이 데이트하는 사이에

다음 날, 이번에야말로—미래는 시원의 방에서 눈을 떴다.

하지만 둘 사이엔 '아무 일도 없었다'.

아니, 물론 키스도 하고 포옹도 하고, 한 침대에서 같이 잠들었다가 깼지만, 사람들이 '일'이라고 부르며 특별취급해 주는 것은 어디까지나 이성 간의 '삽입 섹스'라는 것을 고려하면 그렇다는 말이다.

시원이 부엌에서 아침 식사를 준비해 주려는 소리가 나기에 그것은 재빨리 나와서 말렸고, 집까지 데려다주겠다는 것은 굳이 거절하지 않았다.

또 어떤 소담스런 아침상을 차려줄지 솔직히 궁금하긴 했지만, 평소엔 아침을 잘 챙겨 먹지 않는 데다 어쩐지 다음번의 즐거움으로 남겨두고 싶은 마음이 컸다.

하지만 누군가와 함께 밤을 보낸 후 혼자 집에 돌아오는 길은 늘 묘하게 쓸쓸했기 때문에, "데려다줄까요?"를 묻던 말은 반가웠다. 사실 그런 걸 물은 것도 생각해 보니 그가 처음이긴 했지만 말이다. 미래로서는 아마 시원도 그렇게 혼자 돌아가는 길에 외로웠던 적이 있었나 보다, 생각할 뿐이었지만.

토요일 이른 아침의 도시에는 늘 뭔가 사연 있어 보이는 사람들이 많이 보인다. 어쩌면 미래 자신 역시 늘 사연 하나를 품고 종종걸음 치고 있었기 때문에 그렇게 보였을지도 모르겠지만. 그날 아침에도 거리의 풍경은 비슷했다. 게다가 눈은 뻑뻑하고, 아직 숙취도 남았고 온몸이 묘하게 뻐근한 그 느낌까지 모두 다 그대로였는데, 이상하게 발걸음만큼은 가벼웠다. 꼭 느긋한 평일 퇴근 후의 산책 같았다. 시원과 함께 걷는다는 것은 미래에게 그런 느낌을 주었다.

"아, 어젠 정말 즐거웠어요. 미래 씨도 그랬으면 좋겠는데⋯."

"저도 즐거웠죠."

"다음 데이트도 기대되네요."

"저도요."

"아, 이거 멘트가 너무 일터 같지만⋯. 혹시 불편했던 점이나⋯ 개선할 점 있으면 언제든 꼭 얘기해 줘요."

"풉. 그래도 자각은 있으시네요."

"놀리지 마요…. 저는 다 좋았거든요."

"다행이네요. 저도 그래요."

손을 잡고 천천히 걷는 동안, 조금 또 가까워진, 하지만 여전히 조심스러운 두 사람의 거리감은 여전했다. 미래로서는 그래서 더 편하게 느껴졌다.

굉장히 정중하다가도 서로 스킨십을 하고 나면 갑자기 당연하다는 듯 급속도로 거리를 줄여버리는 사람들이 있다. 자연스럽게 반말을 하고, 말과 행동을 편하게 하고.

물론 그렇게 하는 쪽이 서로 더 편하다면 그렇게 해도 된다. 그런 것을 섹시하다고 느끼는 사람들도 있다는 것도 안다.

하지만 그게, 한쪽에게만 일방적으로 편한 것일 때도 있다. 스킨십을 허락했다고 반말을 허락한 건 아닌데, 갑자기 서로에 대해서 몰랐던 모든 디테일들을 다 알게 된 게 아닌데, 왜 그렇게 서로 엄연히 다른 것들을 확인 없이 하나로 퉁쳐버리는 경우가 많은 건지 모르겠다.

그동안 이렇게 편하게 하고 싶었던 걸 애써 정중하려 노력했다는 듯, '힘들게 예의 좀 지켜봤는데 이만큼 했으면 됐지?' 하는 것 같은 느낌마저 들 때면, 좀 오싹하기도 했다.

미래는 대체로 포용할 수 있는 범위가 넓고, 마치 물처럼 담기는 그릇에 따라 모양을 잘 바꾸는 편이긴 했다. 그래서 누군가 거리를 아무렇지 않게 좁혀오면 일단은 이쪽에서도 어느 정도 그 거리에 맞추기는 했지만, 그 덕분에 영 박자가 맞지 않는 음악에 애써 엉뚱한 춤을 추고 있는 느낌이 들 때도 많았다.

"그게 뭐가 어색해? 연애라는 게 원래 그런 거지", "남녀 관계라는 게 다 그런 거야"라는 주변 사람들의 말을 들을 때마다 미래는 궁금했다. 그 '그런 것'이라는 게 대체 뭘까? 모두가 안다고 말하지만 설명은 잘 못 하는 세상의 수많은 것들 중 하나인 듯했는데, 아무튼 별로 좋은 느낌은 아니었다. '그렇고 그런 것'이라는 말의 거무튀튀한 뉘앙스가 있지 않은가.

그런 의미에서, '당연한 것'이 하나도 없고 서로가 조심스러운 지금의 관계라면 그런 일방적인 답답함을 가질 필요가 없을 거라는 점에서 차라리 미래는 안심이 되기도 했다.

"주말 잘 보내고요. 그러고 나면… 사무실에서 보겠네요."

"그러게요. 시원 씨도 주말 즐겁게 잘 보내요."

흔히들 '꿀이 떨어진다'고 표현하는 그 눈빛을 다름 아닌 자신을 향한 시원의 눈에서 보게 될 줄이야. 헤어짐을 아쉬워하며, 잡았던 손을 천천히 놓고―시원과 헤어진 미래는 마침내 자신의 방으로 돌아왔다.

원래는 프리랜서지만 최근엔 출퇴근을 하게 되면서 미래에게도 주말이 부쩍 소중해졌다.

주 5일을 꼬박꼬박 외출해야 하니, 주말엔 집순이 본능에 완전히 지배당해 종일 집에 있는 경우가 많았다. 에너지가 화수분처럼 샘솟던 시절에는 이틀 중 하루는 꼭 밖에 나가 놀아야 하던 때도 있었는데, 이젠 그렇게 하루를 보내면 이틀을 더 쉬어야 하니까.

"아~ 집이다."

드디어 완전히 혼자가 되어 편하게 쉴 수 있다는 안락함이 문장이 되어 입 밖으로 튀어나왔다. 침대 위에 일부러 아무렇게나 쓰러져서 이불을 몸에 휘감고 한 바퀴 획, 돌았다. 편안했다. 미래가 너무나 좋아하는 토요일 아침의 게으른 기분이었다. 당장 급하게 할 일도 없으니, 실컷 여유 부리면서 밀렸던 책을 봐도 되고 남들의 SNS를 들여다봐도 되고, 음악을 들으며 멍을 때려도 되고, 뭐가 됐든 마음껏 보내면 될 일이다.

그런 느긋한 기분이 들자마자 살짝 눈꺼풀이 무거워졌다. 아무래도 낯선 곳에서 밤을 보내고 온 날은 그렇다. 아무리 푹 잔 것 같아도, 얇은 막처럼 전신에 퍼진 피로가 하루 종일 딱 붙어 다니는 기분이니까. 내친김에 잠깐 아침잠이라도 잘까, 하고 베개에 고개를 묻는데, 문득 그의 얼굴이 떠올랐다.

방금 막 헤어진, 최근에 눈에서 양봉을 하기 시작한 달달한 연인 시원—이 아니라, 그의 연인인 소리의 얼굴이.

그러자 놀랍게도 잠이 스윽 달아나고 말았다. 어젯밤에 애써 외면하고 묻어둔 숙제 같은 것이 혼자가 된 지금, 다시 스멀스멀 돌아오고 있었다.

✦

시원과의 키스가 깊어지던 그 순간, 소리의 얼굴을 떠올린 이유가 뭐였을까. 그리고 '오늘은 키스만' 하고 싶었던 기분에 소리가 차지하는 지분은 얼마나 될까? 이 두 가지 질문은 서로 별개이면서도 한편으론 이어져 있기도 했다.

그래서 미래의 머릿속은 더욱 복잡했다. 사실 후자의 감정 자체만 생각해 보자면, 솔직히 미래로서 드문 일은 아니었다.

키스나 애무까지는 편안하고 섹시한 무드에서 즐길 수 있지만, 그 이상으로 진행되는 것이 항상 편하지는 않았기 때문이다. 물론 자연스럽게 무드가 이어져서 미래 역시 원할 때도 있지만, 늘 그렇지는 않다는 뜻이다. 20~30대 여성을 대상으로 한 평균치 조사가 있었는지 모르겠지만 (그래서 늘 궁금했지만) 미래는 '자신이 남들보다 성욕이 없는 편이 아닐까'라는 생각을 자주 했다.

표현을 바꾸자면, 섹스를 그리 좋아하지 않는 축에 속한다고 할까? 딱히 원하지도 않는데 억지로 할 수는 없는 거 아닌가. 물론 분위기 깨는 것이 두려워서 억지로 맞추다가 괴로웠던 기억들이 어린 날에는 적지 않았고, 결과적으로 그 기억들이 섹스를 더 안 좋아하게 만든 것 같다는 확실한 심증을 가지고 있지만, 어쨌거나 말이다.

1. 좋아하는 사람과 소소한 대화를 나누고, 좋아하는 것을 같이 하고, 일상을 공유하는 것 좋음.
2. 좋아하는 사람과 손잡고 포옹하는 것 좋음.
3. 좋아하는 사람과 키스하는 것(가볍게 입술을 부딪치는 뽀뽀부터 깊은 키스까지) 좋음.
4. 그런데 섹스는 그 정도까진 아님.

그렇다고 해서 나머지 1번부터 3번을 다 포기해야 한다는 건가? 그러기엔 미래로서는 좀 억울한 일이었다.

하지만 이 문제에 대해 얘기하다, 미래는 '네가 좀 이기적인거지'라는 말을 들어본 적이 있었다. 그것도 여자 사람 친구로부터. 섹스는 사랑한다면 당연히 해야 하는 것이고, 연애하는 사람의 의무 같은 거라는 식이었다. '안 그런 사람도 있다, 나처럼'이라고 말하면, '그런 사람은 연애를 하지 말아야지'라는 반응이 먼저 나왔다. 상대가 혼란스러울 것이라는 것이다. 사랑과 연애와 섹스가 삼위일체로 묶여 있는 이 세상의 공식에 어긋나는 것이니 말이다.

연애와 관련된 것들이 대부분 그렇듯 많은 이들이 미디어에서 섹스에 대해서도 배운다. 지나치게 개방적인 미국 드라마와 지나치게 고상한 척하는 한국 로맨스 드라마 사이에서, 그리고 그 사이 어디쯤에 있으면서 자신이 딱 평균치라고 믿는 수많은 데이트 상대들 앞에서, 미래는 혼란스러웠던 적이 많았다.

미국 드라마를 보면 저렇게 막 늘 섹스가 하고 싶고 오르가슴이 매번 찾아오고 하는 건 아닌데 내가 이상한 건가 싶었고, 한국 드라마를 보면 과잉 낭만화된 스킨십 장면, 특히 판타스틱한 키스 신 연출 때문에 첫 키스의 실망스러웠던 기분만 떠올랐다.

왜 드라마나 영화에서처럼 미친 듯이 그 순간에 몰입되지 않는 걸까? 홀린 듯이 서로를 탐닉하면서 자연스럽게 섹스로 넘어가지지가 않는 걸까? 현실의 파트너와 침대 위에서 어색하고 겸연쩍은 순간들을 애써 모르는 척하며 섹시한 척 신음을 흘리고 있을 때면 솔직히 미래는 좀 바보 같은 기분이 들 때도 있었다. 하지만 절대 티를 내서는 안 되었다. 그러면 무드가 다 깨질 테니까. 나만 이런 건가? 정말 나만? 미래는 늘 그게 궁금했다.

사회적으로 합의된 섹시한 상황에서 섹시함을 못 느낀다는 건 이상한 일이었고 어떤 경우엔 파트너에게 상처가 될 수도 있는 것이었기 때문에 미래는 거의 한 번도 자신의 솔직한 기분을 제대로 표현한 적이 없었다.

그중에서도 '서로 호감 있는 남녀가 같이 밤을 보내는 것'은 '사회적으로 합의된 섹시한 상황 베스트 넘버원'에 꼽힐 만큼, 백 미터 밖에서 봐도 섹시하다고 할 수 있을 바로 그런 상황이다. 그러니 '아무 일'도 없는 것은 말이 안 된다고 믿는 사람들이 아주 많다는 것을 미래는 잘 알고 있다. 사람들의 '섹스 환원주의'에 가까운 그 공고하고 강박적인 믿음이 미래에겐 아주 피곤했다. 자매품으로 '남녀 사이엔 친구가 없다'는 것이 있다. 대체, 성인 남녀는 모두 기승전, 섹스밖에 모르는 발정난 이들이라는 건가? 아니면 누가 그렇게 법으로 정해놓기라도 했나?

사람들이 뭐라고 하든, 하지만 미래에겐 '아무 일도 없었으면' 하는 밤이 제법 많았고, 그게 가능한 사람이어야 그나마 사귐의 대상이 될 수가 있었다. 하지만 그런 경우에도, 상대방들이 보인 뉘앙스는 제법 다양한 스펙트럼 위에 있었다.

가장 기분 나쁜 부류는 미래가 '괜히 비싸게 구는 것'처럼 여기는 놈들로, 더 만나기 전에 알게 되어 다행이라 생각하고 빨리 치우는 게 상책인 경우. 아니면 '어차피 언젠가 할 거니까 상관없다'는 낙관을 은은히 드러내는 경우. 그리고 '혹시 내가 뭘 잘못했나' 하고 전전긍긍하는 경우.

어쨌든 다들 미세하게나마 '호감 있는 남녀의 하룻밤=섹스' 공식을 디폴트로 두고 각자의 입장이나 해석을 달리하는 경우였다.

그런 뉘앙스가 느껴질 때면 미래의 마음이 완전히 편하지는 않았지만, 그래도 자신이 원하는 선까지의 스킨십을 하고 돌아왔으니 그에 대해 불평할 수는 없을 것 같다는 생각이 들었다. 지금 돌아보면 전혀 그렇게 생각할 필요는 없었는데, 그때는 괜히 그렇게 위축이 되곤 했다. 자신이 '당연한 것'을 어기고 '특별한 배려'를 요구한 사람이 되는 것 같아서였다. 그래서 다른 부분—예를 들면 감정적인 면이나 경제적인 면에서, 자신이 더 배려를 베풀려고 노력하기까지 했을 정도다. 어떤 사람들 말에 따르면 섹스는 연애하는 자의 의무이니까, '원래 그런 것'이라고들 하니까. 정말 그 말대로라면, 미래에게 연애란 언제든 불편한 것으로 돌변할 수 있는 것이었다.

물론 지금의 상황은 다르다. 어젯밤에 시원은 미래의 말을 그저 문자 그대로 받아들인 것 같았고, 그에 대해 특별히 캐묻거나 언급하지도 않았다. 모든 것을 의논하고 세심하게 결정하는 이 관계에서 '원래 그런 것'이나 '의무' 같은 것은 없으니까. 오히려 제로 베이스에서 하나씩 만들어가는 것에 가까우니까.

그래서 벌어진 상황 그 자체만을 긍정적으로 해석해 보자면, 특별하게 생각할 일은 아무것도 없었다. 미래는 과거의 언젠가처럼 섹스까지 이어질 만큼의 느낌이 아니었고, 시원은 그걸 존중해 줬고, 그게 전부였다.

물론 누군가가 굳이 이 상황을 꼬아서 본다면, 시원 입장에선 다른 애인이 있는 것을 미래가 받아주고 있으니까 그런 변덕 정도는 좀 맘에 안 들어도 받아줄 수밖에 없는 거 아니냐고 할 수도 있을 것이다. 하지만 그렇게 스스로를 약자의 위치에 놓는 순간, 상대에게 애인이 있는 것을 어떤 트집거리나 빌미로 생각하는 태도를 버리지 못하는 순간, 이 관계 자체가 성립하지 못하고 무너져 내릴 것이라는 것을 미래는 이미 알고 있다. 그런 식으로 계산하는 관계가 아니다. 그런 걸 원했던 것이 아니었다. 그만큼의 신뢰는 가지고 시작했으니까.

그런 차원에서 그보다 미래에게 더 중요했던 것은, 내키지 않는다는 생각이 들었던 그 짧은 순간에 소리를 의식했다는 것이다.

미래가 시원의 집에 들어설 때만 해도 모든 가능성을 열어둔 상태였지, 미리 마음을 정하고 간 것은 아니었다. 오히려 한편으론 조금 기대를 하고 있었을지도 모른다. 하지만 막상 그 순간이 왔을 때는 더 하고 싶지 않다는 생각이 들었다. 단순히 이전의 어떤 때처럼 '그만큼의 기분이 아니라서'였을지도 모른다. 사실 그냥 그런 셈 치고 대충 넘기고 싶은 생각이 들기도 했다. 하지만 그렇다고 하기에는, 너무나 명백하게 소리의 얼굴이 아른거렸다가 지나갔다.

스킨십이 깊어지려던 그 순간에 소리가 떠오른 것을 다시 찬찬히 생각해 보면, 역시 '진짜 이래도 되나?' 싶은 감정이 순간적으로 솟아났기 때문인 것 같다. 적절한 비유는 아니겠지만 '주인이 있는 물건에 손을 대는' 순간의 죄책감이랄까. 직접 당사자를 만나 그들이 서로를 독점하지 않는다는 것을 확인까지 했는데도 역시 뼛속까지 새겨진 클리셰를 완벽히 지워내는 것은 진짜, 정말로 힘든 일이었다.

소리가 이 사실을 알아도 괜찮을까. 아니, 물론 괜찮다고 한 건 알지만, 정말 괜찮을까? 아니, 뭐 괜찮기야 하겠지, 그 둘은 이런 일에 더 익숙할 거고 나한테도 그렇게 얘기했었으니까…. 아니, 근데 정말로? 이런 생각들이 꼬리를 물고 그 자리에서 계속 빙글빙글 돌았다.

아무래도 적응하는 데 좀 더 시간이 필요할 것 같았다. 이제 겨우 시작했을 뿐이니까, 이 정도 혼란은 당연한 거지. 응, 그래, 그럴 거야….

하지만 한편으론 그런 생각이 들었다. 과연 내가 이걸 극복할 수 있을까? 가뜩이나 섹스의 무드에 있어서 예민하고 가리는 것이 많은데, 계속 소리를 의식하지 않을 수가 있을까? 의식을 덜 하게 될 수는 있겠지만, 무의식까지 통제할 수는 없을 텐데, 통제되지 않으니까 무의식이라고 불리는 걸 텐데, 그리고 섹스에 관련된 기분은 의식보다는 무의식과 더 관련이 깊은 것 같은데….

그럼 이것저것 복잡하게 생각할 것 없이, 시원과는 지금 정도의 데이트 메이트 정도로 머무르는 것이 좋을까? 그게 꼭 나쁜 것일까? 물론 그렇지는 않을 것이다. 그리고 불가능하지도 않을 것이다. 하지만 시원에게 애인이 없었어도 이런 생각을 했을까?

약간 안도했다가, 다시 심각해졌다가, 생각이 꼬리에 꼬리를 물고 롤러코스터를 타듯이 이어졌다. 분명 좀 쉬고 싶다고 생각했는데, 좀처럼 몸과 마음이 가벼워지질 않았다.

애써 이불을 뒤집어쓰고 눈을 감아보았지만, 그러면 그럴수록 잠은 더 달아났다.

멀뚱멀뚱 눈을 뜨고 한참을 있다가 차라리 뭘 좀 먹자 싶어 결국 미래는 자리를 박차고 일어났다.

✦

역시 밥의 힘 덕분인지, 미래는 조금이나마 평안을 되찾았다. 그리고 그 후의 시간은 언제나의 주말처럼 대체로 순조롭게 흘러갔다.

어제 정성이 깃든 홈 메이드 음식을 먹었으니 괜찮을 거라고 위안하면서 또 과자 봉지를 뜯고.

그런데

지구상에서 가장 편안한 자세로 스트리밍 사이트를 기웃거리다가.

지금

시원이 재밌게 봤다고 했던 드라마가 떠올라서 한번 재생해 봤다가.

그 둘은

이상하게 집중이 안 되어서 SNS 앱을 괜히 한번 켜봤다가.

만났을까?

다시 드라마에 집중해서 두 번째 에피소드를 보다가, 다른 사람들은 어떻게 보는지 궁금해서 포털 사이트에도 검색해 봤다가.

뭐 하고 있을까?

평소와 똑같이 보내는 시간 사이사이에, 애써 무시하려 해도 자꾸 생각들이 불쑥불쑥 끼어들었다.

처음엔 하필이면 시원이 언급했던 드라마를 봤기 때문이라고 핑계를 대보았다. 메신저로 당장 감상을 나누고 싶은데, 그러려면 지금 그가 뭘 하고 있는지, 답장은 할 수 있는 상황인지에 대해 배려해야 했고 마침 오늘은 소리와 만나 데이트를 하기로 했다는 것을 미리 들어서 알고 있었기 때문에 그쪽으로 생각이 쏠리는 것은 매우 자연스러운 것이다. 무척이나 합리적으로 들리는 이유였다.

그러나 미래는 곧, 이유를 찾는 것이 지금의 이 기분을 해소하는 데 큰 도움은 안 된다는 것을 깨닫게 되었다.

대단히 크고 강렬한 느낌은 아니었지만, 아주 잔잔한 파도가 밀려오듯이 조금씩 천천히 가슴이 답답해지기 시작했다. 갑자기 혼자 집에 있는 것이 힘들어진 것이다. 이런 일은 미래에게 무척 드문 것이었는데, 이런 증상이 나타날 경우엔 어떻게든 기를 써서 사람들이 많은 곳으로 나가야만 했다.

그때 문득, 미래의 머릿속에 며칠 전 단톡방에서 봤던 글자들이 떠올랐다.

✦

"어, 금방 왔네?"

"그니까. 갑자기 웬일이야? 이번 주말엔 푹 쉬고 싶다고 하더니."

적당히 붐비는 주말의 프랜차이즈 카페, 마주 보고 앉아 있던 하나와 다정이 미래를 반갑게 맞아주었다. 며칠 전, 남편이 주말을 끼고 무려 2박 3일이나 시댁에 갈 예정이니 같이 영화 보고 놀자고 하나가 꼬셨었는데, 미래는 집에서 쉴 예정이라고 거절했었다. 시원과의 데이트를 앞두고 있었으니, '데이트 다음 날인 토요일은 좀 그 여운을 즐기면서 편안하게 혼자 쉬어야지' 생각했던 것이다. 기분이 갑자기 이럴 거라고는 전혀 생각도 못 했다.

"어, 뭐 그냥… 집에서 쉬고 있는데 이상하게 기운이 넘치고 몸이 근질거리길래!"

하지만 미래는 일단 허세를 부리고 보았다.

사실 오는 길에 조금 고민했기 때문이었다. 아직 친구들에게 시원과의 오픈 릴레이션십 연애가 시작됐다는 사실을 알리지 않았으니까.

하나가 이전에 좀 격한 반응을 보이긴 했지만, 나름대로 충분히 얘기를 나누었고 언제나 우정과 이해심을 보여주는 친구들이

라는 믿음이 있기에, 어쨌거나 자신을 지지해 줄 거라는 생각은
들었다.

하지만 한번 그 얘길 하기 시작하면 지금 느끼는 혼란스러움이
나, 어젯밤에 느꼈던 혼란스러움, 시원과 사귀기로 결심하기 직
전까지 느꼈던 혼란스러움, 소리를 생각하면 느껴지는 혼란스러
움… 아무튼 그 많은 혼란스러움들에 대해서도 솔직히 털어놓고
싶어질 텐데—그것까진 솔직히 자신이 없었다. '그러게 누가 하
랬냐'라는 타박이라도 들어버리면, 도저히 대답할 말이 없으니까.
그 말 그대로라서.

20대 시절부터 지금까지, 미래가 자신의 연애 이야기를 하면
그에 대한 사람들의 반응은 대략 '지팔지꼰', 그러니까 '지 팔자
지가 꼰다'는 식이었다. 대학생 때 별로 안 친한 과 선배에게 처음
으로 그 말을 들었던 미래는 '그래도 내 팔자 남이 꼬는 거보단 그
게 훨 나은데?'라고 생각하면서 대수롭지 않게 여겼다.

하지만 어느덧 마음이 제법 약해진 30대 중반이 되어버렸기
때문에, 가끔씩은 '정말 내가 내 팔자를 꼬고 있는 걸까' 하면서
비련의 여주인공마냥 슬픔에 잠기는 날도 있었다. 솔직히 그렇다
고 해서 이제 와 포기하거나 타협할 것도 아니면서 말이다. 그걸
스스로도 너무 잘 알고 있었기에 잘 생각해 보면 좀 웃긴 일이었
지만, 아무튼 아주 심심한 날은 가끔 그러기도 하면서 혼자 놀곤

했다.

하지만 아무래도 이번의 '지팔지꼰'은 스스로 생각해 보아도 좀 차원이 다른 것으로 느껴지긴 했던 것이다.

'착하고 무난하고 성실하고 괜찮은데 자꾸 결혼 얘기하는 게 싫어서 헤어졌어'라는 것은 연애라는 특별한 상황을 종료하고 혼자 보내는 일상으로 다시 돌아오는 것이기 때문에 일을 벌이는 것이라기보다는 정리하는 쪽이었다. 사람들이 말하는 '지팔지꼰'은 대부분 이런 경우에 해당했는데, 그들이 뭐라고 하든 미래로서는 선택의 이유도 예측되는 결과도, 그리고 이 선택을 책임질 수 있다는 자신까지 모든 것이 늘 확실했기 때문에 그냥 '헤헤' 웃고 넘어가면 그만이었다.

그런데 이번에는, 진짜 일을 벌이고 만 것이다! 선택의 이유는 나름대로 있었지만 (나에게 맞는 최선의 것을 찾아 과감하게 탐험해 보고 싶다는 실험 정신과 시원의 아름다운 미소 때문이랄까) 결과는 전혀 예측할 수 없었다. 무슨 일이 벌어질지를 모르니, 그에 대한 책임을 질 수 있을지 그것 또한 자신하지는 못하는 상태다. 그래서인지 조심스러워지는 것이다. 사람들한테 나쁜 소리를 듣는 게 싫어서가 아니라, 그런 말 때문에 흔들리고 혼란스러워질까 봐, 그게 무서웠다.

작년 생일 때 받았던 (그러나 아직도 쌓여 있는) 고마운 기프티

콘으로 카페 어플을 통해 커피를 주문하고, 벨이 울려 받으러 다녀오는 동안에도 미래는 어떻게 하는 게 좋을지 쉽게 마음을 정하지 못한 상태였다. 얼굴 보고 얘기하는 게 이렇게 고민이 되고 민망할 줄 알았으면 차라리 카톡으로 폭탄선언이라도 해버리고 올걸.

그런데 미래가 자리로 돌아오자, 익숙하지만 반갑지 않은 실루엣이 자신이 앉아 있던 자리에 떡하니 앉아 있었다! 반사적으로 친구들의 얼굴을 살펴보니 그들 역시 예측하지 못한 상황인 듯 곤란해 보였다. 하나와 다정, 두 사람이 앞다투어 낮은 목소리로 그 실루엣의 주인공에게 읊조렸다.

"내가 분명히 메시지 보냈는데, 왜 확인을 안 했어? 전화도 안 받고!"

"그니까! 그래서 못 오는 줄 알았더니…!"

"아니, 몰랐는데 밧데리가 다 됐더라고. 진짜 새로 바꿔야겠어. 너네랑 보기로 한 게 얼마 만인데 내가 안 오긴 왜….

아직 상황 파악이 안 된 듯 순진하게 웃으며 대답하던 그가, 하나와 다정의 시선을 눈치 챘는지 뒤를 돌아보았다. 이내 자신의 커피를 들고 우두커니 서 있는 미래와 그의 눈이 마주쳤다.

몇 달 전에 헤어진 차선의 연애의 주인공, 수호였다.

✦

"나 진짜 모르고 온 거야. 혹시나 오해하지 말라고…."

"어, 오해 안 해. 걱정 마."

같은 독서 모임에서 만난 친구들이니만큼 하나와 다정이 아직까지 수호와 연락을 주고받는 것은 알고 있었는데, 하필 오늘 같이 만나기로 했다는 건 미래로서는 꿈에도 몰랐던 일이었다.

이 우연한 조우가 미래에게는 불편하기만 한데, 어째서인지 수호는 심지어 살짝 얼굴을 붉히는 것 같아서 미래는 한층 더 불편해졌다.

"잘 지내나 봐…? 얼굴이 좋아 보이네."

"뭐, 그렇지. 너도 좋아 보이는데?"

"에이, 아닌데. 난 솔직히 별로 잘 못 지내거든."

"어어, 그래? 그렇구나…."

어쩌라고, 라는 말이 단전에서부터 올라왔지만 미래는 애써 꾹 눌렀다. 친구들이 멀리서 보고 있지만 않았어도 어쨌을지 모르겠지만.

"혹시… 뭐 벌써 만나는 사람이라도 있어?"

"그게 왜 궁금한데?"

반사적으로 날카로운 대답이 튀어 나갔다. 수호가 억울하다는 듯 웅얼거렸다.

"그냥⋯. 우리가 뭐 그 정도도 못 물어볼 사이야?"

"그렇다고 막 편하게 물어볼 사이는 아니지 않냐?"

"솔직히⋯ 난 아직도 이해가 안 가거든. 우리가 왜 헤어졌는 지⋯."

"이 세상에 니가 이해할 수 있는 일만 있는 건 아니잖아. 나도 커피콩이 왜 콩이 아니라는 건지 아직도 모르겠거든? 영어로도 커피 '빈' 아니냐고. 근데 왜⋯."

"그거야, 커피는 원래 씨앗인데 모양이 콩처럼 생긴 것뿐이라⋯."

"아, 됐고!"

그 와중에 또 그걸 설명하려는 수호의 모습에 미래는 진저리를 쳤다. 뭐, 지극히 그다운 행동이긴 했지만 말이다.

"아무튼 피차 실수로 보게 된 거니까, 여기까지 하자. 오늘은 내가 친구들이랑 좀 놀아야 할 것 같으니까 양보 좀 해줘."

"왜⋯? 너 무슨 일 있어? 뭐 안 좋은 일 있어, 미래야?"

갑자기 그답지 않게, 어떤 의미에선 영 부적절하게 수호가 걱정을 한가득 띄운 자상한 표정을 하곤 미래에게 얼굴을 들이밀었다. 미래는 조금씩 짜증이 나기 시작했다. 오늘의 만남은 정말 우연이기는 하지만 이 자식이 아직도 미련 뭐 그런 걸 갖고 있는 것 같다는 확신이 들었기 때문이다.

"야, 정수호, 나 지금 사귀는 사람 있고, 오픈 릴레이션십 관계이긴 하지만 너랑 다시 만날 생각은 없거든?"

"뭐? 오픈 그게 무슨—?"

"그건! 한번 찾아보든지 말든지 하고! 그러니까 괜히 그러지 말고 가주라. 응?"

그 말을 끝으로 미래는 아예 자리에서 일어나 팔짱을 끼고 그를 뚱하게 쳐다보았다. 손가락 하나 까딱하지 않고 오직 말만으로 수호의 등을 정확하게 떠밀었다고나 할까.

수호는 대답 없이 일어나 잠시 미래를 원망스럽게 보더니 자리에서 일어나 카페를 나갔다.

미래가 안도의 한숨을 내쉬는데, 그제야 옆 테이블에서 귀를 쫑긋 세우고 있던 하나와 다정이 미래에게 슬금슬금 다가왔다.

"야, 진짜 미안해. 우리도 진짜 일이 이렇게 될 줄은 모르고…."

"너 온다고 했을 때 바로 연락했는데 저 자식이 안 받더라고…."

"처음부터 수호도 같이 보기로 했다고 말을 하지 그랬어?"

"그럼 니가 혹시나 기분 나빠 할까 봐…."

"아니, 그랬음 내가 안 왔지…."

"아니야~. 솔직히 우린 너랑 노는 게 훨씬 더 재미있단 말이야."

그 대답에 '얼씨구?' 하는 표정으로 미래가 눈을 가늘게 뜨고 하나의 얼굴을 째려보았다. 그러자 하나가 자신은 결백하다는 듯이 눈싸움이라도 하려는 것처럼 눈을 동그랗게 뜨며 지지 않고 미래를 마주 보았다. 그 얼굴에 결국 웃어버린 미래는 어쩔 수 없다는 듯 고개를 내저으며 말했다.

"그래, 믿어준다. 어휴, 걔 얘긴 그만하자. 너네 영화는 봤어? 아직이지? 나도 지금 예매할까?"

그리고선 미래가 휴대전화의 영화관 앱을 서둘러 켜려는데, 갑자기 곁의 두 친구가 눈을 반짝반짝 빛내기 시작했다.

"근데…."

"그것보다…."

"응?"

"너 뭐야. 오픈 릴레이션십 시작했다고?"

"아차…."

갑자기 나타난 정수호가, 갑자기 너무 기분 나쁘게 구는 바람에, 미리 계획하지 못했던 고백을 친구들 앞에서 하고야 말았다는 사실을 미래는 뒤늦게 깨달았다.

"영화는 아직 두 시간 남았으니깐 예매는 다정이가 해주면 되고. 그 얘기나 해봐. 처음부터 끝까지 전부 다!"

하나가 눈을 반짝이는 만큼, 미래의 목도 타들어 가기 시작했다. 이럴 줄 알았으면 아이스 음료를 시킬걸. 아직도 뜨끈한 커피 잔이 미래의 손 안에서 애꿎게 빙글빙글 돌아갔다. 그와 동시에 머릿속도 바빠졌다. 어디부터 어디까지 얘길 해야 하지…?

✦

"하, 진짜 하여튼 대단하다….…"

"멋있어, 미래야."

미래의 이야기를 다 들은 하나와 다정이 나란히 반어법인지 진심인지 알 수 없는 감상들을 내놓았다.

"야야, 적응 안 되니까 그러지 말아줄래?"

뭘 숨기고 하는 것도 체질에 안 맞아서, 미래는 결국 친구들에게 그동안 있었던 일을 팩트 위주로, 타임 라인 순서에 맞게 전부 다 얘기했다. 다만 자신의 혼란스러운 감정이라든지 기분에 관련된 것들은 일단 제외했다. 그것만으로도 제법 후련했지만 역시 조금은 후회되기도 해서 친구들의 반응을 살핀다는 게 불쑥, 장난스런 말투로 나가버렸다. 의도한 건 아니었지만 그 덕분에 친구들의 얼굴에도 장난기가 돌아왔다. 하나가 말했다.

"근데 어젯밤에 분위기 좋았다면서 왜 하다 말았을까~?"

"왜, 전에도 얘기했잖아. 난 원래, 분위기가 아무리 좋아도 하기 싫을 때도 있단 말이야."

"아아, 그래…. 뭐 그건, 너만 그런 건 아닐 거니까…."

"어제도 그래서 그랬던 게 맞아?"

하나의 질문이 어째 정곡을 정확하게 찔렀지만, 미래는 포커페이스를 유지하며 말했다.

"솔직히 나도 잘은 모르겠지만, 그런 거 아닐까?"

"그럼 그 둘은 지금 데이트하고 있는 거고?"

"아마 그렇겠지."

"그게 넌 정말 괜찮단 말이야?"

"그러게. 어제 너랑 한 것처럼 스킨십도 하고 막… 섹스할 수도 있는데…."

다정이 유난히 '섹스'라는 말을 속삭이며 말했다. 저러면서 로맨스 소설의 19금 장면은 어떻게 쓰겠다는 건지 정말 모를 일이었다.

솔직히 혼자 있을 때는 미래의 머릿속에도 그런 생각이 맴돌기는 했었다.

하지만 미래는 '두 사람이 스킨십을 하고 있을 수도 있다'라는 생각이 드는 것을 인정하되, '그래서 내가 괴롭다'라는 감정이 반드시 그와 세트인 건 아니지 않을까 하고 계속 생각해 보는 중이었다.

다들 그렇게 말하고 행동하니까 그게 당연한 것 같지만, 실제로 내 기분은 어떤가? 이것은 정말 누구에게든 절대로 괜찮지 않은 상황인 걸까?

"그래. 뭐 그건 그런데… 지금 문득 든 생각이 하나 있는데 말이야…."

"어? 어어, 그래, 말해봐."

다행히 지금은 친구들과 함께, 대화를 나눌 수 있으니까 혼자 있을 때보다 생각을 발전시키기가 쉬웠다. 혼자 있었으면 아마 생각보다는 감정에 빠져버리고 말았을지도 모른다. 새삼 밖에 나와 다행이라는 생각이 들었다.

"뭐 물론 세상엔, 우리 하나처럼 평생 한 남자랑 연애하다가 결혼한 사람도 있지만 말이지…."

"…어, 뭐 그렇지. 계속 해봐, 어디!"

또 튀어나와 버린 미래의 장난기만큼이나, 하나 역시 장난스러운 눈짓을 하면서 계속하라는 듯 손짓했다.

"지금이 뭐 정절을 꼭 지켜야 되는 조선시대도 아니고, 우리가 '혼전 순결'이 소중한 그런 사람들도 아니잖아. 거의 그 반대지."

"그거야 그렇지…."

"게다가 이제 우리 나이도 삼십대 중반이란 말이야? 그러면 대부분 상대방한테 과거가 있다는 말인데. 그렇다고 막 화내고 힘들어하냐? 아니잖아. 그냥 자연스럽게 받아들이지."

"그치."

"그럼 그걸 왜 자연스럽게 받아들일 수 있느냐? 지금하곤 다른 시공간에서 벌어진 일이기 때문이잖아. 그때는 다른 곳에서 다른 사람이랑 있었으니까 그땐 그때고, 지금은 여기서 나랑 같이 있는 거고."

"그런데? 왜 내가 괜히 슬슬 불안해지지?"

"결국 이것도 똑같은 거 아닌가?"

"뭐가… 뭐가 똑같은데?!"

하나가 거의 비명을 지르듯 되물었다.

"상대방이 다른 시공간에서 맺었던 관계까지는 내가 어떻게 할 수 없는 거라는 걸 이미 받아들였다면, 어제 나와 같이 있었던 그 사람이 지금 어디서 뭘 하든 그것도 똑같은 거 아니냐는 거지."

"그건… 그건 다르지, 인마!!"

이번엔 정말 비명이었다! 어째 하나의 동요가 심해질수록 미래는 더 차분해졌다.

"왜? 원칙적으로는 똑같은 거 같은데?"

"그, 그래도 예전에 다른 사람이랑 만났을 땐 너를 몰랐을 때고…."

다정이 조금 떨리는 목소리로 맞받아쳤다. 일견 일리가 있다는 생각에 끄덕이면서도, 미래는 숨 한 번 쉬지 않고 대답했다.

"그건 뭐 평생에 진정한 사랑은 딱 한 명뿐이라는 세계관에서나 통하는 이유 아닐까? 난 딱히 그렇게 생각하진 않아서. 나나 상대방이나, 이다음엔 또 다른 사람 만날 수 있다는 걸 서로 다 아는데 뭐."

"그, 그래도 예전 일이랑 지금이랑은 느낌이 다르지 않아…? 어젠 나 만나고, 다음 날은 다른 사람 만나고, 또 그다음 날은 다시 나랑 만나고?"

"생각을 조금만 달리해 보면 되는 문제 아닐까? 어제가 1년 전보다는 지금에 더 가까운 것 같아 보이긴 하지만 아무리 그렇다고 해도 지금은 아닌 거잖아. 다른 시공간이라는 조건만 생각하면 그거나 저거나… 결국 같은 거잖아."

"야, 오픈 릴레이션십 하려고 무슨 시공간 그런 거까지 생각해야 되냐?"

반문하던 하나가 결국 실소를 터뜨렸다. 미래도 조금 웃음이 나긴 했지만 그래도 뻔뻔하게 표정을 유지하면서 말을 이어갔다.

"아니, 나도 그냥 지금 한번 생각해 보는 거야…."

오기 전까지는 미처 생각하지 못했는데, 얘길 하다 보니 우선 미래 자신이 나름 설득되는 것 같아서 조금 재미있었다.

나는 상대방을 소유하지도 않고 통제하지도 않는다. 상대방 역시 마찬가지다. 그러니까 내가 나 혼자 있을 때의 시간과 감정을 모두 자유롭게 보내듯, 상대 역시 그렇게 하는 것뿐이다. 두 사람 사이에서 가장 중요한 것은 둘이 함께 있을 때에 나누는 시간과 감정일 뿐이다. 다만 서로에 대한 예의를 갖추기 위해 모든 것을 숨기지 않고 공유하는 것이고. 지금 미래와 시원과 소리가 만들어가고 있는 것은 바로 그런 관계였다. 어떤 면에선 지극히 이기적이지만 어떤 면에서는 또 지극히 상대를 존중하는, 그 두 가지가 잘 공존하기만 한다면 최고의 밸런스를 맞출 수 있는. 역시 이론적으로 생각하면 단점보다는 장점이 크게 느껴진단 말이지….

하긴 누군가를 소유하고 통제하려는 생각을 완전히 버릴 수만 있다면, 그 사람에게 중심을 두는 것이 아니라 나의 감정과 나의 필요에만 집중할 수 있다면, 그가 나와 함께 있지 않을 때 시간을 어떻게 보내든 사실 무슨 상관이겠는가? 할 수만 있다면 말이다. 할 수… 있지 않을까? 일단 첫발은 뗀 거 아닐까…?

"뭐 니가 괜찮다면야 다 괜찮은데… 혹시 니가 애써 좋게 좋게 합리화하면서 무리하는 건 아닌가 해서."

"그니까, 요새 뭐 사귀면서 가스라이팅하고 이런 일도 너무 많잖아…."

"아냐. 정말 난… 물론 이런 건 처음이라 아직 완전히 익숙한 건 아니지만."

"응…."

"아직까진 괜찮은 것 같아. 가능하면 적응해 보고 싶어. 이제 막 시작한 거니까."

다정과 하나는 미래의 말에 알듯 말듯 한 표정을 지었다. 어쩌면 머리로는 이해할 것도 같지만 마음으로는 충분히 이해하지 못했을 때의 얼굴이 저런 것일지도 모르겠다는 생각이 들었다.

세 사람 사이에 잠깐의 침묵이 흐르자 미래는 자연스럽게 시간을 확인했다.

"야, 지금 가야겠다. 영화 안 늦으려면."

미래가 싱긋 웃으며 말했다. 친구들도 마주 웃으며 서둘러 자리에서 일어났다.

✦

다정함, 즐거움, 설렘을 적당히 섞은 관계가 필요할 때 필요한 만큼만 있었으면 좋겠다.

섹스가 필수적이지는 않고, 미래에 대한 약속도 부담스럽다. 함께할 자리를 빨리 만드는 것보다는 오롯이 내가 확보할 수 있는 내 자리를 지키는 게 더 중요하다.

어쩌면 사람들이 말하는 '30대 연애'라는 이름의 풀 패키지에 비하면 한 2분의 1밖에 안 되는 단출한 내용물이다. 하지만 딱 그만큼이 있었을 때, 제일 잘 사는 사람도 분명히 있다.

좁은 원룸에서 조금의 생기라도 느끼고 싶은 마음에 이런저런 작은 화분들을 키우기 시작하면서 미래는 알게 되었다. 일반적인 원예 상식과 달리, 모든 식물이 태양빛 아래서 풍부한 물이 있을 때만 잘 자라는 것이 아니라는 사실을. 너무 많이 태양빛을 쬐면 오히려 죽어버리는, 음지에서 아주 조금의 물이 있을 때 가장 잘 자라는 식물들도 있다. 비유하자면 자신이 그런 생물일 것이다. 아마 이렇게 각자의 생장 조건이 다른 이들이 제법 있을 것이다.

미래가 생각하기에, 사람들은 좀 더 관심을 기울이고 알려고 노력할 필요가 있었다. 연애와 사랑에도 다양한 '종(種)'이 있다는 것을. 조금 다르다고 해서 '어, 이건 사랑이 아니네' 하고 무시하고 뽑아버리면 곤란하다는 것을.

셋이 조르륵 앉아 마주 본 스크린에서 정신없는 카레이싱이 계속되는 동안, 미래의 머릿속에서는 그런 생각들이 계속 나타났다가 사라졌다가 했다.

8.
사랑한다는 말로도 이해가 되진 않는

"안녕하세요, 미래 씨."

조금 어수선했던 토요일의 기분을 무사히 이겨내고 맞이한 월
요일. 아침에 시원과 간단히 안부 메시지를 주고받은 다음 출근을
했더니, 사무실 라운지에 시원이 있었다. 반가운 마음에 활짝 웃
으며 뛰어가는데, 그제야 그의 곁에 있는 사람이 눈에 들어왔다.
옆 사무실에서 어플을 개발하고 있는 슬기였다.

"아, 안녕하세요, 시원 씨, 슬기 씨!!"

하마터면 큰일 날 뻔했다는 생각과 함께 숨을 고르면서 미래는
불쑥 튀어나오려던 반가움과 애정과 그 비슷한 것들을 애써 주워
삼켰다.

"두 분은 주말 잘 보내셨어요?"

슬기가 더없이 캐주얼한 말투로 물었다. 느슨하게 같은 공간을

공유하는 사이로서 이보다 자연스러울 수 없는 월요일 스몰토크의 첫마디였다.

하지만 그 순간 미래는 어쩐지 등줄기가 오싹오싹했다.

이미 주말이라 할 수 있는 금요일 저녁부터 토요일 오전까지 시원과 함께 있었던 데다가, 둘이 키스도 하고 껴안고 부비기도 하고 그랬는데, 게다가 시원에겐 다른 애인이 있어서, 그것 때문에 토요일엔 조금 마음이 복잡해지기도 했는데—.

"아, 네. 뭐 그냥 쉬면서 잘 보냈죠. 두 분은요?"

그 사실을 모두 숨긴 채, 시원과는 아무 사이도 아니며 그의 주말과 나의 주말은 아무 상관도 없는, 전혀 모르는 일이라는 것처럼 쾌활하게 대화를 이어가고 있는 자신이 좀, 섹시하게 느껴졌기 때문이다. 비밀이 생기는 것은 언제나 은은하게 짜릿한 일이다.

"저도, 뭐 그냥 쉬면서 보냈어요. 아, 이번에 새로 올라온 그 드라마 보셨어요? 제 주변 친구들은 주말에 다들 그거 봤다고…."

미리 약속한 적도 없지만, 시원도 당연하다는 듯 태연하게 대답하며 대화를 이어갔다.

그러자 뜻밖에, 슬기가 눈을 반짝이며 반응했다! 이전에 네트워킹 데이에서도 느꼈지만 슬기는 정말 스트리밍 서비스를 사랑하는 듯, 시원이 화제전환용으로 꺼낸 게 분명해 보이는 드라마를 벌써 다 봤다면서 아주 자세하게 감상을 전해주었다. 덕분에 그의 말에 적당히 리액션만 하면서 월요일 아침의 친교 분위기를 화기애애하게 유지할 수 있었고, "꼭 봐야겠네요"라는 미래와 시원의 다짐을 마지막으로 대화는 순조롭게 종료되었다.

이내 슬기는 기분 좋은 얼굴로 인사를 한 뒤 자신의 사무실로 들어갔고, 뒤에 남겨진 미래와 시원은 남몰래 애정 어린 눈짓을 주고받은 뒤 헤어졌다.

능숙했던 거짓말의 두근거리는 여운을 느끼며 미래는 사무실에 짐을 풀고 자리에 앉았다. 그리고 잠시 뒤 시원에게서 메시지가 왔다.

'미래 씨, 아까 괜찮았죠? 방금 슬기 씨랑…'

'에? 그럼요. 왜요?'

'그러고 보니까 다른 사람들한테 우리 관계에 대해서 어떻게 말할지 한 번도 정한 적이 없었더라고요.'

아, 듣고 보니 확실히 그랬다.

처음에 네트워킹 파티에 갈까 말까를 고민했을 땐 그렇게도 열심히 생각했었는데, 같은 공간을 오가며 일하는 사이인 만큼 언제든 있을 수 있는 상황이라는 걸 알면서도 막상 사귀기 시작한 이후엔 그 얘기를 나눠본 적이 없다. 물론, 아무래도 그런 문제는 지극히 사소한 것처럼 느껴지게 만드는 오픈 릴레이션십의 세계를 맞닥뜨렸기 때문이겠지만 말이다.

'뭐, 그래도 자연스럽게 정해진 것 같은데요. 저는 그냥, 아무한 테도 알리지 않는 게 제일 편해요.'

'그렇구나. 그럼 그렇게 해요.'

'은근히 스릴 있던데요?'

'하하, 저도요.'

세심히 신경 써주는 시원의 배려가 미래는 우선 고마웠다. 게 다가 일전에 그의 SNS를 보고 감지했던 것처럼, 분명 시원도 성 격상 이쪽이 편할 테니까 서로에게 다행스러운 일이라는 생각도 들었다. 심지어 같은 일터 아닌가. 미래 기준으로 이곳에서 둘이 사귄다는 게 알려져 봤자 좋을 건, 정말이지 단 한 개도 없을 것이 었다. 사생활을 드러내는 것을 그리 좋아하지 않는 성격 탓이기도 하고, 연애를 한다는 사실이 알려지는 순간 나의 다른 모든 것이 다 지워지고 그저 '누구랑 연애하는 사람'이 되어버리는 것이 싫 다. 이건 오픈 릴레이션십 관계이든 아니든 똑같았을 것이라는 생 각이 들었다. 물론 오픈 릴레이션십 관계라는 걸 밝히는 것은 단 순히 연인 관계라는 것을 밝히는 것보다 훨씬 더 어려운 일이었 겠지만.

하지만 문득 궁금해지긴 했다.

시원과 소리의 관계는 제법 오래됐으니 주변 사람들에게 조금 은 알리지 않았을까? 그럼 오픈 릴레이션십 관계라는 사실은 어떨까? 얼마나 많은 사람들이 알고 있을까? 두 사람도 친구들에게 연애 상담도 하고 그럴까? 하나와 다정이 같은 친구들이… 있지 않을까? 없나?

✦

"아, 뭐 각자 친구들한테 얘기는 했겠지만 같이 만나고 그랬던 적은… 제 기억엔 없네요. 소리는 독일에 있다가 와서 한국에 친구가 많지 않고, 저도… 어린 시절 친구들하고는 많이 멀어졌거든요."

점심시간, 시원과 함께 덮밥을 포장해 와서 먹으면서 미래는 궁금했던 것을 솔직하게 물어보았다. 돌아온 시원의 대답은 심플했다.

"그렇구나…."

대충 알고는 있었지만 워낙에 독립적인 사람들인 듯했다. 미래가 고개를 끄덕이자 시원이 말을 이었다.

"네. 저나 소리는 관계에서 무슨 고민이 생기면 어떻게든 둘이 해결하려고 노력을 많이 하는 편이죠. 미래 씨는 어때요?"

"저는 사실 스쳐가는 썸남이든 남친이든 그에 대한 이야기를 나눌 친구들이 항상 필요했던 것 같아요."

"아아, 그럴 수 있죠."

"그 사람들한텐 솔직히 얘기 못 하는 일이 너무 많았으니까."

"이해해요."

"암튼 그냥, 갑자기 궁금해져서 물어봤어요. 근데, 시원 씨는 친구들하곤 자연스럽게 멀어지게 된 건가요?"

궁금한 것에 대한 대답을 듣다가 또 궁금한 것이 생겨버렸다. 아직도 두 사람은 서로 모르는 것이 많고, 관심이 있는 한 궁금증은 계속 꼬리에 꼬리를 물기 마련이니까.

"아, 사실 제가 지방에서 남중 남고를 나왔는데… 스무 살 이후론 쭉 서울에 있었으니까 그래서 물리적으로 멀어진 것도 있고…. 좀, 어느 순간부터 서로 잘 안 맞더라고요. 굳이 억지로 맞출 필요는 없잖아요."

"아하…."

"저는 많이 변했거든요, 서울에 와서 새로운 것도 많이 보고 새로운 사람들도 많이 만나고 하면서요. 아마 그 친구들은 소리랑 만나는 것도 이해 못 했을 거예요. 오픈 릴레이션십도… 절대…."

"하하, 어쩌면 그 친구들은 꿀이라고 생각할 수도 있어요. 다른 여자도 막 만날 수 있으니까, 꿀이라고, 부럽다고."

"어, 진짜 그랬을 수도 있겠네요. 미래 씬 어떻게 그렇게 잘 알아요?"

"하하, 제가 좀 잘 알아요…."

미래가 의미심장하게 웃으며 대답하곤, 말을 이었다.

"전 막연히 두 사람 다 친구도 많고 사교 생활이 화려할 거라고 상상했던 것 같아요…. 평소에 만나는 사람이 많고 다양하니까, 그래서 자연히 오픈을 하게 되지 않았을까 생각했거든요."

"하하, 꼭 그런 건 아니에요. 모르긴 몰라도 미래 씨 사교 생활이 훨씬 더 화려할걸요? 저나 소리는 그냥 조용히 집에 있는 걸 더 좋아해요."

사교 생활이라고 부르기에는 너무나 소박한 자신의 생활을 돌아보며, 미래는 이 말이 시원의 겸손일지 아니면 담백한 사실일지 잠시 생각해 보았다. 두 사람을 만나면서 '오픈 릴레이션십 하는 사람들'에 대한 인상을 많이 바꿨다고 생각했는데 아직 부족한 모양이었다.

그때 시원이 말했다.

"근데 미래 씨, 혹시 가구 보는 거 좋아해요?"

"에, 잘 볼 줄은 모르지만 보는 건 좋아해요!"

"그럼 이번 주말에 보러 갈래요?"

"좋죠! 어디로 가는데요?"

좀 갑작스러운 질문이었던 데다, 미래는 한 번도 자기 집에 자기가 직접 고른 가구를 놓아본 적이 없는 '풀 옵션 생활자'였기 때문에 가구에 대해서는 거의 아는 것도 없고 사실 별 흥미도 없었다. 하지만 데이트라는 것은 어차피 '무엇을' 하느냐보다 '누구와' 함께하느냐가 더 중요한 것이니까. 그게 뭐든 같이 보러 가자는 시원의 제안은 당연히 반가운 것이었다.

"성수동이요. 거기는 뭐가 맛있을까요?"

"아아, 저장해 둔 맛집 리스트를 한번 열어볼까요…!"

그 후로 한참동안, 두 사람은 주말에 성수동에서 뭘 먹을지 심도 있게 토론하면서 남은 점심시간을 즐겁게 보냈다.

그러고 보니 소리와는 주말을 어떻게 보냈는지도 궁금했는데.

미래는 사무실로 돌아와서야 그 생각을 떠올렸다. 아주 캐주얼하게, 마치 슬기가 오전에 그랬던 것처럼 "그러고 보니 토요일은 어땠어요?"라고 물어보고 싶은 생각도 있었는데 말이다.

하지만 그걸 묻고 답하는 모습을 상상해 보니 어차피 뻔한 문답이 오고 갈 것 같았다.

시원 : (살짝 당황했지만 태연한 척 웃으며) 뭐, 잘 보냈죠.

미래 : 아, 네…. 잘됐네요.

시원 : 혹시… 더 자세한 것까지 궁금하신가요? 특별히 궁금한 게 있다든지.

미래 : (잠시 생각했다가) 아, 아니에요. 그런 건 아니고요.

그러면 분위기는 조금 머쓱해졌다가, 이내 어색하게 한번 웃고 지나가겠지.

묻지 못한 것인지 묻지 않은 것인지, 솔직히 어느 쪽인지는 잘 모르겠지만 어쨌든 아직까진 의식을 하지 않을 수 없는 것도 사실이고, 의식을 한다 한들 별수가 없는 것도 사실이었다.

그러니까, 호기심이 지나갈 때까지 내버려 둬보자고 다짐했다. 다른 시공간에서 생긴 일이니까, 나랑은 상관없는 일이니까.

그래서 미래는 그 일은 있는 그대로 내버려 두고, 다시 자기의 일과 자기의 삶으로 돌아왔다. 요즘 자신의 삶을 구성하는 많은 것들 중에서 단연 흥미롭고 즐거운 것이 연애이긴 하지만, 당연히 그게 다는 아니니까.

예전에 미래는 연애에 너무 휩쓸려 간다는 느낌이 들 때면 '언제든 혼자만의 집으로 다시 돌아갈 수 있다'고 생각하며 마음을 다잡았었다. 이번엔 뭐랄까, 애초에 한 번도 완전히 떠난 적 없이 약속했을 때만 놀러 갔다가 매일 다시 집으로 돌아오는 느낌이었다. 그 감각 덕분에 거리를 둘 수 있고, 그래서 이렇게 멀쩡히 이 관계를 그럭저럭 유지해 오고 있는 것일 거라고 미래는 생각했다. 걱정했던 것처럼 질투심이나 괴로움 때문에 미치지 않고 말이다.

그렇다고 해서 미래가 대단히 감정을 억누르거나 참고 있는 것도 아니다. 이쪽도 저쪽도 '연애'라고 똑같이 부르지만 감각은 전혀 다르니까.

상대방도, 두 사람의 관계도 다 중요하지만 그게 가장 중요한
것은 아니고, 우리는 각자의 인생길을 걷다가 잠시 만나서 어울
리는 것이다. 지금은 함께인 것이 즐거우니까. 더한 바람도, 더한
약속도 없이. 그것만 잊지 않으면, 더 어려워질 일은 없었다. 미래
스스로도 해보기 전에는 몰랐던 일이지만 말이다.

✦

며칠 뒤의 주말, 시원과 미래는 처음으로 서로의 집 근처가 아
닌 곳에서 만났다.

그래봤자 서울 시내이긴 하지만, 오랜만에 지하철을 타고 30분
이상 걸리는 곳까지 왔다는 것만으로도 기분 전환이 됐다.

그리고 시원이 미래를 이끌어 함께 간 곳은… 고가의 빈티지
가구 매장이었다!

분명히 빈티지 특유의 매력이 있는 것은 사실이었지만 미래가
보기에는 우선 가격이 너무 비쌌다. 게다가 시원이 사려고 하는
조명이라는 품목은 전기를 꽂아야 하기 때문에 제작 연도에 따라
서는 사용이 너무 불편한 것이 많았다. 수리가 잘된 것도 있었지
만, 거의 다 삭은 것처럼 보이는 전기선을 겨우 이어 붙여서 꽂는

느낌의 제품도 있었고, 그런 건 아무리 좋게 봐주려 해도 궁색해 보였다.

"이거 어때요?"

그때 시원이 인터넷에서 보고 온 제품이라며 미래에게 부끄러운 듯 기다란 플로어 스탠드 하나를 보여주었다. 저도 모르게, 미래의 리액션이 한발 늦었다.

"아아, 머, 멋지네요…. 근데 이게 얼마?"

"음—96만 원이요."

"에? 아… 네."

아무리 생각해도 지난번에 봤던 시원의 집은 그 자체로 깔끔하고 괜찮았던 것 같은데, 왜 굳이 이렇게 커다랗고 낡은 램프를 두고 싶어 하는 건지 솔직히 이해가 되지 않았다.

그런데 문제는 시원이 너무 들떠 보였다는 거다!

"사실 거실에 조명 하나 맘에 드는 걸로 들여놓으려고 작년부터 찾고 있었는데. 딱 맘에 드는 게 없었거든요. 근데 이게 눈에 들어온 거예요. 솔직히 비싼 건 맞는데…. 너무 찾고 있던 디자인이라…."

미래는 애써 만든 웃는 얼굴로 그 말을 들으며 다시 한번 생각해 봤다.

만약에 여기 와서 저 특이한 96만 원짜리 조명을 사겠다고 하는 사람이 우리 엄마라면? 일단 무조건 말리고 봤을 것이다. 대체 왜 저런 걸 사겠다고 여기까지 왔냐고 타박하는 것까지 추가되었을지도 모를 일이고.

아주 친한 친구… 예를 들어 하나나 다정이라면?

엄마에게 했던 것처럼 강하게는 말 안 하겠지만, 완곡하게 한 번쯤은 말려봤을 것 같다. 정 본인이 산다면 어차피 자기 돈이니까 말릴 수야 없겠지만.

그럼 만약 전에 만났던 남친들 중 누군가라면? 예를 들어, 수호였다면?

이해할 수 없는 미적 감각과 경제 감각 양쪽 모두에 경악하면서 이런 남자랑 계속 사귀는 게 괜찮은지를 한번 생각해 봤을지도 모른다! (사실 미래는 연애 중엔 아주 사소한 일로도 '이 연애가 괜찮은지'를 점검하는 편이다. 좀 과하다는 생각이 들 때도 없는 건 아니지만, 도저히 멈출 수가 없달까) 아무래도 사귀는 사이가 되면 좀 그렇게 되는 것 같다. 아닌 척하면서 수호도 얼마나 미래에게 간섭하는 것이 많았는데. 서로 옷을 뭐 입네, 모자를 뭘 쓰네 같은 걸로도 사소하게 말다툼한 적만 여러 번이다.

그럼 지금 이 상황에서, 시원에겐 어떻게 해야 하는 걸까?

물론 정답이 있는 문제는 아니었다.

그래서 미래는 지금 자신이 어떻게 하고 싶은지를 곰곰이 생각해 보려다가—.

"미래 씨가 보기에는 어때요?"

시원의 질문이 갑작스레 들이닥치는 바람에, 결국 흐름에 몸을 맡기고 말았다.

"어, 뭐, 시원 씨가 맘에 드신다면야… 좋으실 대로…."

그리곤 좀 머쓱하게 웃기.

하지만 시원은 미래의 웃음에 묻어 있는 그 머쓱함을 미처 눈치 채지 못한 듯했다. 자기 마음에 쏙 드는 조명에 푹 빠져 있느라 정신이 없었기 때문일 것이다.

어떻게 봐도 좀 못생겼고 비싸고 비실용적이지만, 나라면 절대 안 사겠지만, 그런 조명을 시원이 구입하겠다고 하면— 뭐 어쩌겠는가? 그게 그 순간 미래의 결론이었다.

그러자 궁금해졌다. 왜 수호와의 관계에서는 나오지 않던 너그러움이 이 관계에선 발동되는 것일까?

수호보다 시원을 더 좋아해서?

물론 시원에 대한 콩깍지는 아직 제법 두껍기 때문에 '네가 좋으면 나도 좋아' 모드가 작동된 것일지도 모른다. 하지만 보는 순간 '저건 아닌데'라는 생각이 들었던 걸 보면 그 콩깍지의 힘이 그만큼은 아니었다. 그렇다면 왜?

한국에서 연인은 쉽게 운명 공동체처럼 여겨지곤 하는데, 그건 대략 이런 이유들 때문이다.

1. 그런 것이 바로 사랑이라는 믿음.
2. 결혼으로 이어져 평생의 파트너가 될 수도 있다는 암묵적 합의.

그래서 우리는 친하지 않거나 잘 모르는 사람들에게는 아주 너그럽게 친절을 베풀면서도, 가장 가깝고 아끼는 연인에게는 작은 취향 문제나 의견 차이로 잔인한 모습을 보이곤 하는 것이다. 누군가와 그만큼 가까워지는 대가라고나 할까.

하지만 지금의 이 관계는 심리적으로는 가까울지언정, 운명적으로는 그렇지 않다. 서로가 독립된 개인이라는 것을 이만큼 의식하면서 만들어진 관계도 드물다. 그러니까 내가 좋아하는 사람이 내가 도저히 좋아할 수 없는 것을 좋아한다고 했을 때도 그러려니 하는 평정심을 유지할 수 있는 아주 드문 관계가 되는 것이다. 뭐랄까, 미래로서는 처음으로 느껴보는 후련한 감정이었다.

미래의 생각과 감정이 마구 달음질하는 동안, 계속 같은 자리에 서서 스탠드를 이리 보고 저리 보고 한참을 만지작거리던 시원은 결국 할부로 구입하겠다고 선언했다.

이미 예측된 일이었지만 미래는 박수를 치며 축하해 줬다. 시원이 진심으로 기쁜 듯 웃었다.

✦

이후 두 사람은 미래의 친구가 추천해 줬던 이탈리안 식당에
갔다가, 요즘 맛있다는 카페에서 커피를 마시고 다시 동네로 돌아
왔다.

조금 먼 동네에서 느끼는 새로운 풍경과 새로운 사람들의 모습
이 신선했지만, 데이트를 마치고 같이 동네로 돌아올 수 있다는
건 기대 이상으로 더 좋았다.

이전에 두 사람이 함께 걸었던 익숙한 공원을 걷다가 문득 시
원이 물었다.

"근데… 아까 그 조명… 솔직히 미래 씨 보기에도 예뻐요?"

"아."

평온하게 마음을 놓고 있던 미래는 갑자기 급습이라도 당한 것
같은 기분이었다.

잠시 멍하니 입을 벌리고서 대답할 말을 고르는데, 시원이 씩
웃더니 말했다.

"솔직히, 아니죠?"

"티 났어요?"

"쪼끔."

"뭐, 시원 씨 집에 둘 건데 시원 씨 맘에 드는 게 중요하잖아요."

"그죠? 제 생각도 그래요."

'내가 좋아하는 것을 좋아하지 않는 연인에 대한 서운함' 역시 과거의 연애에서는 종종 싸움의 이유가 되었던 것을 생각하면, 이보다 산뜻할 수 없는 깔끔한 대화였다. 갑자기 나온 스탠드 이야기에 잠깐 긴장했던 것이 무색할 만큼 미래의 마음이 전에 없이 편안해졌다.

"이제 시원 씨 집에 가면 그 조명 볼 수 있겠네요."

"하하, 그러게요. 또 놀러 와요."

게다가, 너무 좋아하는 사람이 아주 당연하다는 듯 다음을 이야기하는 얼굴이 예뻤다. 새삼스럽게 기뻐서 미래는 밝게 웃으며 고개를 끄덕였다. 시원이 잠시 그 얼굴을 흐뭇하게 보다가, 살짝 목소리를 낮추며 물었다.

"아, 그래서 말인데…. 지난번 이야기는 안 해도 괜찮아요?"

"에?"

"저번에 집에 왔을 때, 그… 혹시 미래 씨가 뭐 불편한 거라도 있었나 해서요…."

"아, 그런 건 아닌데…."

미래가 말끝을 흐리면서 할 말을 고르자 시원이 눈치를 보다가 말했다.

"꼭 지금 얘기하라는 건 아니고요. 언제든 하고 싶으면… 해도 된다고 알려주려고요."

시원이 다정하게 말했다. 그러자 미래는 망설여졌다.

미처 마음을 정하지 못하고, 일단 시원의 서글서글한 눈매를 잠시 바라본 아주 짧은 찰나―둑이 무너지듯 지난주 금요일 밤부터 약 일주일이 지난 지금까지 흘러갔던 감정들이 한꺼번에 쏟아져 내리는 것이 느껴졌다.

사실 그날 시원의 집에서는 정말 처음부터 끝까지 모든 것이 다 좋았는데, 실은 스킨십이 더 진행되려고 했던 그 순간에 느닷없이 소리의 얼굴이 떠올랐다고. 머리로는 아니란 걸 알겠는데 여전히 당신과 나의 스킨십에는 그의 지분도 어느 정도 있는 게 아닌가 하는 마음을 떨치기가 어렵다고. 게다가 나는 원래 섹스 무드를 잡기가 어려운 체질이라, 그래서 사실은 그냥 당신과는 데이트 메이트로 지내도 충분히 만족할 것 같다는 생각도 했다고. 집에 와서는 소리와 당신이 데이트를 한다는 상상을 하니 조금 힘들었다고. 그래서 친구들을 만나러 나갔고, 거기서 이 오픈 릴레이션십 연애가 시작되었다는 것을 고백해 버리는 바람에 이 말 저 말 둘러대다가, 먼 과거의 연인을 질투하지 않는 것처럼 나와 함께하지 않은 시공간에서 벌어진 일은 내 소관이 아니라는 궁극의 득도 마인드를 조금은 깨우쳤다고. 아직 완전히 습득하지는 못했지만 그래도 조금 나아질 것 같다는 생각이 들었다고. 오늘 못생긴 조명을 사는 당신을 보며 아무렇지도 않았던 걸 보면 절묘한 거리감을 유지하는 것에 조금씩 익숙해지는 것 같다고.

이 얘기를 정말 다 해도 될까?

평상시의 연애 같으면 섣불리 입 밖으로 꺼내지 못했을, 최소한 당사자에게는 하지 않았을 이야기들이었다.

보통 연인이라는 이름으로 누군가와 가까이, 사이좋게 지내기 위해서는 솔직한 자기감정을 모두 털어놓지 말아야 했다. 그것은 상대를 불편하게 하는 행동이었고, '지나치게 솔직한' 것이었다. 우린 모두 연인 앞에서 솔직해야 하지만, 지나치게 솔직해서는 안 되니까.

그러니까 서로에 대한 생각을 서로에게 말하지 않는 것, 당사자를 제외한 다른 사람들하고만 나누기로 하는 것이야말로 진짜 사이좋은 연애의 비결이었다. 그렇게 해서 만들어지는 '사이좋음'도 분명히 존재한다. 그것이 가짜라는 것은 아니다. 그렇게 지내는 것이 더 편한 사람들도 있다. 미래조차 꽤 오랜 시간을 그렇게 보내기도 했으니까.

하지만 그렇게 애써 '사이좋게 만든' 상대방과 시간을 보낼 때면, 불현듯 외로워지는 순간이 찾아왔다. 가장 좋아하는 사람과 있을 때 뼛속 제일 깊은 곳에서부터 가시처럼 외로움이 자라나 속절없이 잠식당하는 그 기분은, 정말이지 두 번 다시 겪고 싶지 않은 것이었다. 하지만 자꾸 겪게 됐다. 잘 지내고 싶었고 사랑받고 싶었고 그러기 위해서는 완전히 솔직할 수 없었기 때문이다.

그와 함께 보내는 시간을 줄곧 기다리고 있었으면서도, 어느 시점이 지나면 빨리 친구들에게로 달아나 지금의 이 마음을 솔직하게 털어놓고 싶었다.

그 자체를 연애의 숙명이라고 받아들일 수 있었다면, 견딜 수 있었다면 좋았을 텐데—미래는 그럴 수가 없었다. 그런 순간이 잦아질수록, 어느새 애써 만든 사이좋은 관계도 조금씩 끝을 향해 달려갔다. 더는 그러기 싫었다. 하지만 그러기 위해선 어떻게 해야 하는지, 아직도 확신은 없다.

미래가 꼴깍, 침을 삼켰다. 그러자 시원 역시 덩달아 긴장되는 듯 미래를 바라보았다.

미래가 결심한 듯 입을 열었다.

✦

산책하듯 천천히 걸어온 두 사람은 어느새 미래의 집 근처에
도착했다.

둘 사이에 잠시 침묵이 흘렀다.

아무래도 솔직한 편에 가까웠던 미래는 말을 하고 나서 후회된
다는 생각을 한 적이 많았다.

가장 후회가 클 때는, 기껏 털어놓은 말에도 반응이 거의 없는
상대방의 눈치를 살펴야 할 때였다. 내 말을 그가 어떻게 받아들
였는지 전혀 알 수가 없어서, 불안한 마음에 속내를 떠보려고 안
해도 될 말을 하나, 둘씩 더 얹게 됐고, 돌아서면 그것들이 더 큰
후회의 이유가 되곤 했었다.

그러면 밤늦게까지 잠들지 못하고 '역시 말은 안 하는 게 낫다.
침묵이 금이라는데, 옛말이 틀린 거 하나도 없다' 같은 실없는 생
각을 끝없이 하게 됐다.

그런데 지금은 달랐다.

"저도 다른 사람 만난 게 너무 오랜만이라 사실 그날 되게 긴장
했었거든요. 미래 씨니까 분명히 유쾌한 시간을 보낼 거라고 생각
하긴 했지만… 어디까지 진전이 될지 솔직히 저도 모르는 상태였
으니까요. 뭐 일단 마음의 준비… 특히 집 안이나 침실의 준비 같
은 것도 해두긴 하면서도…."

어느 부분은 지나치게 세세하고, 어떤 부분은 듬성듬성했다가, 이랬다가 저랬다가, 아무래도 산만하게 들릴지도 모르는 미래의 이야기를 차분히 다 들은 시원이—그만큼의 자기 이야기를 털어놓기 시작한 것이다.

"아, 정말요?"

"네. 사람 일은 혹시 또 모르는 거니까."

그 와중에 얼굴을 붉히며 부끄러운 듯 웃는 시원의 얼굴을 보니 미래는 도저히 따라 웃지 않을 수가 없었다.

"그러게요. 저도 뭐랄까, 흐름에 몸을 맡긴다라는 마음으로 가긴 했으니까."

"그쵸. 저도 다 조심스러웠어서, 미래 씨가 그때 솔직하고 분명하게 말해준 게 정말 좋았어요. 그래서 그날 데이트가 더 편안하고 즐겁게 마무리가 될 수 있었던 것 같고요."

"그랬다면 다행이지만요."

"당연히 그렇죠. 솔직히 말을 못 하거나 자기 마음을 확실히 잘 모르는 상태에서 진전이 되면 그다음이 더 힘들기도 하잖아요."

"네에…."

"그리고 그 순간에 소리 생각이 났다고 하신 건, 어떻게 보면 자연스러운 것 같아요. 데이트 메이트를 하는 것도 당연히 좋아요. 언제든 생각이 바뀌면 다시 얘기해요."

"네."

"저도 소리랑 만났을 때 미래 씨 생각이 나기도 했어요. 어떤
기분으로 지내고 있을지도 궁금했고, 혹시 지금 힘들진 않을까….
더 빨리 물어봤으면 좋았을 텐데 제가 좀 늦었네요."

"아니에요. 참, 사실 저 지난 주말에 시원 씨가 추천해 준 드라
마 조금 봤어요. 나름 재밌긴 했는데, 좀 이해가 안 가는 부분도
있었거든요. 근데 그 얘길 하려면 제가 그날 혼자서 느낀 기분까
지 다 얘길 해야 될 것 같아서… 말을 못 했어요."

"아, 그랬구나…. 얘기해 줘요, 언제든."

시원이 조심스럽게 미래의 손을 꼭 잡았다가 놓았다. 미안함,
머쓱함, 고마움 같은 감정들이 실려오는 것 같았다. 그러자 미래
는 또 주책없이 시원이 조금 짠해졌다. 서로 다 알고 시작한 건데
시원이 미안할 일은 아니지 않나 생각했다가, 근데 또 그런 게 아
닌 건 아닌가 생각했다가—어차피 답 없는 문제, 내가 생각하기
나름이니까 역시 그가 미안할 일은 아니라고 생각하기로 했다. 인
간적으로 그가 미안해할 수는 있지만, 일련의 모든 일들은 나의
책임 하에 벌어지고 있는 것이고, 주체할 수 없는 비이성적인 사
랑이나 그런 것 때문도 아니다. 오히려 너무나 이성적인 판단의
결과이고, 모든 순간을 살피고 있다. 내가 아직 괜찮은지, 어디까
지 괜찮은지, 어디까지 갈 수 있는지….

"시원 씨도… 뭐 힘든 거 없어요?"

"힘든 거…. 힘든 건 없죠."

묘한 뉘앙스가 느껴지는 말에 미래가 놀라서 반문했다.

"뭐가 있긴 있고요?"

"뭐, 저 역시도 아직 과정 중의 사람이니까…. 혹시 내 욕심 때문에 미래 씨를 힘들게 하는 건 아닌가 하는 생각이 문득 들 때도 있죠."

거기까지 말하고 나서, 시원은 묘하게 눈을 껌뻑거리는 미래의 표정 변화를 눈치 챈 듯, 웃으면서 말했다.

"하—지—만! 그건 오히려 미래 씨를 덜 존중하는 사고방식이라는 걸 저도 아니까! 마음을 다잡는 거죠."

시원의 순발력에 미래는 웃음으로 답했다.

"하, 아시니 다행이네요."

"네에. 저도 솔직했고, 미래 씨도 솔직했고. 그러니까 앞으로 어떻게 되든 같이 지내는 시간 동안 즐거웠으면 좋겠다고 생각하면 좀 괜찮아져요."

"소리 씨한테도 그런 고민 얘기한 적 있어요?"

"이전엔 좀 얘기했었죠. 지금 그나마 이렇게 생각할 수 있게 된 것도 소리한테 교육받은 덕분이에요."

"좋네요, 정말."

"네…. 고마운 일이죠. 아무튼 오늘 얘기 나눠서 너무 좋았어요. 솔직하게 얘기해 줘서 고마워요."

"저도요."

"제 96만 원짜리 조명이 못생기고 너무 낡았다는 것도 알려줘서 고맙고요."

"그래도 시원 씨가 그 조명을 사랑한다면 기꺼이 존중하겠다는 그 마음이 중요한 거 아니겠어요?"

미래가 너스레를 떨자 시원이 환하게 웃으며 자연스럽게 한쪽 팔로 끌어안으며 다가와 미래의 이마에 입을 맞췄다. 미래의 볼이 붉게 달아오르는데, 시원이 귀에 대고 속삭였다.

"다음에 같이 미래 씨 물건 사러 가서 한번 보자고요. 얼마나 고~급진 취향을 가지셨는지…."

아니, 이렇게 달콤한 목소리로 이러기예요? 미래가 킥킥거렸고, 시원도 마주 웃으면서 두 사람은 그날의 데이트를 자연스럽게 끝마쳤다.

현관을 통과해 엘리베이터를 타고 집으로 향하는 미래의 발걸음이 가벼웠다.

그 사람이 내 것은 아니고 나도 그의 것이 아니지만 익명도, 존중이 없는 일회성 만남도 아니고, 둘 사이의 시간과 추억이 점점 쌓이고 있다. 이젠 좀 더 편하게 장난도 칠 수 있게 됐다.

곧 문을 열고 집에 들어가면 미래는 시원을 잊고 싶은 만큼 잊고, 생각하고 싶은 만큼 생각할 것이다. 그 사실을 되새기는 것만으로도 미래는 처음 느끼는 해방감을 살짝 맛보았다. 어쩌면 정말로 해방될지도 모른다. 평생 어렵고 어딘가 부자연스러웠던 로맨스의 어려움으로부터. 그런 기분 좋은 낙관이 미래의 마음속에 잔잔하게 퍼져나갔다.

9.
너흰 감동이었어

"죄송합니다. 다시 보내드릴게요, 성함이….."

"네. 날씨가 계속 이렇게 더울 줄 미리 예측을 못 해서…. 받으신 상품은 폐기해 주시고요…."

미래가 오픈 릴레이션십 연애의 어려움과 즐거움에 점차 적응해 나가고 있을 때쯤, 예기치 못한 사고가 터졌다.

선배의 크라우드 펀딩 프로젝트는 목표액을 수월하게 넘기고 펀딩에 성공했다. 비슷한 제품들이 많이 나오고 있는 시점이라 더 다양한 맛과 새로운 재료, 저렴한 가격으로 승부를 보기 위해 선배가 정말 많이 고생했고 슬슬 그 결실이 돌아올 때였다.

펀딩이 무사히 종료된 후, 약속된 제품을 배송하는 과정까지 모두 일정에 맞춰 끝냈을 때는 엄청난 성취감이 몰려왔다. 추상적이고 막연했던 선배의 '사업'이라는 것이 드디어 구체적인 실체가 되어 몸으로 느껴지는 기분이었다고 할까. 제법 성공적으로 첫 발자국을 잘 뗀 것 같은 기분에 사로잡혀, '서포터'님들의 긍정적인 후기를 두근거리는 마음으로 기다렸는데—아니나 다를까, 하루가 지나자마자 연락이 미친 듯이 밀려들기 시작했다.

주력 상품으로 밀었던, 액체로 된 마시는 대용식 제품이 배송 과정에서 무더위로 인해 부풀거나 터지는 사태가 발생해 버리고만 것이다!

개봉 전에는 실온 보관이 가능한 제품이고 배송이 되는 시점이 9월 중순이라 대단한 보냉 대책이 필요하지 않을 거라고 생각했었다. 그러나 공장에서부터 고객의 집까지 가는 배송 과정은 생각보다 더 터프했고 땡볕, 혹은 그보다 훨씬 더 뜨거운 트럭 안에 몇 시간씩 실려 있으면서 미처 예상하지 못했던 문제가 말 그대로 터져버렸다.

디자인과 마케팅을 겸하면서 휘뚜루마뚜루 SNS까지 맡아 운영 중이었던 미래로서는 갑자기 폭발적으로 몰려드는 문의와 항의를 도저히 혼자 감당할 수가 없었다. 순식간에 늘어나는 메시지의 숫자를 속수무책으로 바라보다가 미래는 어쩔 수 없이 '발송을 다 끝냈으니 며칠만 좀 쉬겠다'고 어제 새벽에 메시지를 남겼던 선배에게 전화를 걸었다.

30분 후, 비상 모드에 돌입한 두 사람은 좁은 사무실에 나란히 앉아 모든 전화와 문의에 대처하는 한편, 다시는 사고가 발생하지 않도록 대책을 마련해서 최대한 빨리 재발송을 해낼 수 있게 지방의 공장과 상의해야 했고, 그와 동시에 중복해서 발생하는 제품비와 배송비의 손해액이 정확히 얼마인지를 일단 계산이라도 해놓아야 했다.

조금만 마음의 여유가 있었더라도, 사업을 처음 시작하면서 생길 수 있는 해프닝이고 이렇게 배우는 거라고 생각했을 텐데 솔직히 두 사람 다 전혀 그럴 여유가 없었다.

사업적인 대책과 계산은 자신의 영역이 아니었으므로 미래는 그저 빠르고 친절하게 고객들에게 응대하면서 사색이 된 얼굴을 하고도 꿋꿋이 앉아 이 상황을 최대한 빨리 해결하려고 애쓰고 있는 선배의 얼굴을 훔쳐보았다. 그러자 어쩐지 다 나 때문에 생긴 일인 것 같아 괴로워졌다. 왜 미리 짐작하지 못했을까. 한번쯤은 패키지의 재질이나 보냉 문제에 대해 고민해 볼 수도 있었을 텐데. 선배가 모든 어려운 일들을 처리하는 동안 나는 좀 생각할 시간이 있었는데….

멍하니 그런 생각에 빠져 있는데, 그 순간 통화 중이던 선배와 눈이 마주쳤다. 선배가 씽긋 웃더니, 오른손을 허공 위에서 빙글빙글, 두 번 저었다.

대충, 주제 넘는 생각하지 말고 지금 받는 전화나 잘 받으라는 뜻이었다.

미래는 입 모양으로 '넵'이라고 대답한 뒤에, 수화기 너머에서 들려오는 암호 같은 주문 번호를 받아 적었다.

그 덕분에 늘 미래 혼자서 한가하게 앉아 있던 사무실이 갑자기 분주해진 데다 무언가 심각한 분위기까지 풍기자, 이웃 사무실을 쓰는 스타트업 직원들이 안 보는 척 기웃거리며 관심을 갖기 시작했다. 사무실 앞에 떡하니 붙어 있는 포스터나 간판으로 이름을 알고 있었으니 (선배가 정한 브랜드명은 무려 '미래 식사'였다. 처음엔 안 알려주더니 미래가 합류하겠다고 결정하자마자 수줍게 고백했다) 그 이름을 포털 사이트에 한번 검색해 보는 것만으로도 사태 파악은 충분히 됐을 것이다.

현재 이 공유 오피스에 식품을 다루는 사무실은 '미래 식사'뿐이어서 이웃한 사무실들이 완전히 같은 일을 경험할 가능성은 없었지만 그래도 예기치 못한 변수로 인해 사업 초기에 겪는 고통이라는 것이 남 일 같지 않은지, 많은 이들이 미래와 선배에게 응원과 위로의 시선을 던지며 지나갔다. 이전에 안면을 텄던 슬기는 "힘내요"라며 무려 1층 카페에서 파는 디저트가 담긴 봉투를 두고 가는 친절을 보이기까지 했다.

시시콜콜하게 모든 것을 공유하며 한 회사에 몸담는 운명 공동체로서의 '직장 동료'는 아니지만 이렇게 느슨하게 같은 공간을 사용한다는 것만으로도 이 순간엔 약간의 유대감이 느껴져서, 미래로서는 그게 좀 신기하고 고마웠다.

이곳의 매니저인 시원 역시, 미래의 그런 느슨한 동료 중 하나였다. 물론 그에게는 미래가 직접 지금 상황에 대해 설명하기도 했지만 말이다.

'도와줄 거 있으면 언제든 얘기해요.'

시원이 몇 시간에 한 번씩 그런 내용이 담긴 메시지를 보내왔다. 미래는 바빠서 확인을 제때 못하긴 했지만 그렇게 와 있는 메시지를 뒤늦게 발견할 때마다 그래도 든든한 기분이 들었다.

파손 사태 첫날 밤에 9시가 넘어서 퇴근했다는 미래의 말을 듣고, 다음 날 퇴근 시간에는 시원이 미래의 사무실에 들렀다.

"오늘도 많이 늦어요?"

"아—네…. 오늘 재배송 요청 들어온 건들 일일이 확인하고 다시 송장 만들어야 돼서요…."

"에휴, 속상하네요, 정말. 진짜 안 도와줘도 돼요?"

"괜찮아요. 저야 며칠만 고생하면 되는데 선배가 걱정이에요."

"그러게요…. 뭐 좀 사다 줄까요?"

"아니에요, 배달시켰어요. 어, 그러고 보니 오늘 시원 씨…."

"네?"

"소리 씨랑 데이트하기로 한 날 아니에요?"

종일 너무 바빠서 미처 의식하지도 못하고 있었는데, 그 순간엔 미래의 머릿속에 또 용케 그게 떠올랐다. 세 사람은 서로의 데이트 계획을 투명하게 공유하는 사이였으니까 말이다.

"맞아요. 이제 슬슬 나가면 되겠네요."

시원이 손목시계를 한번 보면서 머쓱하게 웃었다. 저 머쓱함은 무슨 의미일까? 어쩌면 그것을 애써 궁금해하고 확대 해석하면서 다른 의미를 부여할 수도 있을 것이지만, 지금은 아마 혼자 야근하고 있는 자신을 두고 놀러 나간다는 것 때문일 거란 생각이 먼저 들었다. 이제는 그런 심적인 여유가 미래에게도 조금씩 생기는 듯했다.

"얼른 가봐요."

그 여유를 증명하듯이 시원에게 진심을 담아 말하며 웃어 보였다. 이전의 그 언젠가처럼 속으로는 '가지 마. 진짜 가기만 해봐라. 나 너무 서운해⋯'라고 생각하면서 내뱉는 "가봐요"는 절대 아니었다.

"네⋯. 미래 씨, 힘내요!"

"고마워요~. 내일 봐요!"

시원이 그렇게 손을 흔들며 사라져 갔다.

그 여운을 잠시 느끼다가, 미래는 심기일전한 뒤 우선 완전히 머리를 비웠다. 그리곤 열심히 손을 움직여 오늘 하루 동안 홈페이지, SNS, 전화를 통해 접수된 재배송 리스트와 후원자 명단을 크로스 체크하기 시작했다.

✦

약 한 시간 반 뒤, 배달시켜 먹은 샌드위치의 잔해를 채 치울 틈도 없이 미래는 지방에서 전화를 걸어온 선배와 긴 통화를 했다. 이제 와서 패키지나 포장을 바꿀 수는 없어서 역시 재배송할 때 보냉, 완충재를 더 추가해야 한다는 결론이 나왔다는 것이 하나, 그리고 그 비용이 상당하여 서울 지역, 특히 사무실 인근 지역 주문자들에겐 직접 배송을 하는 방법도 생각 중이라는 것이 둘이었다. 아니 선배 그게 말이 쉽지…. 그 말이 목 끝까지 걸렸지만 오죽하면 그러겠냐는 생각이 들어 미래는 말을 삼켰다.

그 말인즉슨 사무실 반경 약 10km 내외에 있는 주소지의 재배송 리스트를 따로 뽑아야 한다는 거였다. 미안하지만 부탁한다는 선배의 말에 미래는 흔쾌히 알겠다고 대답하고 전화를 끊었다. 선배의 목소리도 조금 갈라진 것 같긴 했지만 특별히 절망한 기색이 있지는 않아 안심했다. 학교 다닐 때부터 생각했지만 역시 멘털 하나는 타고난 사람이었으니까. 사업을 할 때 가장 중요한 밑천은 역시 튼튼한 멘털인가. 새삼 깨달았다.

그때, '미래 식사'를 제외한 모든 사무실이 퇴근해서 조용하던 라운지에 갑자기 누군가가 '띠리링' 하고 문을 열며 들어왔다.

무의식중에 그쪽을 바라보았는데, 낯익은 얼굴들이 들어왔다. 시원과 소리였다.

시원 씨야 뭐 그러려니 하겠는데. 시원 씨랑… 소리 씨라고요?

미래는 눈을 의심하며 다시 한번 눈을 끔뻑 감았다 뜨고는 밖을 내다보았다.

너무 오랫동안 평소에 안 보던 엑셀과 숫자를 봐서 잠깐 헛것을 보는 건가 싶었는데—.

"미래 씨! 갑자기 와서 놀랐죠! 힘든 일 있다고 들어서요…. 저 들어가도 돼요? 괜찮아요?"

소리의 밝은 목소리가 먼저 사무실로 들어오면서 헛것이 헛것이 아니었음을 알려주었다.

헙. 미래는 저도 모르게 바람 빠지는 소리를 내며 웃었다.

"예에. 당연히 들어와도 되죠!"

두 사람이 반갑게 인사를 하는 동안, 시원이 옆에서 변명하듯 말했다.

"미래 씨 사무실에 일이 터져서 고생한다고 그랬더니, 도와줄 거 없는 거 맞냐고 한번 가보자고 소리가 계속…. 미래 씨한테 메시지 보냈었는데 답이 없길래…."

그제야 휴대전화를 들여봤더니 정말로 20분 전에 시원이 보낸 메시지 몇 통이 와 있었다. 계속 선배의 전화를 받느라 확인하지 못했던 모양이었다.

"아유, 두 사람 데이트하는 날인데 뭐 하러 왔어요."

"지금도 데이트 중이에요. 미래 씨도 보고 싶고 얘기 들어보니 걱정도 되더라고요. 다른 사람도 없다면서, 혼자 다 할 수 있어요?"

"대표님은 지방 가셨죠?"

"네. 좀 전에 통화했어요…."

그러자 소리가 갑자기 팔을 걷으면서 말했다.

"단순한 일이면 우리 좀 부려먹어요. 같이 얼른 끝내고 나가서 맥주 한잔하자고요."

"에…? 저… 정말로요?"

"네. 아, 물론 미래 씨가 불편하지 않으면요."

"아…."

너무 뜻밖의 상황이라 잠시 뇌와 입이 동시에 멈췄다가, 미래는 저도 모르게 어제 오늘 만들어놓은 송장으로 손을 가져갔다.

"저, 저야 뭐 고맙죠…. 사실 지금 엄청나게 단순한 작업을 하나 해야 되는 참이긴 했거든요…."

"아, 뭐 있나 보다. 거봐, 내가 도와줄 거 있다고 했잖아."

소리가 미래를 향해 귀엽게 눈을 찡긋거리고서 시원을 옆자리에 앉혔다.

"자, 뭐 하면 돼요?"

너무나 믿음직한 그 모습에 미래의 복잡한 생각은 나올 틈도 없이 알아서 들어갔다. 곧 미래는 모니터에 사무실 주변 지도를 띄운 뒤, 두 사람에게 상황을 설명했다.

✦

그리고 약 30분 뒤.

시원과 소리의 도움을 받아 미래는 혼자였다면 두 시간은 족히 걸렸을 일을 빠르게 끝냈다. 비교적 단순한 일이긴 했어도 어찌나 깔끔하고 빠르게 잘해내는지, 두 사람 다 똑소리 나는 '일잘러'의 티가 났다.

일이 다 끝나고 여유를 좀 찾고 나니 그제야 사무실에 시원과 소리가 함께, 그것도 자신의 야근을 도와주고 있는 생경한 풍경이 미래의 눈에 들어왔다. 앗, 정말 고맙긴 한데 이래도 되나…. 이제와 새삼스레 어색해하는 미래를 보고, 소리가 먼저 입을 열었다.

"와, 그래도 같이 하니까 금방 끝났네요. 진짜 다행이다."

"그, 그러게요. 정말 고마워요…."

"뭘요. 고마우면 맥주 한잔 사요. 아까 약속했잖아요."

"제, 제가 그랬나요?"

"그랬다고 치고. 응?"

소리가 방긋 웃으며 일어나더니 요령 있게 사무실을 빠르게 정리했다. 정작 이 사무실을 사용하고 있는 미래보다도 더 능숙한 손놀림이었다.

소리의 카리스마에 이끌려, 미래는 두 사람과 함께 모두의 오피스 밖으로 나왔다.

"하아…."

바깥은 여느 때와 다름없이 평화로운 풍경이었다. 맑은 하늘을 올려다보며 미래가 저도 모르게 크게 한숨을 내쉬었다. 퇴근을 한다는 것이 새삼 감사하게 느껴졌다. 어제부터 시작된 돌발 상황과 비상 모드와 그 모든 스트레스와 긴장을 생각하면 정말 그랬다. 이 두 사람이 도와주지 않았다면, 지금 이렇게 옆에서 함께 웃고 떠들어주지 않았다면—아직도 이 상황이 불러온 막연한 자책과 스트레스에서 완전히 벗어나지 못했을지도 모른다.

그런 미래의 마음을 아는지 모르는지 시원과 소리가 미래의 얼굴을 번갈아 보면서 싱긋 웃었다.

"미래 씨, 아는 데 있어요?"

"어, 글쎄요. 저는 잘…."

"그러면~ 제가 아는 데 가도 되죠?"

"아, 너무 좋죠!"

신나게 앞장서서 걷는 소리의 에너지에, 하루 종일 일에 시달려서 온몸이 버석거리던 미래까지도 덩달아 힘이 났다.

✦

"근데 진짜, 오늘 두 사람 데이트하기로 했던 날인데 이렇게 저랑 시간 보내도 돼요?"

"이게 더 재밌는데요."

소리가 일행을 이끈 곳은 수제 맥주의 종류가 아주 다양한 맥줏집이었다.

하나같이 호기심을 자극하는 설명을 탐독하다가 어렵게 고른 맥주를 한 모금 넘겼을 때, 목 안으로 넘어가는 향긋한 오렌지 향을 느끼면서 미래는 드디어 긴장이 좀 풀린다는 생각이 들었다.

"진짜요? 진짜 소리 씨는 제가 좋아요?"

어쩌면, 긴장이 너무 풀렸는지도 모르겠지만 말이다.

미래의 질문에 소리가 재미있다는 듯 웃음을 터뜨렸다.

"네, 제가 그랬잖아요. 처음부터 미래 씨가 맘에 들었다니까요. 헐, 설마 미래 씨는 저 별로예요? 나 되게 눈치 없이 친한 척하고 있는 건가?"

"아, 아뇨! 저도 소리 씨가 좋은데…. 그냥, 신기하잖아요."

일부러 지어냈다기보다는, 자연스럽게 그 순간 튀어나온 말이었다. 정말로 미래는 소리가 싫지 않았다. 싫기는커녕 좋은 감정에 훨씬 더 가까웠다. 다만 이런 관계에서 정말로 좋은 감정을 가질 수 있는 것인지, 가져도 되는 것인지, 그런 생각들이 가끔 들어서 조금 혼란스럽기는 했지만 말이다.

물론, 그와는 조금 다른 차원에서 소리는 평소에 미래와 쉽게 친구가 되는 유형의 사람이 아닐 수는 있었다. 어디까지나 미래의 관점이긴 했지만 소리는 타고나기를 시크하고 쿨하고 세련되고 그래서, 청바지에 흰 티만 대충 입어도 멋이라는 게 자연스럽게 배어 나오는 그런 유형의 사람이었으니까. 미래처럼 지극히 평범하고 크게 눈에 띄지 않게, 수수하게 살아온 입장에서는 멀리서 동경을 보내며 바라보곤 하는 그런 대상이랄까.

어쩌면 시원이라는 대상을 경유하지 않았다면 정말로 접점이 없었을지도 모른다. 실제로 그동안의 인생에서는 거의 그래왔다. 진리의 옛말이 있지 않은가. '끼리끼리'라고.

"뭐 전에도 얘기했었지만 시원이 애인 중에 직접 이렇게 얼굴 보고 얘기 나눈 게 처음이기도 하고. 왜… 미래 씨는 학창 시절에 아이돌 안 좋아했어요?"

다소 뜬금없는 질문이긴 했지만, 소리의 말에 그 순간 미래의 머릿속에 어린 시절 잠시 열광했었던 오빠들의 얼굴이 곧바로 스쳐갔다.

"좋아하긴 했는데…. 왜요?"

"왜, 같은 아이돌 좋아하면 금방 친해지잖아요. 생각해 보면 당연한 거죠. 내가 좋아하는 사람, 내가 좋아하는 노래를 그 친구도 좋아하는 거니까. 공감대 형성도 잘되고 할 얘기도 엄청 많죠. 방송 같이 보고, 라디오 같이 듣고, 감상 나누고, 잡지도 사고…."

"으아, 맞아요~. 막 오려서 서로 나누고 그랬는데…."

"저한테는 미래 씨가… 약간 그런 느낌 비슷해서요."

그 순간, 미래가 말 그대로 3초간 잠시 멈추었다.

"예에??"

그야말로 격렬하게 되묻는 미래의 커다란 목소리에, 옆에 가만히 앉아 있던 시원의 얼굴이 별안간 새빨개졌다. 소리의 웃음이 터진 것도 그 순간이었다.

"아유, 아무리 우리 시원이 미모가 아이돌급은 아니라지만 미래 씨가 그렇게 놀라버리면…!"

"미래 씨, 나 삐져도 돼요? 아니, 소리 니가 문제야! 왜 하필 그런 비유를 해서… 어?"

그제야 정신을 차린 미래 역시, 당황해서 붉어진 얼굴로 빠르게 변명했다.

"아니, 그게, 그런 뜻이 아니라…! 시원 씨가 그렇다는 게, 아니, 그렇지 않다는 게 아니라!!"

"아, 몰라요. 변명해도 소용없어!"

미래와 시원이 장난 섞인 실랑이를 하는 동안, 이 사태를 불러 일으킨 장본인인 소리는 재미있다는 듯 웃으며 상황을 구경하고 있었다.

"아니, 지금 이게, 그때 그, 그 감정이랑 비슷할 수도 있겠다는 생각을 한 번도 안 해봐서 그렇죠!"

미래가 하이 톤의 목소리로 변명하자 소리가 싱긋 웃으며 대답했다.

"물론 다르다고 생각할 순 있는데…. 저한텐 비슷하게 느껴져서요."

그러자 미래의 머릿속에 학창 시절 함께 '덕질'을 했던 친구들의 얼굴이 떠올랐다. 앞다투어 '**부인', '**마누라' 같은 닉네임으로 서로를 부르면서, 한 사람의 이런 장점, 저런 장점, 이런 멋짐, 저런 멋짐을 생선 가시 발라내듯 세세하게 포착하고, 공유하며, 그 사랑의 기쁨을 온전히 나누곤 했었던 시절이 아직도 제법 생생하게 느껴졌다.

그 시절에 '**부인'은 전국에 오조 오억… 아니 어림잡아 몇 만은 있었을 것을 우리는 모두 알고 있었다. 어차피 내가 가질 수 없는 존재라는 것은 명확히 알고 있었던 사랑이었다. 하지만 진심으로 좋아했고, 아꼈고, 그 사람이 잘되길 빌었고, 행복하기를 빌었으니까. 그 사람을 좋아하는 다른 이들의 마음이 기뻤고, 고마웠고, 함께 좋아할 수 있어서 더 좋았던 순간들이 분명히 있었다.

그러고 보면 '오빠'의 현실 스캔들이 터졌을 때 팬클럽이나 친구들의 반응이 조금씩 달랐던 것도 생각난다. 팬들에 대한 배신이라며 크게 상처를 받는 경우들도 제법 많았던 것 같다.

미래는, 사실 예상했던 것보다 훨씬 덤덤했었다. '일방적인 좋아함'의 대가로 사생활까지 통제하기에는 좀 너무, 과도한 요구라는 생각이 들었으니까. 그것보다는 오히려 '아, 우리 오빠도 그냥 사람이구나'라는 실감이 훅 끼쳐서 그 기분이 더 이상했던 기억이 남아 있다. 누군가를 아이돌로 계속 올려다보다 보면 그도 그저 한 명의 사람이라는 걸 가끔 잊으니까.

아무튼 미래로서는 소리의 말이 무척이나 신선하게 들리는 한편, 왜 그런 말을 했는지를 어렴풋하게 이해할 수 있을 것 같았다. 그런 생각에 고개를 살짝 끄덕이다 그 순간, 또 장난기가 돌았다.

"아, 뭐야. 여기 팬 미팅이었네요. 우린 한시원 팬클럽이고. 그쵸?"

"그니까요. 오빠~ 사인해 주세요!"

그러자 문득 그런 생각도 들었다. 같은 팬클럽 안에서도 모든 사람과 마음이 맞고 모두와 친구가 되는 건 아니니까. 어쨌거나 소리와는 묘하게 서로가 편하고 마음에 드는 뭔가가 있긴 있나 보다, 하는 생각.

"아우, 진짜 그만해요, 둘 다!"

시원이 거의 비명처럼 들리는 소리를 내며 진저리를 쳤다.

그동안 본 그의 모습 중에 가장 괴로워하는 것 같았는데, 생각해 보면 앞에 나서거나 눈에 띄는 걸 싫어하는 차분한 그의 성격과 아이돌은 확실히 상극이긴 했다.

시원을 확실히 놀려주었다는 뜻밖의 즐거움을 함께 누리며, 미래는 소리와 신나게 하이파이브를 했다. 역시 '좋아하면 안 되는', '좋아하면 이상한 관계' 같은 걸 미리 정해놓는 게 더 이상한 일이라고 생각하면서.

두 사람의 합동 공세에 목이 탔는지, 어느새 맥주 한 잔을 다 비운 시원은 메뉴판에 고개를 박고 다음 잔을 고르고 있었다.

그때 맞은편에서 소리가 눈을 빛내면서 말했다.

"오늘 미래 씨 고생했는데, 괜찮으면 '무엇이든 물어보세요' 같은 거 할까요? 지난번에 얘기했던 거… 물어볼 준비됐어요?"

미래로선 미처 생각하지 못한 전개였지만, 지금 이 '바이브'에 그대로 몸을 싣는다면 충분히 가능할 것도 같았다! 미래는 밝게 웃으면서 소리를 향해 고개를 끄덕였다.

✦

　—저랑 시원이는 카페에서 만났어요. 시원이가 일하는 카페에서, 손님으로. 그때가 한국에 혼자 들어와서 입사하기 전에 잠깐 쉬면서 시간 보낼 때여서…. 그 근처에 있는 영화관에 자주 갔거든요. 물론 처음 봤을 때도 시원이 인상이 좀 좋다는 생각은 있었는데… 며칠 연속으로 가면서 얼굴 도장을 찍고 나서부터는 되게 잘해주더라고요. 몰래 서비스도 주고. 바리스타들은 손님하고는 연애하면 안 된다, 뭐 그런 식의 직업 윤리도 없나 봐요. 그죠?

　—그런 게 어디 있냐? 친절이 직업 윤리지.

　—그러다가 어느 날 퇴근한 시원이가 와서 말을 걸어서 대화도 좀 나누게 됐고…. 그런 거 보면 확실히 사심이 있었던 것 같아. 그죠?

　—있었죠. 부정하지 않겠습니다.

　—사실 제가 가족들도 다 독일에 있고, 오랜만에 한국에 온 거라 친구가 많지 않았거든요. 그래서 좀 외로웠는데 시원이가 다가와 주니까…. 그게 싫지가 않더라고요. 사람 자체에 대한 거든 뭐든, 호감은 이미 있었던 것 같아요. 시원이는 좀 뭐랄까…. 사람이

단정하고, 말도 조곤조곤하게 하고 그렇잖아요. 보통 남자들 잘 안 그런데.

—맞아요, 그죠.

—근데 가까워지면서 한 가지 걱정되었던 건… 제가 연애할 생각이 없었다는 거죠. 특히 한국식 연애.

—특별한 이유가 있었어요?

—저는 언제든 다시 돌아갈 수도 있는 사람이고, 독일 아닌 어디라도, 제가 가고 싶을 땐 홀쩍 떠나겠다고 다짐하고 사는 사람인데 여기서 누군가 한 사람과 너무 깊은 관계가 생겨버리면 앞으로 제 운신의 폭이 좁아질 것 같은 거예요. 물론 상대가 붙잡는 것도 걱정됐지만, 저 스스로도, 너무 깊이 빠지고 의지할지도 모르겠다는 생각을 했어요. 그때 전 심정적으로 정말 의지할 데가 없었거든요. 완전 혼자였으니까. 그래서 더 경계했던 것 같아요. 혹시나 나중에 너무 머물고 싶어질까 봐, 떠나야 할 때 떠나기 싫어질까 봐, 겁나서.

—그런 얘길 시원 씨한테도 했어요?

—시원이가 사귀자고 고백했을 때, 결국 했죠. 이런 대화로 이 사람을 잃게 된다고 하더라도 어쩔 수 없다고 생각하면서.

—그때 소리가 저한테 오픈 릴레이션십 얘기를 처음으로 한 거예요.

―진짜 진심으로, 잃게 돼도 어쩔 수 없다고 생각했으니까….
(웃음)

　―그때 어떤 식으로 얘기했는지 소리 씬 기억나요?

　―으음… 이기적으로 들릴 수도 있지만, 나는 지금 누군가의
사람이 되고 싶진 않다…. 하지만 너의 다정함이 좋고 우리가 나
누는 대화나 함께 있는 시간이 참 즐겁다…. 너만 괜찮다면 그 중
간 어딘가에서 좋은 관계를 새롭게 만들어보지 않겠냐…. 뭐 그런
식으로 얘기했던 것 같아요.

　―시원 씨는 그때 어떤 느낌이 들었어요?

　―일단은 슬펐던 것 같고요. (웃음) 차인 것 같아서…. 한 번에
잘 이해가 되진 않았었죠. 그땐 이런 개념도 잘 모를 때였고. 뭐
지… 프렌즈 위드 베네핏 같은 거 얘기하는 건가 싶기도 했고, 얼
떨떨했어요. 그 후에 차근히 이야기를 나누면서 뭘 하자는 건지
대충 이해하게 됐죠.

　―이해를 하고 나니까 해보고 싶어졌어요?

　―우선은 저도 뭐, 도전 정신이 투철한 편이기도 하고요. '나한
테 뭐 나쁠 게 있나?'라는 생각이 들었던 것 같긴 해요. 소리를 이
미 좋아하고 있었고, 내가 좋아하는 사람과 계속 가까이 지내면서
좋은 사이를 유지할 수 있는 방법이었으니까. 단지 차이가 있다면
제가 소리를 독점, 혹은 소유할 수 없다는 건데…. 그런 식으론 처

음 생각해 봤지만, 소리랑 만나는 것과 못 만나는 것을 저울질해 봤을 때… 거기에 꼭 목숨 걸 필요가 있나? 그런 생각이 들더라고요. 저도 이전 연애에서 약간 상처도 있었고…. 차라리 이런 관계가 더 좋겠다는 생각도 했던 것 같고.

　—어떤 상처인지 혹시 조금 말해줄 수 있어요?

　—음, 전 애인이 제가 카페에서 일하는 걸 좀 못마땅해하는 사람이었어요. 그냥 취직하면 안 되냐는 말을 많이 했죠. 흔히 결혼 적령기에 있는 남자들이 그런 압박을 좀 받게 되는 것 같아요. 연인이나 가족, 사회로부터? 그 당시의 여자친구는 연인으로서 당연히 할 수 있는 충고 혹은 부탁이라고 생각했던 것 같지만 저는 사실 좀 불편했거든요. 제 삶과 가치관을 존중받지 못하는 기분이 들었어요. 그치만 그렇게 말하긴 힘들었죠. 제가 이기적인 사람이 될 것 같아서. '소리가 얘기하는 관계라면 내 생각, 내 삶, 내 생활은 존중받을 수 있겠구나' 그런 생각을 했던 것 같아요.

　—존중… 그렇군요. 주변 사람들이랑 오픈 릴레이션십에 대해서 얘기할 때 '내가 있는데 다른 사람을 좋아한다는 건 날 존중하지 않는 거야'라는 말을 들었던 게 갑자기 생각나네요. 그 말에 어떻게 답할 수 있을지, 전 아직 답을 잘 모르겠다고 생각했는데…. 이 경우에도 존중이라는 키워드를 시원 씨처럼 쓸 수도 있는 거군요.

―뭐 누군가 미래 씨 말처럼 그런 식의 사고방식을 갖고 있다면… 그것 자체를 뭐라고 할 수는 없을 것 같아요…. 그치만 저는 좀 슬픈 거죠. 굳이 그렇게 생각하면서 스스로 힘들어질 필요가 있나? 예를 들어 그럴 순 있죠. 애인이 있는데 다른 사람을 좋아해서, 속이고 몰래 바람을 피웠어. 그럼 그건 확실히 상대를 존중하지 않았던 게 맞는 것 같아요. 속였으니까. 속이는 행동을 했으니까. 그런데 일단 다른 사람을 좋아하게 됐어, 이런 마음의 움직임, 그 단계에선… 사람 마음이 뜻대로 안 되는 경우도 있는 거 아닌가?

　―보통 나에 대한 사랑이 식었으니까 마음이 움직인 거라고 생각들을 하니까요.

　―근데, 그게, 꼭 그렇지 않은 경우들도 제법 많지 않나요?! 뭐 그거야 사람 성향이나 성격 따라서도 좀 다르겠지만…. 아무튼, 일반적인 독점 연애 관계를 맺고 있는데 만약에 다른 사람도 좋아져 버렸다라고 하면, 상대를 존중하는 방법은 아예 마음을 정리하거나 솔직하게 말하거나 둘 중에 하나일 것 같거든요? 근데 여기서 제가 하고 싶은 질문은… 만약에 나의 애인이 그렇게 말을 해왔을 때 그럼 나는 상대를 어떻게 존중할 거냐는 거예요. 그게 오히려 더 중요한 질문이지는 않을까?

　―음… 그러게요. 상대한테 니가 어떻게 하고 싶은지를 물어봐

야 하나?

　―뭐 그것도 답이 될 수도 있죠. 근데 일단 우선은, 그것 자체를 무슨 배신이나 하늘이 무너질 일처럼 반응하는 게 아니고, 있는 그대로 받아들여 주는 것부터가 시작일 것 같거든요.

　―아….

　―전에 이 문제에 대해서 얘기하는데 '그럼 나를 칼로 찌르려고 하는 사람을 존중하라는 거냐?'라고 아주 드라마틱하게 반문한 사람도 있었거든요? 근데 저는 '나 외의 다른 사람을 좋아하는 것과 나를 칼로 찌르는 것은 동급의 일이다'라고 당연하게 생각하는 그 사고방식이 과연 괜찮은 건가? 그 생각이 먼저 들더라고요. 너무 위험하지 않은지. 이런 사고를 하는 사람이 '왜 안 만나줘' 하면서 찾아가고 데이트 폭력을 저지르는 건 아닌가? 아니, 아무리 연애를 한다고 해도 상대방은 자유의지와 감정을 가진 타인이라고요. 슬프고 안타까운 일이라고 해도 거기까지죠. 그로부터 내가 상처를 받았다? 엄연히 따지면 그건 내가 처리해야 할 문제인 거죠. 상대가 뭐, 좀 사과하고 위로는 해줄 수 있겠지만.

　―그래서 저희는… 만약에 그런 상황이 생긴다면… 일단은 그 자체를 받아들이고, 그 새로운 감정과 관련해서 상대가 어떻게 하고 싶은지를 솔직히 듣고… 서로 의논하면서 내가 감당할 수 있는 선까지는 그 사람이 행복할 수 있는 방향으로 도와줘 보자고

얘기했어요.

　—지금 시원이가 얘기한 내용이 사실 저희 관계의 전부예요.

　—그럼, 막상 정말 그런 상황이 벌어졌을 때… 시원 씨는 그게 생각처럼 잘됐어요?

　—당연히 잘되진 않았죠. 근데 노력을 했어요. 소리랑 같이.

　—한쪽한테 그 짐을 다 떠넘기면 안 된다고 생각하니까. '나는 이제 다른 사람 만날 건데 넌 이해하지? 날 존중하니까'하고서 휙, 새로운 연애로 가버리는 건, 그것 역시 상대를 존중하지 않는 거죠. 그러기 위해서 이런 관계를 만든 건 아니니까.

　—소리 씨는 그럼 어떤 사람들하고 데이트를 했는지… 혹시 대답해 줄 준비가 됐어요?

　—(고개를 끄덕이고) 음, 저한테 새로운 자극을 주는 사람들? 이렇게 말하니까 뭐 되게 섹슈얼한 것 같은데… (웃음) 뭐 그런 것도 없는 건 아니었겠지만. 저 역시도… 호기심도 많고, 경험해 보고 싶은 것도 아직 많거든요. 아마 죽을 때까지 그럴 것 같은데…. 사실 시원이랑의 관계가 대체로 만족스러워서 일부러 다른 사람을 찾아다닌 적은 거의 없었고요. 누군가 다가오는데, 그 사람의 어떤 점이 매력적으로 느껴진다, 호기심이 생긴다…. 그렇다면 한번 만나보는 경우. 다 그런 경우들이었던 것 같은데?

　—그럴 때 그 사람들에겐 오픈 릴레이션십 관계에 있다는 걸

다 고백한 거죠?

—그쵸. 당연히.

—그럼 반응이 어땠어요?

—웃긴 게 뭔 줄 아세요? 사람들, 특히 한국 사람들 오픈 릴레이션십이라고 하면 되게 이상한 거고 절대로 안 되는 것처럼 얘기하잖아요…. 근데 막상 남자들은 제가 그렇다고 했을 때 아무도 도망 안 가던데요?

—근데 여자분들은 좀 달라요.

—하, 그치…. 대부분 도망가지…. 그것도 다 이유가 있는 거 아니겠습니까.

—무슨 이유일까요?

—남자들은, 그런 얘길 하는 순간 쉽게 보는 경우들이 많아요. 이렇게 생각하는 거죠. 아, 얘는 아무랑 다 쉽게 자는 애구나. 진짜 황당한데 진짜 그래요! 그래서 어떻게든 한번 해보려고 '아, 그런 거 다 괜찮아~' 이러는 거죠. 그게 뭔지 이해도 못 했으면서. 여자들은 반대로 바람둥이로 생각하는 것 같아요. 가급적이면 안전한 상대를 찾아야 하는 이 험난한 세상 속에서….

—갑자기 그런 얘길 하면, 아무래도 평범하진 않으니까 경계심이 확 올라가죠.

—뭔지 너무 알 것 같네요…. 그럼, 그동안 만나왔던 사람들의

횟수는… 아무래도 소리 씨 쪽이 그럼 훨씬 더…?

─(끄덕) 네, 그렇게 되더라고요. 근데 깊게 오래 만난 사람은 사실 없었어요. 진짜… 개인적으론 그게 좀 아쉽긴 해요. 또 다른 좋은 사람을 만나면 나는, 우리는 어떻게 변할까, 뭘 느낄까, 그런 것들이 궁금했는데…. 실망스러운 경우들이 더 많았죠.

─저도 사실 겉도는 관계들이 많았던 것 같아요. 지금처럼 이렇게 솔직하고 깊이 있는? 그런 대화하는 것 자체가 진짜 처음이라니까요.

─그니까요. 그래서 미래 씨랑 자꾸 놀고 싶은가 봐요. 너무 편해….

─아아… 그건 좋은 일…이겠죠?

─당연하죠!

─그런 의미에서 건배해요. 건배! 짜안~.

✦

이전에 부탁했던 것을 잊지 않고 기억하고 있던 소리의 제안 덕분에, 미래는 그간 가장 궁금했던 것─'두 사람의 첫 만남'을 물어볼 수 있었다. 시원과 둘이 있을 때 물어봤어도 됐겠지만 어쩐지 소리와 함께 있을 때 듣고 싶었던 얘기였다.

그리고 자연스럽게 이어지는 이야기들을, 미래는 이래도 되나 싶을 정도로 흥미진진하게 들었다. 질투가 나야 정상일까? 의식적으로 그런 생각을 해보긴 했지만, 그 자체로 이미 아무 의미가 없는 것 같았다.

아직까지도 미래는 시원과 소리가 함께 있으면 두 사람의 낯선 세계를 탐험하는 여행자 같은 기분이긴 했다. 하지만 오늘만큼은 드디어 '뉴비' 졸업을 한 것 같달까, 조금은 레벨 업을 한 것 같달까, 그들과 제법 가까워진 것 같은 기분이 들었다. 일단, 더 많은 것을 알게 됐으니까.

그들을 만나기 전, 불과 몇 달 전이었다면 너무 다른 세상에 살고 있어서 그들이 대체 어떻게 저런 곳에 당도하게 되었을지 짐작도 하지 못했을 것이다. 하지만 차분히 들여다보니, 그 각각의 특별히 이상하지 않은 생각과 생각이 엮이고 엮이면서 어떤 흐름을 만들어 그들을 그곳까지 닿게 한 것이었다는 것을 알게 된 것 같다. 어쩌면 미래 본인도 아직 그런 과정 중에 있는 것일지도 모르겠다는 생각이 들었다.

정말로 이들의 동료가 될 수 있을까?

여전히 미지의 세계인 건 마찬가지였지만, 어제보다 조금 더 편하고 조금 더 욕망이 생겼다. 가급적, 내가 이곳에 잘 적응했으면 좋겠다는 욕망이.

사랑하고 사랑받고 싶은 욕망만큼, 늘 자유로워지고 싶다는 욕망 때문에 힘들었었다. 그 둘은 절대 함께 갈 수 없고, 언제나 모순되는 것이라고만 들어왔다. 그런 미래의 눈앞에 있는 두 사람의 모습은, 역시 질투보다는 선망을 불러일으켰다. 대단히 자유롭잖아. 그런데 이제 사랑까지 곁들인⋯. 물론 절대적으로 완벽한 것은 세상에 없을 것이다. 그 정도는 알고 있다. 하지만 미래는 모두에게 잘 맞는 것이 아니라 나에게 잘 맞는 것을 찾는 중이니까.

어느 날 갑자기 눈앞에 나타나 버린 이상하고 매력적인 두 사람의 모습을 찬찬히 바라보며, 지금 이 시간과 감정을 오랫동안 기억할 것 같다고 생각하면서 미래는 남은 맥주를 천천히 비웠다.

10.
그건 절대 우리의 잘못은 아닐 거야

모두의 오피스 주차장에 세워둔 소리의 볼보 SUV는 정말 멋졌다. 뒷좌석에 앉아 대리운전 기사를 기다리면서 미래는 소리의 성격만큼이나 깔끔하고 근사한 차의 내부를 둘러보았다. 그러자 자연스럽게 책상 서랍 속에서 몇 년째 썩어가고 있을 자신의 면허증이 떠올랐다. 가만, 근데 책상 서랍 속에 있는 게 맞나?

그때 조수석에 앉아 있던 소리가 몸을 뒤로 돌리며 말했다.

"아, 다음에 우리 같이 드라이브 갈래요?"

"정말요?"

"네. 차 있으면 편하게 갈 수 있는 곳들이 또 있으니까."

그 말에 미래의 옆에 앉은 시원이 슬쩍 한마디를 거들었다.

"뭐, 그래서 저도 주말엔 소리 차 얻어 타고 많이 나가긴 하죠…."

"다음에 진짜 어디라도 같이 가요. 미래 씨만 괜찮으면요! 파주? 강화도? 김포? 다 좋거든요."

"우와… 고마워요, 소리 씨."

"혹시나 부담 갖진 말고요. 가고 싶을 때 편하게 얘기해 줘요, 알았죠?"

뜻밖의 제안이었지만, 미래는 저도 모르게 격하게 고개를 끄덕였다. 부담스럽다기보다는 진심으로 반갑고 고마운 느낌이 들었기 때문이었다.

그때 차 밖으로 한 중년 남자가 다가오는 기척에 소리가 문을 열었다. 소리가 전화로 부른 대리운전 기사였다.

"저희 집 가기 전에 요 근처 잠깐 들렀다 갈게요. 주소가 어떻게 됐더라?"

소리의 말에 시원이 미래의 집 주소를 불러주었다. 운전석에 앉은 대리운전 기사가 내비게이션에 주소를 입력하면서 스윽 뒷좌석의 시원과 미래를 한번 보더니 가벼운 말투로 말했다.

"친구분들이신가 봐요?"

그러자 소리 역시 웃으며 대수롭지 않다는 듯 대답했다.

"네. 그 비슷한 거죠."

잠자코 그 대답을 듣는데 미래는 괜히 등줄기가 찌릿했다. 옆자리의 시원도 비슷한 느낌이었는지 서로 눈이 마주쳤다. 두 사람은 최대한 조용하게, 아무 소리도 내지 않으면서 서로의 손가락 끝을 살짝 붙들고 가만히 웃었다.

사람 좋아 보이는 기사님이 세 사람의 진짜 관계를 절대로 상상하지 못할 것이라는 점에서, 남모를 비밀을 간직한 자의 쾌감이 있었다. 하지만 또 한편으론 '친구, 그 비슷한 것'처럼 충분히 보인다는 것도 좀 짜릿하긴 했다.

이미 겉보기엔 충분히 친구처럼 보이는데, 따지고 보면 겉만 그런 게 아니라 속까지도 거의 그 비슷한 것으로 진화해 가고 있어서. 설명하자면 좀 이상할 수도 있는 상태에서 시작했지만, 정작 당사자들은 아무것도 이상하지 않은—그 미묘한 상태의 겉과 속을 모두 포착하는 순간이라 미래에겐 무척 재미있었다.

편안한 승차감에 감탄하며 채 십 분쯤 달렸을까. 벌써 소리의 차가 미래의 원룸 근처에 멈춰 섰다. 미래와 시원이 내리자 소리가 창문을 내리고 손을 흔들었다.

"잘 가, 친구들~!"

살면서 한 번도 그런 하이 톤을 내본 적 없는 것 같은, 지나치게 발랄한 소리의 음성에 미래는 터져 나오려는 웃음을 애써 꾹 눌렀다. 그리곤 시원과 함께 미리 짠 것처럼 똑같은 미소를 지으며 손을 마주 흔들어주었다.

✦

　아주 잠깐이었을 뿐인데, 낯선 제3자와 함께 넷이서 같은 공간에 있었다는 것이 제법 힘겨웠는지 소리의 차가 떠나고 나자 우선 안도의 한숨부터 나왔다. 누가 먼저랄 것도 없이 한번 웃고 나서 두 사람은 나란히 걸었다.

　"소리 씨 정말 성격이 좋네요."

　"그건 사실이긴 한데, 반만 사실이에요."

　"에?"

　"흔히 말하는, 호불호가 분명한 성격이라서요. 관심 없는 사람한텐 얄짤없는데, 미래 씨가 정말 마음에 들었나 봐요."

　시원의 말에, 미래는 저도 모르게 탄성을 내지르며 양손을 두 뺨에 가져갔다.

　"으아, 정말요? 왜, 왜지? 제가 뭘 했길래 마음에 들었을까요?"

　"글쎄요, 뭐 이런… 솔직한 귀여움 때문이 아닐지…."

　"에이, 놀리지 말고요…."

　"아니, 진심인데…. 아무튼, 뭐, 저도 두 사람이 점점 가까워지는 것 같아서 좋네요. 혹시 좀 이기적인 건가?"

　"이기적인 건 모르겠고 약간… 재수 없는 느낌? 왜요. 사랑스런 내 여자들이 서로 친하게 지내는 모습이 예뻐요~?"

미래가 일부러 과장된 말투와 제스처를 쓰면서 장난스럽게 말하자, 시원이 바로 그 뉘앙스를 깨닫고 민망한 듯 웃었다.

"의도는 그게 아니었지만 자칫, 조금 부적절하게 들릴 수 있겠네요. 철회하겠습니다…! 암튼 요 며칠 미래 씨 일 때문에 좀 힘들어 보였는데… 기운 좀 찾은 것 같아서 다행이에요."

"아, 그러게요. 잊어버리고 있었어."

"풉."

"두 사람 덕분이죠, 다."

"뭐, 소리는 제가 데리고 온 거니까 기왕이면 제 덕분인 걸로… 해주면 안 될까요?"

시원이 그렇게 말하면서 자연스럽게 미래의 앞에 마주 섰다. 이젠 익숙해질 만도 한데, 또 불쑥 긴장이 되어 미래는 침을 꼴깍 삼켰다.

그런데 그때, 미래의 얼굴을 뚫어지게 바라보던 시원의 고개가 옆으로 돌아갔다.

'에엥?' 하고 반사적으로 미래도 시원의 시선을 따라갔는데, 가로등 불빛과 불빛 사이의 어둠이 그저 깜깜하기만 했다. 방금 전까지 반짝거리는 시원의 눈빛을 바라보던 중이라 그랬는지, 눈이 어둠에 유독 적응이 안 되기도 했고.

그러나 시원은 여전히 미래 뒤의 어둠을 바라보고 있었다. 그의 얼굴을 보며 참을성 있게 기다리던 미래가 결국 차오르는 궁금함을 못 견디고 물으려는데, 그 순간 시원이 날카로운 목소리로 외쳤다.

"거기, 누구 있어요?"

솔직히 좀 오싹해지는 말이긴 했다. 곧 시원과 헤어져서 혼자 집에 들어가야 하는 미래로서는 더더욱. 비교적 안전한 대로변인 데다 늘 경비가 상주하는 건물이고, 2년 넘게 살면서 한 번도 불미스러운 일은 없었지만 어제까지 운이 좋았다고 오늘도 운이 좋으리라는 법은 없으니까.

하지만 정말 누가 있는 건가? 아무래도 어두워서 아무것도 안 보이는데? 미래가 눈을 다시 껌뻑껌뻑하는데, 그때 어둠 속에서 생각지도 못했던 목소리가 들려왔다.

"야, 이미래…"

그 주눅 든 목소리가 귀에 꽂히는 순간, 미래는 세상에서 제일 무서운 귀신이나 가장 악랄한 범죄자가 눈앞에 나타난 것만큼— 아니 그 이상으로 놀라서, 그야말로 고함을 질러버리고 말았다.

"…야, 너 설마?"

코앞에서 터져 나온 미래의 우렁찬 데시벨에, 이번엔 시원이 놀랐다.

"미, 미래 씨 아는 사람이에요? 너 누구야?!"

아무래도 아직 상황 파악은 잘 안 된 듯했지만, 본능적으로 미래를 보호하려는 제스처를 취하며 시원이 미래의 앞을 막아섰다.

"…너 미쳤냐? 일단 나와, 빨리…. 안 나와???"

다시 한번 미래가 고함쳤다.

그러자 어둠 속에 숨어 있던 남자의 실루엣 하나가 소심하게 걸어 나왔다.

얼마 전 우연히 카페에서 마주친 전 남친, 정수호였다!

✦

미래가 수호의 정체를 밝히자, 시원은 생전 처음 보는 표정으로 강렬하게 눈살을 찌푸렸다. 그리곤 경계심이 가득한 얼굴로 수호를 노려보기 시작했다.

그 눈빛에 적잖이 당황한 수호는 차마 시원을 보지 못하고 미래 쪽으로 아예 몸을 돌린 채 말했다.

"얘기 좀 하고 싶어서 온 거야. 걱정 마. 아무 짓도 안 하니까…."

주눅 든 수호의 말에, 미래가 뭐라 답을 하기도 전에 시원이 받아쳤다.

"얘기는 전화로 해도 되지 않나요? 메신저로 해도 되고요!"

"얘가 다 차단했는데 어떡해요? 다른 방법이 없었다고요."

얼결에 둘 사이에 끼게 된 미래는 일단 실랑이를 막고 싶은 마음에 '그래도 얘가 무슨 짓을 할 위인은 못 된다'라고 말하고 싶었지만, 그 역시 알 수 없는 일이라는 생각이 들어 말문이 막혔다. 수호가 갑자기 이렇게 집 앞에 나타날 사람이라고는 단 한 번도 생각해 본 적이 없었으니까.

아니, 헤어진 지 벌써 몇 달이나 됐는데 이제 와서 갑자기 왜? 답을 알 수 없는 의문에 미래의 머리가 바쁘게 돌아갔다.

"미래 씨, 어떻게 하고 싶어요? 얘기 나눌래요? 미래 씨가 싫다고 하면, 제가 이분 보내버릴게요."

"참나, 이 사람이, 보내긴 어딜 보내요? 미래야, 너 진짜 나 못 믿어? 그냥 잠깐 얘기만 하자는데…. 내가 무슨 죄지었나?"

그 와중에 다시 두 사람의 언성이 높아지기 시작했다. 골치가 지끈거려서 미래가 소리쳤다.

"갑자기 말도 없이 나타나서 집 앞에서 기다리는 건 죄 맞지!"

"그니까요. 미래 씨 혼자였으면 얼마나 무섭고 놀랐겠어요?"

시원이 한술 더 뜨며 거드는데, 옆에서 그 얼굴을 보던 미래는 그의 화내는 얼굴도 꽤나 귀엽다는 생각이 들어버렸다. 이 와중에 나도 참 곤란하다는 생각을 하고 있는데 두 사람의 공세에 얼굴이 하얗게 질려버린 수호가 말했다.

"그, 그건 내가 잘못했어. 미안."

또 순순히 인정하는 모습에, 그나마 미래의 마음이 조금 누그러져서 쭈그러진 수호에게 물었다.

"그래서, 도대체 무슨 얘길 하려고 온 건데?"

그러자 갑자기 수호의 눈이 뾰족해지더니 반문했다.

"그걸 지금 여기서 얘기하라고…?"

눈을 찔끔대는 것이, 시원을 가리키는 것 같았다. 아, 단둘이 얘기하고 싶다 이거야?

미래가 조금 곤란한 듯 시원 쪽을 돌아보자, 상황을 파악한 시원이 말했다.

"그럼 저는 두 분 얘기 나누는 거 멀리서 보고 있을게요. 절대 안 들을게요. 혹시 도움 필요하면… 저한테 신호 보내요. 알았죠?"

"그럴게요. 고마워요."

미래가 고개를 끄덕이며 대답하자, 시원이 걱정 말라는 듯 다정한 눈빛을 보내며 멀어져 갔다. 미래로서는 든든하고 고마운 일이었다. 그런데 무슨 신호를 어떻게 보내라는 거야…? 참, 귀엽기는….

그때, 시원이 충분히 멀어진 것을 확인한 수호가 입을 열었다.

"저 남자가… 설마 그 오픈 릴레이션십 어쩌고?"

얼씨구. 혹시나 했는데 역시나였다.

대체 얘가 무슨 얘길 하겠다고 여기까지 왔을까. 이 생각 저 생각 하다 보니 문득 가장 최근의 그 대화가 떠올랐던 것이다. 그래도 설마, 이미 헤어진 다음인데 내가 뭘 하든 무슨 상관이라고, 그러니까 설마, 그건 아니겠지 했는데….

"허. 어쩌고는 괜히 왜 갖다 붙여? 그러든 말든 니가 무슨 상관인데?"

"니가 찾아보래서 찾아봤지. 근데 그거 진짜 이상한 거더라. 애인도 있는 사람이 지금 너한테 저렇게 다정하게 구는 거야? 웃긴다. 저 사람이 너한테 그거 하자 그랬지? 맞네, 그런 거 맞네. 내가 말리러 온 거 아니까 저렇게 눈에 쌍심지 켜고 저러는 거네."

눈에 쌍심지는 지가 켜고 있으면서…. 갑자기 열을 내는 수호의 반응에 어이가 없어서 미래의 목소리도 조금 커졌다.

"야, 그거랑은 별개지! 전 남친이 오밤중에 집 앞에 찾아와서 기다리고 있는데 그럼 '아이고, 어서 오세요, 반갑습니다' 그러냐? 넌 뉴스도 안 봤어? 이게 내 입장에서 얼마나 무섭고 위험한 상황인지 몰라?"

"야! 나는 절대 그런 사람 아닌 거 너도 알잖아!"

"몰라! 내가 어떻게 알아? 그럴 사람이 이마에 그럴 사람이라고 써 붙이고 다니는 줄 아나?"

"후… 그건 됐고. 미래야… 이거… 정말 쉽게 생각할 일이 아니야…. 오죽하면 내가 널 만나러 여기까지 왔겠어….”

좀 전까지는 목에 핏대를 세우며 열을 내던 수호가, 이제는 갑
자기 목소리를 깔면서 분위기를 잡으려 했다. 미래는 그야말로 어
이가 없었다.

“야! 도대체 무슨 상상을 하는지 모르겠는데, 이거 그렇게 이상
한 거 아니거든? 니가 뭘 안다고….”

“그래. 사이비 종교도 다 그렇게 시작하더라….”

‘나는 다 안다’는 듯, 그윽한 눈빛의 스위치를 켜면서 지긋이 바
라보는 수호의 그 얼굴에, 미래는 미쳐버릴 것 같았다.

“하, 됐고! 내가 원해서 하는 거니까, 제발 쓸데없는 참견하지
말고 네 인생이나 잘 살아주라…. 제발 너나 잘해, 수호야, 응?”

그렇게 쏘아붙이는 한편, 미래의 마음 한편에는 어찌할 수 없
는 자책감이 몰려왔다. 그러게 애초에 왜 이 자식한테 그런 입방
정을 떨어서… 이런 걸 자승자박이라고 하는 거야….

“미래야….”

제법 냉정했던 미래의 일갈에도 수호는 물러서기는커녕, 오히
려 미래 쪽으로 한걸음 더 성큼 다가오더니 이번엔 거의 미래의
손을 붙잡으려 했다! 다행히 재빨리 손을 빼내는 데 성공한 미래
는, 솟구치는 불쾌함에 하마터면 그대로 수호의 뒤통수를 때릴 뻔
했다. 시원이 저기서 보고 있지만 않았어도 진짜 그랬을 것 같다.

"야, 너 진짜 경찰에 신고당할래?"

그때, 멀찍이 서서 계속 이쪽을 흘끔거리던 시원의 눈이 동그래지는 것이 여기서도 보였다. 대화 내용까진 안 들려도 어렴풋이 '경찰'이라고 외치는 말을 들은 모양이었다.

미래는 그를 안심시키기 위해 괜찮다는 듯 웃으며 손을 엑스자로 만들어 보였다. 그 신호에 알겠다는 듯 고개를 끄덕이긴 했지만 여전히 시원의 눈빛은 좀 불안해 보였다. 미래에게 무슨 일이 생길까 봐 어쩔 줄 모르는 모습이, 꼭 든든한 대형견 같았다. 왠지 좀… 섹시한데? 어떻게 생각해도 전 남자친구와 언쟁을 하고 있는 그 순간 떠올리기엔 좀 부적절한 감상이었으나, 바로 그 점 때문에 더 섹시한 느낌이었다. 아아, 이런 것이 일평생 말로만 들었던 그… '배덕감'… 같은 것인가?

"혹시 나랑 헤어지고 많이 힘들었어? 근데 니가 헤어지자고 한 거였잖아…."

"…뭐?"

"미래야… 왜 그래, 왜 너를 그렇게 하찮게 대해…. 넌 소중한 사람이잖아."

미래를 바라보는 수호의 눈빛이 한층 더 그윽해졌다. 그 덕분에 미래의 말문이 잠시 막혔다.

두 사람 사이에 잠시 서늘한 바람이 불었다.

"야, 이씨, 염병하지 마!"

그러다 결국, 이번엔 참지 못한 미래가 수호의 팔을 주먹으로 퍽, 때렸다!

기습에 놀란 수호의 비명이 밤하늘에 울려 퍼지자 저 멀리 있던 시원이 후다닥 뛰어왔다.

막상 와서 보니 그가 우려했던 것과는 정반대의 상황이긴 했지만.

"야, 이미래! 난 다 너 생각해서…."

"웃기고 있네! 왜, 전 여친이 오픈 릴레이션십 한다니까 막 니가 준 상처가 너무 커서 그런 것 같고, 막 책임감이라도 느껴지디? 그 비대한 자의식을 어떡하지, 정말??"

"무슨 소리야. 난 진짜 니가 잘못된 선택을 하는 것 같으니까… 나라도…."

"아니면, 혹시 막 니 추억이 더럽혀지는 것 같았니? 나 때문에 너까지 같이 이상한 사람 되는 거 같았어?"

허공에 주먹을 붕붕 휘두르는 미래를 말려야 하나 말아야 하나 고민하던 시원의 얼굴에, 대충 상황이 파악된 듯 살짝 어두운 빛이 스쳤다.

그 약해진 얼굴을 포착한 건지, 아니면 미래와는 도저히 말이 안 통한다고 느꼈던 건지, 이번엔 수호가 시원을 공격했다.

"저기, 같은 남자로서 충고하는데 진짜 그렇게 살지 마세요."

"야! 너 말 다 했어? 저게 진짜??"

또 확 열이 오른 미래가 수호에게 달려들려는 걸, 시원이 조심스럽게 막아서면서 전에 없이 냉정하고 또렷한 목소리로 말했다.

"저는 그쪽한테 그런 말 들을 만큼 잘못 사는 거 없고요, 그건 미래 씨도 마찬가집니다. 잘 알지도 못하면서 함부로 충고하지 마세요. 정말 무례하시네요. 미래 씨, 이만 가요."

시원이 그 말을 끝으로 몸을 돌렸다. 미래는 그 순간 수호의 얼굴이 당혹감에 굳어지는 것을 보았다. 스스로도 미처 예상하지 못했던 감정일 것이다. 쓰레기 같은 남자에게 빠진 바보 같은 여자를 구해주러 온 것이 오늘 자신의 역할이었을 테니까. 더 이상의 말이 필요 없겠다는 생각이 들어 미래도 시원을 따라 발걸음을 돌렸다. 그때 시원이 잠시 멈춰 서더니 말했다.

"한 번만 더 이런 식으로 찾아오면… 그땐 정말 경찰에 신고하겠습니다."

이보다 깔끔할 수 없는 마지막 대사였다.

미래는 저도 모르게 두근거리는 가슴을 진정시키며 시원의 손을 잡고, 깔끔한 대사만큼 완벽한 퇴장을 위해 그와 함께 자연스럽게 건물 안으로 들어갔다.

그리고 잠시 뒤,

정신을 차려보니 어느새 둘은 미래가 사는 7층으로 향하는 엘

리베이터 안에 있었다!

오늘 미처 누가 올 거라는 생각을 못 했는데, 집이 좀 엉망인데, 시원을 집에 초대하는 건 좀 더 천천히 할 생각이었는데…!

미래의 머릿속이 잠시 복잡해졌지만, 방금 있었던 일의 여운, 그러니까 느닷없는 전 남친의 습격이 불러온 황당함과 분노와 고마움 등의 감정을 나누기 위해서―그리고 사실은 위기의 순간에 강렬하게 느껴버린 시원의 섹시함을 좀 더 탐구해 보고 싶은 마음에, 결국 미래는 아무렇지 않은 척 익숙한 자신의 집, 708호 앞에 서서 긴장된 손가락으로 도어 락 비밀번호를 눌렀다.

✦

"미래 씨 집이 참 미래 씨 성격 같네요."

"제 성격이 이렇게 지저분하고 정신없어요…?!"

"아, 아뇨. 아기자기하고 개성 있다는 뜻이었는데…!!"

어쩐지 평소보다 한층 업된 말투로 집에 대한 첫인상을 주고받으며 두 사람은 미래의 집으로 들어왔다.

시원의 집과 달리 원룸에는 소파 같은 것을 놓을 여유가 없으므로 미래는 시원을 책상 의자에 앉히고 본인은 침대에 걸터앉았다.

단둘이 밀폐된 공간에 있는 게 처음도 아닌데, 새삼스럽게 긴장됐다. 우리 집이라서 더 그런가. 어색한 기분에 미래는 블루투스 스피커로 음악을 틀었다. 시원의 집에 마련되어 있는 아날로그 오디오만큼의 음향은 아니었지만, 이 순간엔 그것도 제법 들어줄 만했다.

"그럴 생각은 아니었는데, 어쩌다 보니까 미래 씨 집에까지 들어왔네요…. 진짜 그럴 생각은 아니었거든요."

시원 역시 조금 긴장한 듯 목소리가 미세하게 떨리는 것 같았다. 그게 묘하게 자극적이어서, 미래는 눈치를 보다가 슬쩍 시원의 손에 자신의 손을 겹쳤다. 그러자 시원이 싱긋 웃으면서 미래와 눈을 맞췄다. 긴장을 풀어줘서 고맙다는 듯한 눈빛이었다. 아닌데, 더 긴장하게 만들고 싶은데. 그런 생각이 드는 것을 애써 누르면서 미래는 아무렇지 않은 목소리로 말했다.

"진짜 이런 일이 있을 거라곤 생각도 못 했어요. 쟤가 저런 애가 아니긴 아니었는데…."

"두 분, 헤어지고 나서 얼마나 됐는지 물어봐도 돼요?"

"한 4개월쯤 됐나? 헤어지고 나서는 진짜 깔끔했어요. 한 번도 질척거린 적 없고요. 근데 얼마 전에 우연히 마주쳐서, 그때 막 미련 있는 것처럼 구는 게 짜증나서 제가 그만…."

"아, 그때 얘기하신 거구나…. 오픈 릴레이션십…."

"네…. 계산이 완전 잘못됐었네요. 그 얘기 하면 깔끔히 떨어져

나갈 줄 알았는데…."

"뭐, 평범한 사고방식으로 생각하면 저럴 수도 있긴 있죠. 저분은 아직 미래 씨한테 미련이 좀 있나 보네요…."

"아유, 알고 싶지도 않네요. 아무튼 오늘 이렇게 마주쳤으니 깨끗이 정리하겠죠. 시원 씨랑 같이 만나서 정말 다행이에요. 여러모로…."

"그러게요. 혼자 만났으면 얼마나 놀라고 무서웠겠어요…."

그렇게 말하면서 시원이 지긋이 미래의 얼굴을 보다가, 얼굴 옆으로 쏟아진 머리카락을 정리해 줬다. 두근, 애써 잠재웠던 미래의 심장 박동이 다시 빨라졌다.

"오늘 있었던 일, 소리 씨한테도 얘기해야겠죠?"

"아… 그건 뭐, 미래 씨의 사적인 일이니까, 미래 씨 마음이죠."

"그렇구나…."

대답하면서 미래가 살짝 몸을 시원 쪽으로 기울였다.

시원이 조금 긴장한 얼굴로 고개를 끄덕였다.

미래가 얼굴을 비틀어 시원의 눈을 가까이 마주 보았다.

"그럼 이건요…?"

그리고 조심스럽게 살짝, 입술만 부딪히는 키스.

"아아… 이건… 글쎄요…."

시원의 뺨이 어느새 붉어졌다. 평소와 거의 같은 얼굴이었을 텐데, 미래가 보기에는 아까 느꼈던 섹시함의 잔상이 여전히 남아 있었다. 미래가 시원의 목을 팔로 감싸 안으며 속삭이듯 물었다.

"괜찮아요, 시원 씨…?"

대답 대신, 이번엔 시원 쪽에서 미래의 입술에 살짝 입술을 부딪혀 왔다.

그 기회를 놓치지 않고, 미래는 다가온 시원의 입술에 깊게 입을 맞추며 침대에 누웠고, 다가오는 시원의 등을 끌어안았다.

숨이 가빠왔다. 시시콜콜한 잡생각이 끼어들 틈도 없이 몰아치는 키스였다. 분위기가 고조되자 시원의 손이 오갈 데 없이 헤매는데, 미래가 그 손을 끌어당겨 자신의 가슴 위에 놓았다. 입술이 떨어지는 짧은 찰나에 시원이 미래에게 물었다.

"미래 씨는, 괜찮겠어요…?"

미래는 대답 대신 입고 있던 티셔츠를 위로 당겨 벗었다.

✦

그 후로 몇 번의 언어적인, 비언어적인 확인을 거쳐가며, 미래는 시원과 드디어 '아무 일도 없지 않은' 밤을 보냈다.

다음 날 이른 새벽, 집에 들러서 옷을 갈아입고 출근하겠다며 시원이 미래의 이마에 입을 맞추고 집을 나섰을 때—시간을 확인하곤 아직 몇 시간은 더 잘 수 있겠다고 기뻐하며 눈을 감았던 미래는, 어쩐지 바로 잠들지 못하고 뒤척이기 시작했다.

온몸에 어젯밤의 여운이 나른하게 남아 있었다. 결국, 이라고 말하기엔 이상하지만 어쨌든 이전에 주저하고 걱정했던 것과 달리 시원과 섹스를 했다. '해버리고 말았다'라고 표현해야 하나? 충분히 원했던 일임에도 불구하고 그런 망설임이 드는 건, 역시 그들의 조금은 특이한 관계 때문일 것이다.

늘 이런저런 생각들을 주렁주렁 달고 사는 미래에게 전날 밤과 같은 상황은 아주 드문 일이었다. 어제는 이전처럼 소리의 얼굴이 떠오르지 않았다. 생각이랄 게 아무것도 없었다. 그냥 이 기분에 몸을 맡기고 싶은 충동이 일렁였을 뿐이었다.

'어쩌다 그랬을까—' 하고 새삼 어제의 일진을 복기해 보니, 이렇게 다이내믹했던 날도 드물지 싶었다. 아침부터 사고 수습에 종일 시달리다, 밤엔 뜻밖의 지원군들 덕분에 잠시 기뻤는데 더더욱 뜻밖이었던 전 남친의 습격까지. 어쩌면 그래서, 그런 충동이 튀어나왔을지도 모르겠다. 더 이상 생각도 뭣도 하기 지쳐서. 그냥, 좀 이 스트레스와 피로들을 풀고 싶기도 했고.

어쩌면 잘된 일이었다. 아무래도 관계의 특수성 때문에 계속 주저되는 영역이 있으면서도 그걸 있는 그대로 인정하지는 못하고 있었던 것 같아서.

솔직히 이전에도 시원의 집에서도 미래는 시원과 하고 싶었던 것 같다. 그런데 말 그대로 소리의 얼굴이 아른거리는 바람에, 콕 집어 미안함이라고 하기도 애매한, 어쩌면 자기 보호 본능도 조금은 섞인, 그 복잡한 감정 때문에 적당히 타협하려 했었다.

하지만 이유가 뭐였든 결국 자신의 의지로 그 선을 한번 넘어본 것이다.

평소에 사람들이 섹스에 과잉 의미 부여를 하는 것이 늘 불쾌하고 싫었으면서도, 자신의 로맨스에서는 전에 없이 조심스러워진 것은 사실이었다. 아무래도, 한 번도 해보지 않은 경험이었기 때문이다.

하지만 수호를 앞에 두고 멀리 있는 시원의 섹시함에 감탄하곤 '이것이 배덕감'이라는 농담을 속으로 하기도 했으면서, 흔히 진짜 '배덕감'을 느낄 법하다 생각되는 어젯밤 같은 상황에서는 마침내 그런 감정이 들지 않았던 것이 조금 신기했다.

남들 몰래 윤리적이지 않은 행위를 하며 쾌감을 느끼는 것이 배덕감이라면, 사실 누구의 것도 아닌 시원과 누구의 것도 아닌 자신이 명시적인 합의에 의해 사랑을 나누는 것이 윤리적이지 않을 이유는 없기 때문이었다.

이제 와서 생각해 보면 이전에 소리의 얼굴이 떠오른 것은, 미래 역시 연인 관계는 서로에게 지분이 있다는 사고를 무의식중에 완전히 떨치지 못했기 때문일 것이다. 삼십여 년을 그렇게 살았고, 온 우주가 그것만이 사랑이라고 외치고 있는 세상이니 어찌 보면 당연한 일이다.

하지만 소리가 자신을 대하는 태도와 두 사람의 자유로운 관계, 그 관계를 맺게 된 계기 같은 것을 보고 들으면서 그 의식이 조금은 옅어진 것이다.

소리가 시원의 가깝고 소중한 사람이라는 것, 그리고 미래보다 먼저 시원을 만나 더 오래 관계를 지속해 왔다는 것은 사실이지만 그렇다고 해서 시원에 대한 소유권을 주장하거나 사생활을 제약하는 것은 아니라는 것을, 미래는 이제 정말 이해하게 됐다. 그 두 사람은 그렇게 두 사람의 관계를 만들어나가고 있으니까.

그러니 새롭게 시원의 가깝고 소중한 사람이 된 미래는 두 사람의 관계를 존중하는 선에서, 자신들만의 관계를 만들어나가면 된다. 어젯밤의 섹스도 그 연장선상에 있었던 일이다.

그런 차원에서 생각해 보면, 역시 시원과의 섹스보다는 순진한 제3자에게 세 사람의 진짜 관계를 숨기고 친한 친구들인 척 완벽히 연기하는 것이 더 '배덕감'이 드는 일이었다.

시간은 어느새 오전 6시를 넘겼다.

여전히 잠이 오지 않아, 미래는 어제 잠들기 전 시원과 나란히 누워 나누었던 이런저런 대화를 떠올려 보았다.

미래는 소리에게도 이 스킨십의 진전을 알려야 하냐고 물었었다. 시원은 소리가 이미 미래 씨와 편안하게 스킨십을 하고 있다는 것은 알고 있고, 자신들은 특별히 섹스에 더 의미를 부여하진 않기로 했다고, 그러니 이 일에 대해 얘기하는 건 우리들 마음이라고 대답했다. 그리곤 솔직하게 모든 것을 공유하는 것은 맞지만 준비가 되었을 때 이야기하면 된다고 말했다.

미래는 '특별히 섹스에 더 의미를 부여하진 않기로 했다'는 그 쿨한 말을 다시 한번 되새겨 보았다. 시원이 썩 똑똑하고 괜찮은 남자이긴 해도 역시 그 말은 소리의 입에서 나오지 않았을까, 하고 상상해 보게 됐다.

역시 섹스에만 특별한 의미를 부여하는 건 너무 성기 중심적일 뿐만 아니라 연인, 부부간에 상대방 몸의 권리를 소유한다는 것을 전제로, 신체 부위 중에 더 중요한 곳과 아닌 곳을 나누는 사고방식에서 비롯된 것 같다는 혐의가 짙게 느껴지긴 한다.

그리고 무엇보다 사람간의 감정과 관계를 납작하게 만들어버리는 일이기도 하다. 이미 두 사람이 서로를 아끼고 신경 쓰고 함께 행복한 시간을 보내고 있는데, 키스는 하고 섹스는 안 한다고 해서 본질이 크게 달라지는 건 아닐 것이다. 반대로 꼭 섹스를 해야만 뭔가 증명되거나 관계가 확실해지는 것도 아닐 테고 말이다. 그건 미래도 늘 해왔던 생각이었다. '볼 장 다 본 사이', '끝까지 간

사이'처럼 섹스와 관계가 필연적으로 연관되어 있다는 전제로 만들어진 관용구들은 언제나 모욕적이었다.

그럼에도 불구하고 시원과의 연애에서 여기까지 오는 것이, 그런 미래에게조차 마치 별개의 단계처럼 느껴졌었다.

늘 그런 사고방식이 싫다고 염불을 외웠음에도 결국 '삽입 섹스'에 더 특별한 의미를 부여해 버리고 만 것 같아 조금 부끄러워졌다. 하지만 미래에게도 핑계는 있었다. 스스로는 그렇게 생각하지 않더라도 그간 만났던 대부분의 사람들이 그렇게 생각하니까, 그 기준에 맞춰 커뮤니케이션할 수밖에 없었던 과거들이 있었기 때문인 것이다. 이게 내 생각인 게 아니고…!

평소에 동의했든 아니든 사회 문화 속에 스며들어 있는 고정관념의 영향에서 완전히 벗어나는 것은 역시 어려운 일이다. 하지만 그와 동시에 미래는 자신의 의지로 선을 넘는 시도를 하나둘씩 해보고 있다. 그리고 그건 꽤나 기분 좋은 일이었다.

물론 지금의 감정적인 균형은 일시적인 것일지도 모르고, 초심자의 행운일 수도 있다. 시원과 소리를 만난 것을 생각하면 정말 지나치게 운이 좋았을지도 모른다. 어쩌면 오픈 릴레이션십이라는 새로운 방식 자체가 좋은 것이라기보다는 이 두 사람이 좋은 사람일 수도 있다는 생각도 종종 해보곤 했다. 제도 자체가 일종의 상식적 안전망이 되어주는 (하지만 그 한계와 단점도 그대로 존재하는) 독점 연애와 비교해서, 오픈 릴레이션십은 훨씬 더 믿을 수 있는 사람을 만나야 했기에—누구를 만나느냐가 어찌 보면 이 관계에서는 가장 중요한, 그야말로 시작이자 끝일지도 모른다. 오픈 릴레이션십의 본질이 아무리 좋다 해도, 믿을 수 없는 사람과 만나기 시작하는 순간 흔한 독점 연애보다도 훨씬 못한 관계가 될 거라는 건 불 보듯 뻔한 일이니까.

앞일은 알 수 없지만, 지금 이 순간의 감정과 경험을 소중하다고 느꼈던 것은 앞으로도 변하지 않을 것이다. 그리고 남은 미래의 인생에, 이 경험이 어떻게든 영향을 미칠 것이었다. 그것만큼은 확실했다.

이제는 잠드는 것을 포기한 채 자리에 누워, 미래는 아주 오랜만에 아침이 오는 것을 천천히 맞이했다.

11.

가장 보통의 기념일

그 후로는 제법 순조로운 날들이 흘러갔다.

배송 사고 덕분에 선배의 사업 '미래 식사'는 시작부터 큰 적자를 본 것이 사실이었지만, 근거리는 직접 배송을 하면서 적지 않은 비용을 절감할 수 있었다. 게다가 뜻하지 않게 직접 배송까지 불사하는 젊은 사업가의 패기와 정성을 보여주는 효과까지 얻게 되었다.

그 덕분인지 고객들의 후기도 생각보다 더 좋았다. 물론, 적자는 적자였지만 말이다.

"이미 벌어진 일인데 어쩌겠어? 이제부터 잘해봐야지, 뭐."

사무실 근처에서 오랜만에 점심을 같이 먹다가 숟가락을 탁 놓으며 내뱉은 선배의 그 말 한마디에, 미래는 그저 고개를 끄덕이는 수밖에 없었다. 역시, 강철 멘털의 선배. 나라면 이불을 뒤집어

쓰고 2박 3일은 우울해했을지도 모르는데. 정말 본받고 싶은 점이다. 그게 절대 쉬운 일이 아니란 걸 알기 때문에 더더욱.

이미 생산된 양까지는 어쩔 수 없지만, 추가 생산하는 액체형 대용식 제품은 파손 위험이 있으니 패키지를 새로 바꾸기로 했다. 선배가 지방 공장에서 샘플을 보고 협의해서 새 포장을 정했고, 미래는 기존의 디자인을 새 포장에 맞게 다시 만들어서 보내야 했다.

그 일로 며칠간 반짝 바쁘긴 했지만, 또 어찌저찌 넘기고 나니 다시 조금 한가해졌다. 한창 메시지가 폭발하다가 이제 소강상태를 맞이한 '미래 식사'의 SNS를 다시 관리했고, 이런저런 쇼핑몰 입점 일정에 맞춘 홍보 이벤트 이미지를 제때 만들어 올리다 보니 몇 주의 시간이 빠르게 흘러갔다.

어느새 시원과 미래가 연애를 시작한 지도 세 달째로 접어들었다. 여전히 모두의 오피스에서는 아무도 눈치 챈 사람이 없었다.

새달이 시작되자 두 사람과 소리는 또다시 다이어리를 들고 모였다. 이전과 마찬가지로 데이트 일정을 정하기 위해서였다.

마침 선선한 가을바람이 불어오던 무렵이었다. 미래는 가을을 좋아했다. 점점 짧아지는 계절이라 느껴지는 애틋함도, 특유의 높은 하늘과 아름답게 물드는 낙엽들도 좋지만 무엇보다 자신의 생일이 있는 계절이기 때문이었다. 유치해도 어쩌겠는가. 미래의 생은 가을에서부터 시작되었는걸.

시원과는 연애 초기에 별자리 얘기를 하다가 서로의 생일을 알게 됐다. 시원의 생일은 초여름이라 "얼마 전이었네요" 하며 아쉬워했던 기억이 난다. 6월에 태어난 시원은 '게자리'였는데, 미래는 듣자마자 역시 그럴 줄 알았다는 생각이 들었다. 세심하고 다정하고 주위를 잘 챙기는 성격이 딱 게자리였으니까. 비록 주위에 별자리 따위는 믿지 않는다고 말하고 다니지만 말이다.

서른 몇 번이나 겪은 일이니 이제 생일에 별 의미가 없다는 건 충분히 알고 있다. 그래도 연애 중이거나 좋아하는 사람이 생기면 조금은 기대하게 되는 것은 어쩔 수 없다. 이것도 유치한 마음일지 모르지만, 1년에 한 번뿐이니까 그쯤은 용서받았으면 하고 바라게 된다고 할까.

그런 이유로, 새달의 데이트 계획을 짜는 그 자리가 미래는 평소보다 조금 더 긴장됐다. 아무래도, 시원이 자신의 생일을 기억해 주기를 기대하고 있었기 때문이다.

언제나와 마찬가지로 모두의 오피스 근처의 카페에 세 사람이 함께 모였다. 미래가 소리를 보는 것은 몇 주 만이었다. 그사이에 소리의 헤어스타일이 짧은 커트 머리로 달라져 있었다.

"머리 예쁜데요?"

미래가 건넨 말에 소리가 웃으며 대답했다.

"요즘 이런 스타일이 편해 보이더라고요. 미래 씨 단발도 너무 잘 어울리잖아요."

두 사람이 훈훈하게 서로 인사를 주고받는 동안, 가운데 앉은 시원의 표정이 이상하게 평소와 다른 긴장으로 굳어 있는 것이 보였다.

하지만 기분 탓일 수도 있으니까, 미래가 조심스럽게 그의 얼굴을 조금 더 살펴보려는데 맞은편에서 소리가 먼저 입을 열었다.

"시원이 넌 표정이 왜 그래? 너만 빼놓는 거 같아서 서운해?"

충분한 장난기를 섞어서, 시원의 기분과 분위기를 배려한 말이었다.

그런데 그 순간, 시원의 표정이 더 굳어졌다!

"어, 그, 그런 거 아니거든?"

미래는 난생 처음 보는 시원의 반응에 덩달아 당황했고, 소리의 표정은 의미심장하게 변했다. '뭐라고 첫마디를 뗄까' 고민하는 것이 분명한 소리의 얼굴을 보며 미래는 일단 마음속으로 소리를 응원해야 했다. 상대가 솔직하게 마음을 털어놓을 수 있도록 끌어내는 일은 언제나 어려웠고, 이 상황에서는 아무래도 소리가 적임자였으니까.

잠시 세 사람 사이에 짧지만 강렬한 침묵의 순간이 지나갔다.

"야, 한시원… 너 오늘 좀…."

그리고 결국 소리가 첫마디를 꺼내는데, 그 위로 황급히 시원의 목소리가 덮였다.

"나! 두 사람한테 의논할 일 있어."

그 말에 미래와 소리는 누가 먼저라고 할 것도 없이 동그래진 눈으로 서로를 마주보았다. 그리곤 다시 한번 동시에 시원을 쳐다보았다.

입이 마르는 듯 시원이 살짝, 혀를 내밀어 입술을 적셨다.

✦

"아, 난 또 뭐라고…."

소리가 혀를 차며 헛웃음을 지었다.

"야, 그게 그렇게 간단한 일이 아니라고…."

"그렇다고 그렇게 심각해져서 혼자 뚝딱거릴 일은 아니지 않니?"

할 말을 털어놓아서인지 이제 좀 얼굴이 편해진 시원과 소리가 평소처럼 농담 섞인 말을 주고받는 동안, 미래는 잠시 혼자 멍하니 말을 잃었다.

뭐, 소리의 말대로 그렇게 심각한 일은 아니었다.

단지, 마침 올해는 주말이라 살짝 더 기뻤던 미래의 생일과 소

306

리—시원의 커플 기념일이 같은 날이라는 것뿐이었으니까. 응, 그런 것뿐이지…. 그런 것뿐인데…. 그럼, 그러니까, 그래서 어떻게할 건데??

미래에겐 그게 가장 궁금한 질문이었지만 두 사람의 대화는 전혀 그런 분위기가 아니었다. 역시 여기서 쿨하지 못한 건 나뿐인가 싶은 생각에 미래는 살짝 의기소침해지기까지 했다.

그때 소리가 말했다.

"저는 기념일 같은 거 별로 신경 안 써서요. 그럼 그날은 미래 씨 생일 축하해 드려."

어쩌면 이 상황에서 미래가 그나마 바랐던 상황이었다. 그런데 왠지 그 말을 듣는 순간, 그게, 그런 상황이 아닌 게 되었다.

"에이, 그럼 제가 너무 죄송하죠. 저도 뭐 그렇게까지 생일에 집착하는 사람은 아니에요."

뭐랄까. 링에 오르기도 전에 기권패를 당한 것 같은 기분이 들었던 것이다. 심지어 링에 오를지 말지를 아직 정하지도 못했는데, 결정할 틈도 없이 순식간에. 그래서인지, 도저히 이렇게 넘어갈 수는 없었다. 소리 혼자서만 어른스러운 사람이 되는 것 같아서, 바꿔 말하면 혼자서 유치한 사람이 되는 것 같아서.

물론 처음에 미래가 가장 바랐던 것은 시원과 함께 생일을 보내며 축하하는 것이었으니, 나중에 돌아보면 지금 내뱉는 말을 조금 후회할지도 모른다. 차라리 철판 깔고 '아, 그래요. 그럼 저는 감사하죠'라고 말할 수 있으면 좋았을 텐데, 그게 잘되지 않았다.

이건 별로 좋지 않은 사인이라는 생각이 스쳤다. 마음속에서 바라는 것과 말하는 것이 일치하지 않는 순간이었으니까.

그때 시원이 말했다.

"이런 적이 처음이라…. 사실 저도 어떻게 해야 될지 잘 모르겠더라고요. 혼자 고민도 많이 해봤는데, 사실 내 마음대로 정해버리는 것도 말이 안 되고. 나뿐만 아니라 누구 한 사람이 마음대로 정하는 건 좀 아닌 것 같아서…."

"아, 그러게. 내가 좀 성급했네. 미래 씨, 미안해요."

"아아, 아니에요…."

하지만 시원의 상황 정리와 빠르게 사과해 준 소리의 말 덕분에 미래는 금방 다시 마음의 중심을 잡을 수 있었다.

그러고 나니 조금 부끄러워졌다. 방금 전 소리의 말은 분명 진심이었을 텐데, 혼자 돋보이려고 그런 것도 아니었을 텐데…. 순간 자기 마음의 약하고 치사한 부분이 드러날까 봐, 다른 사람에게 그걸 그대로 투영해 버린 것 같아서였다.

"음, 뭐―오전 오후를 나누는 방법도 있긴 해."

시원의 말에 미래와 소리의 눈이 자연스럽게 마주쳤다. 서로 상대의 의중을 읽으려는 의지가 엿보였다.

"흐음….."

쉽게 입을 떼기가 어려웠던 나머지, 미래는 자기도 모르게 깊은 한숨을 삼켰다.

시원의 말대로, 가장 단순하게 생각하면 그냥 하루를 반으로 뚝 잘라서 두 사람에게 정확하게 반씩 할애하는 것이 가장 합리적이고 심지어 민주적인 방식일 수도 있었다.

하지만 뭐랄까, 그러기엔 마치 솔로몬이 그 유명한 재판에서 처음 내놓은 판결처럼 묘하게 찝찝한 데가 있었다. 이성적으로 말은 되지만 선뜻 응하기엔 뭔가 함정인 것 같은 느낌이었다.

분명 지금 두 사람은 시원을 배타적으로 소유하는 것이 아닌데, 꼭 그런 것처럼 선을 긋는 것 같다고나 할까. 그동안 나름대로 잘 유지해 온 세 사람만의 관계가 순식간에 얄팍해지는 것 같아서 저항감이 생겼다. 역시, 그건 싫었다.

"어….."

"아무래도….."

미래와 소리의 말이 동시에 겹치면서, 또 한 번 두 사람의 눈이 마주쳤다.

그러자 소리가 눈짓을 하며 미래에게 양보했다. 이 두 사람 앞에서는 쉽게 수줍어지곤 하는 미래였지만, 이 순간엔 망설이지 않았다.

"그냥… 셋이 같이 보내는 건 어때요?"

이번엔 시원과 소리가 서로를 마주 보았다.

두 사람의 모습을 곁눈질하면서, 미래는 앞에 놓인 커피 잔을 들어 한 모금 들이켰다. 목이 타고 있었다는 걸 그제야 깨달았다. 이 카페에 들어온 이후로 내내 졸이던 마음이 드디어 편해진 기분이었다.

✦

"와 날씨 좋다…."

그리고 미래의 생일이자 소리―시원의 기념일이었던 가을의 주말, 세 사람은 함께 소리의 SUV를 타고 인천으로 향했다. "다음 엔 같이 드라이브해요"라던 소리의 말이 진짜로 실현된 셈이었다.

전날 밤, 괜히 이런저런 생각에 잠을 못 이루던 미래는 '그러고 보니 좌석 배치는 어떻게 해야 할까'를 한참 고민했었다. 그런데 당일 아침에 만난 소리가 "시원이가 운전 보조를 좀 해줘야 해서, 앞에 앉힐게요. 이해 부탁해요"라고 먼저 양해를 구한 덕분에 금방 해결됐다. 자동차 여행에선 운전자의 편의가 최우선이니까 미 래도 쿨하게 이해했고, 모든 것이 아주 자연스러웠다. 덕분에 널찍한 뒷좌석을 혼자 차지한 미래는, 역시 솔직하고 확실하게 대화하기만 한다면 모든 것이 꼭 그렇게 어렵지 않을 수도 있다는 것을 새삼스럽게 실감했다. 물론, 언제나 그런 대화를 하는 것이 가장 어려운 일이겠지만.

몇 주 전, 카페에서.

미래의 한마디로 가장 어려운 문제의 해법을 찾은 세 사람은 기세를 몰아 좀 더 쉬운 문제들을 맹렬하게 풀어나가기 시작했다.

그들에게 주어진 다음 문제는, 어디를 갈 거냐는 거였다.

동시에 포털 사이트 지도를 연 세 사람은 어디가 좋을지 한참 갑론을박을 벌였다. 파주, 김포, 강화도, 수원, 하남, 각종 후보들이 나왔었지만 세 사람 모두가 안 가본 곳, 운전이 너무 오래 걸리지 않는 곳, 맛집이 있는 곳 등으로 하나씩 제하다 보니 자연스럽게 인천이 남았다.

차이나타운과 월미도 놀이공원은 워낙 오래전부터 인기 있던 곳이고 미디어에도 많이 노출된 곳이라 오히려 지금은 열기가 한풀 식은 느낌이다. 하지만 10대 시절, 서울의 다른 '인싸' 친구들이 무리 지어 지하철 1호선을 타고 머나면 이곳까지 놀러 나올 때 어쩐지 그럴 기회가 한 번도 없었던 미래, 시원과 독일에 살면서 한국의 블로그로만 이곳을 접하곤 했던 소리에겐 '당장 이번 주는 아니지만 언젠가는 가보고 싶은 곳'의 기나긴 리스트에 늘 넣어두었던 곳이었다.

그런 이유로 누군가의 입에서 "인천 차이나타운?"이라는 말이 나왔을 때, 세 사람은 금방 의기투합했다. 대단하게 새롭고 멋진 것을 볼 거라는 기대보다는 추억 여행을 간다는 느낌이었는데 그게 더 즐거울 것 같았다. 한 번도 직접 가보지 않은 곳에 대해 그런 느낌을 가질 수 있다니, 그건 좀 이상한 일이긴 했지만 정말로 그랬다.

구름이 드문드문 떠 있는 언젠가의 컴퓨터 바탕화면 같은 하늘과, 서울로부터 멀어질수록 점차 단순해지는 풍경을 끝없이 보고 있자니 우선 마음이 탁 트였다. 운전을 하지 않고, 차도 없어서 이렇게 승용차를 타고 달리는 차창을 내다보는 일이 미래에겐 오랜만인 것 같았다.

소리가 적당히 틀어둔 카 오디오에서는 듣기 편한 인디 팝들이 흘러나와 그의 취향을 대강 엿볼 수 있었다. 생각해 보면 차 역시, 집만큼은 아니어도 오랜 시간을 보내며 자기 식으로 가꾸는 개인 공간이긴 했으니까, 선뜻 이곳에 초대해 준 것이 실은 제법 고마운 일이었다.

한 시간이 넘게 드라이브하는 동안 차 안에서 별다른 대화가 오가지는 않았다. 뒷좌석에 앉은 미래와 앞의 두 사람이 원활하게 대화하려면 아무래도 서로 조금씩 더 목소리를 높이고, 잘 듣기 위해 한층 더 신경을 쓰는 배려가 필요할 것이기 때문에 (그래도 여전히 자동차 소음이나 음악 소리 때문에 잘 안 들려서 놓치는 말이 있을 수 있었다) 미래는 굳이 대화를 시도하지 않았다. 그리고 앞의 두 사람도 비슷한 마음이 아니었을까, 짐작만 할 뿐이었다.

어느새 소리의 차가 월미도 주차장에 천천히 진입했다.

✦

그날, 미래는 여러 장의 사진을 찍었다.

한국이민사박물관에서 전시를 보는 시원과 소리의 뒷모습.

월미도에 이런 박물관이 있는지는 모르고 왔지만, 소리가 '궁금한데 한번 들어가 보자'고 했다. 생각해 보면 소리도 오랜 시간을 독일에서 보낸 '이민자'였고, 그의 부모님은 독일에 간호사로 건너가 먼저 자리를 잡은 고모를 따라간 것이어서 결국 이곳은 그의 가족에 대한 박물관이나 다름없었다.

소리의 부모님이 독일에 막 도착했을 즈음에는 아직 인종차별이 많이 남아 있을 때라 힘든 시간을 보냈다고 했다. 지금도 완벽하진 않지만 이만큼 변한 걸 보면 아무리 본인이 염세주의자여도 세상이 조금씩 나아지긴 한다는 걸 인정해야 한다는 생각이 든다고 했다.

그 얘기를 들으며, 오래전 먼 나라로 떠난 배의 탑승 명단에 적힌 수많은 사람들의 이름을 미래는 괜히 하나씩 발음해 보았다.

월미도 등대를 향해 가는 길.

바다와 사람들, 그리고 갈매기들을 동시에 카메라에 담으려고 여러 번 셔터를 눌렀다.

길을 따라 이 섬의 역사에 대해 설명하는 간판이 줄 지어 붙어 있었고, 그걸 보면서 미래는 어쩐지 서글퍼졌는데 이내 지난 세기의 감성으로 만들어진 것이 틀림없는 비키니 차림의 여성 간판이 크게 붙어 있는 걸 보고 그 기분이 조금 가셨다.

옆에서 찰칵 소리가 나서 돌아보니, 시원이 휴대전화를 들고 환하게 웃고 있었다.

등대에는 이런 관광지가 으레 그렇듯 많은 이들이 남겨놓고 간 낙서가 가득했다. 미래도 마음속으로 남기고 싶은 문구를 생각해 보았다.

그 유명한 월미도의 '디스코 팡팡'을 탄 사람들.

주말이라 그런지 사람도 많았지만, 놀이 기구 역시 놀랄 정도로 좁은 공간에 밀집돼 있었다.

한때 '디스코 팡팡'의 짓궂은 DJ가 유명했었는데 여전히 그 명성에 걸맞게 탑승객들을 놀리고 있었다. 여전히 10대들이 많은 걸 보니 의외로 지나가 버린 추억의 공간만은 아닌 듯했다. 어쩌면 세상이 너무 빨리 변하는 게 아니라 너무 빨리 너무 많은 것을 추억으로 넘겨버리는 것일지도 모른다.

하지만 미래는 10대 시절에 그랬듯, 30대가 된 지금도 자진해서 저기 올라타고 주목을 받고 싶지는 않다. 옆을 돌아보니 시원도 소리도 비슷한 생각인 듯했다.

마침 DJ가 큰 소리로 농담을 했다. 조금은 아슬아슬한 말이었지만 이곳 특유의 분위기에 젖어 셋이 함께 웃어버리고 말았다.

차이나타운 화덕 만두집의 반쯤 먹은 만두 세 개로 건배하는 장면.

화덕에 구운 것은 뭐든지 맛있다는 것이 평소 미래의 지론이었는데, 두 사람과도 의견이 일치했다. 오랫동안 장사를 하신 것 같은 사장님의 얼굴에서 신뢰가 느껴졌는데 역시나 맛도 좋았다. 무척 뜨거웠지만 그래서 너무 맛있었고, 그 절묘한 맛을 화려한 수사로 표현하려다 졸지에 '거창한 수식어 대결'로 번졌다. 한참 먹다가 이렇게 맛있는 만두를 기념해야 한다는 생각에, 다 같이 먹다 만 만두를 한데 모아 사진을 찍었다.

차이나타운 꼭대기에서 찍은 세 사람의 셀카.

중국 무술 영화에 나올 것 같은 화려한 음식점들의 골목을 걷다가, 위로 올라가는 계단이 있어서 쭉 따라 올라가 보았다. 한참 올라갔더니 의외로 산으로 이어졌고, 아래를 내려다보았더니 차이나타운과 저 먼바다까지 한눈에 보였다. 마침 해가 뉘엿뉘엿 넘어가는 시간이었다.

각자 조금씩 떨어져서, 함께 감상을 느끼며 기분 좋은 바람을 맞다가 문득 미래가 말했다.

'우리 같이 사진 찍을까요?'

셋이서 같이 찍은 첫 번째 사진이 됐다.

카페에서의 케이크 세 조각.

이날 나들이의 좋은 점은 세 사람 모두가 똑같이 축하받을 일이 있는 사람이라는 것이었다.

그러니 누군가가 누군가에게 특별한 기대를 품을 필요 없이 모두가 동등하게 서로를 축하하고 축하받으면 되었다. 미래로서는 처음 경험해 보는 것이었다. 쌍둥이 형제자매가 있었다면 또 모르겠지만.

미리 약속한 대로 세 사람은 처음 보는 카페에 들어가 서로가 서로를 축하하는 케이크를 사주었고, 각자의 몫을 맛있게 먹었다.

"축하해요."

시원의 말을, 미래가 돌려주었고 그 말을 들은 소리가 다시 미래에게 돌려주었다.

인천 국제공항의 로비.

처음에는 계획에 없었지만, 인천까지 왔는데 공항에 들렀다 가지 않겠냐는 시원의 엉뚱한 제안에 엉겁결에 들르게 되었다.

밤늦은 시간이었지만 제법 많은 사람들이 비행기를 기다리거나, 보고 싶은 사람들을 기다리며 서성이거나 앉아 있었다.

시원은 오랫동안 해외여행을 못 가서 아쉽다며, 그 기분이라도 느껴보고 싶었다고 말했다.

미래 역시 비슷한 이유로 공항을 좋아한다.

하지만 소리는 그렇게까지 좋아하진 않는다고 했다. 공항에선 헤어진 기억이 더 많아서라고….

✦

그러는 동안 세 사람은 정다운 자매들처럼 조곤조곤하게 수다를 떨었고, 너무 멀지도, 너무 가깝지도 않은 간격을 지키면서 걸었다.

시원과 소리는 걷는 내내 손을 잡지 않았다. 시원과 미래 역시 마찬가지였다.

손을 잡는 것은 원래 다정한 일이긴 하지만, 이 이성애를 전제로 한 독점 연애 중심 사회에서는 종종 '임자 있음' 같은 의미로 쓰이는 것이 좀 싫을 때가 있다.

그럼 시원을 가운데에 두고 양쪽에서 손을 잡아볼까? 결과적으론 그것이 세 사람의 관계와 직관적으로 가장 잘 설명하는 그림이 아닐까? 그 모습을 본 사람들의 호기심은 나중에 생각한다고 하더라도 말이다.

하지만 역시 잘 모르겠다. 그러면 시원에게 손이 필요할 땐 어떻게 하라고?

'잡는다'는 행위는 필연적으로 상대의 '잡혀 있음'을 동반한다. 물론 그건 이쪽도 마찬가지지만.

역시 딱 두 개밖에 없는 팔을 양쪽에서 서로 붙잡고 있는 것보다는 이렇게 적당히 간격을 띄우고, 하지만 너무 멀어지진 않으면서 함께 걷는 것이 지금의 우리들에겐 더 잘 어울린다. 오늘 하루, 내내 그랬던 것처럼 말이다.

누군가와 특별한 날을 함께 보내는 것은 보통 그가 특별한 사람이기 때문이지만, 때로는 특별한 날을 함께 보냄으로써 특별한 사람이 되기도 한다.

이전에도 여러 번 만나서 대화를 나누긴 했지만, 소리와 미래가 이렇게 긴 시간을 함께 보내는 것은 처음이었다. 볼수록 느껴진 것은, 미래가 좋아하는 시원의 모습과 소리를 완전히 분리해 낼 수 없다는 사실이었다. 그렇다면 미래가 보고 반했던 시원은, 역시 소리와 함께일 수 있어서 만들어진 시원이라고도 할 수 있지 않을까? 혼자 독점할 수 있지만 이만큼은 멋지지 않은 시원과 소리와 함께이면서 좀 더 멋진 시원을 만나는 것 중에 뭐가 더 좋은 일일까?

집에 돌아오는, 역시나 조용한 차 안에서 잠깐 실없는 생각에 빠졌던 미래는 그날의 사진을 다시 보고 싶어서 휴대전화의 사진 어플을 열었다.

✦

시원의 배웅을 뒤로하고 집에 돌아온 뒤, 미래는 뒤늦게 자신의 생일을 축하해 준 사람들의 축하 인사와 고마운 기프티콘 선물들을 하나씩 확인했다.

그중에는 하나와 다정의 축하도 있었다. 얼마 전에 생일 계획을 묻기에, 있는 그대로 솔직하게 얘기해 주었더니 또 아주 즐거워하고 신기해했던 참이었다. 지금 막 돌아왔다고 메시지를 남겼더니, 늦은 시간인데도 두 사람 모두 바로 확인하고 답을 했다.

'재밌었어? 무슨 일은 없었고?'

아니나 다를까, 이번에도 '무슨 일'을 기대하는 듯한 하나의 뉘앙스에 미래는 피식 웃었다.

'응. 즐겁게 잘 다녀왔는데, 이걸 무슨 느낌이라고 표현해야 하나. 친한 친구들하고 놀러갔다 오는 거랑 비슷한데, 그래도 애인이랑 같이 있으니까 약간 설레기도 하는?'

'그 네 애인의 애인이랑은 잘 맞아?'

'벌써 여러 번 같이 보기도 했고, 딱히 안 맞을게 없던데. 서로 상식적인 성인이라 그런지… 얘기하면 재밌어.'

'애인의 애인이랑 같이 근교 나들이를 갔다 오지만 서로 상식적인 성인이라…. 야, 진짜 재밌다, 재밌어.'

'아, 근데 옷걸이가 너무 좋아서 그건 진짜 부럽더라….'

'그게 다야?'

'뭐 그렇지.'

'어디서 산 건지라도 물어보지 그랬어.'

'에이, 야, 패션엔 각자의 길이 있는 거지….'

평소처럼 친구들과 장난스럽게 농담을 주고받고 있으려니, 미래는 오늘 있었던 모든 일이 문득 거짓말처럼 느껴지기도 했다.

'아무튼 정말 기억에 남을 생일을 보냈네.'

하지만 하나의 이 말을 듣는 순간 떠오르는 과거의 생일들에

대한 기억이, 오히려 더 거짓말 같아서 금방 현실 감각을 되찾을
수 있었다.

생각해 보면 작년엔 수호와 정말 전형적인 생일을 맞은 커플
데이트의 정석 같은 하루를 보냈었다.

평일이었던 당일 저녁엔 수호 퇴근 시간에 맞춰 같이 근사한
레스토랑에서 밥 먹고, 선물을 받고(Feat. 꽃다발), 그 주 주말엔
호캉스 예약.

그러고 보면 '내년 생일도 이렇게 함께 보내자'고 수호가 달콤
한 목소리로 속삭였던 것도 같은데, 이렇게 되어버렸으니 정말 사
람 일은 알 수가 없다.

'내년엔 우리 미래가 어떤 생일을 보낼까? 벌써 막 기대되지 않
니?'

잘 준비를 다 마치고 침대에 누워서, 미래는 하나가 보낸 메시
지를 한참 바라보았다.

미래로서도 무척 궁금해지는 일이었다.

12.
거짓말, 같은 시간

안 좋은 일은 언제나 갑자기 찾아온다.

좀처럼 가을 티가 나지 않던 날씨가 드디어 조금씩 추워지기 시작할 즈음의 월요일이었다.

미래는 바람막이를 챙겨 오길 잘했다고 생각하면서 공유 자전거에서 내려 모두의 오피스 사무실로 올라가고 있었다. 운이 좋아 시원의 얼굴을 마주칠 수 있으면 좋겠다고 생각했다. 아침에 보낸 메시지에 대한 답이 아직 없었기 때문이다. 당연히 바쁘면 그럴 수도 있는 거지만, 마음 한편에서 괜스레 걱정이 됐다. 몇 달째 변함없는 미래와 시원의 아침 루틴이었기 때문이다.

시원에게 받았던 카드키를 접촉한 뒤 라운지에 들어서니 묘하게 술렁이는 분위기가 느껴졌다. 낯익은 얼굴들이 나와 서성이고 있는 모습이 보였고, 유리로 된 벽이 들여다보이는 회의실엔 시원이 동료 매니저들과 함께 심각한 얼굴로 뭔가를 이야기하고 있었다. 아무래도 회사에 무슨 일이 생긴 모양이었다. 우선 무사하다는 걸 확인했으니 나중에 물어보고, 자신의 사무실에 틀어박혀 잠시 밀린 일을 해야겠다고 생각했다.

그 말이 들리기 전까지는.

"미래 씨, 그 글 봤어요?"

옆 사무실의 슬기였다.

"에? 무슨…?"

미래의 반문에 슬기가 기다렸다는 듯 슥, 자신의 휴대전화를 미래에게 들이밀었다.

'모두의 오피스 마포점의 한 모 매니저를 공론화합니다. 애인이 있는데도 다른 여자와 동시에 사귀면서 오픈 릴레이션십이라는 말로 양쪽을 가스라이팅하고 결과적으로 양다리를 걸치고 있습니다. 이것은 여성을 착취하는 일이며…'

미래는 그 글을 한 번에 잘 읽을 수가 없었다. 글자들이 눈앞에서 마구 튀었다. 과장된 어투와 자극적인 단어에서 명백한 악의가 느껴졌다.

결국 남의 휴대전화인 것도 깜빡하고 슬기의 휴대전화를 한참 동안 붙잡고 있었다.

"이게… 뭐죠?"

"어제 모두의 오피스 어플 커뮤니티 게시판에 누가 올린 거예요, 밤늦게. 전 심심할 때 자주 들어가는 편이라 바로 봤는데…. 어제가 휴일이라 운영진들이 못 봤는지 오늘 아침까지 올라와 있더라고요. 마포점 매니저 중에 한 씨는… 시원 씨밖에 없잖아요. 세상에…."

'에이, 설마요. 시원 씨가 그럴 리가요. 증거도 없고, 일방적인 음해죠, 이건.'

머릿속에서는 분명히 그렇게 대답하고 있는데, 입이 차마 떨어지질 않았다.

내가 어떻게 해야 좋을까?

나서야 할까? 나서지 말아야 할까?

이 글은 누가, 무슨 목적으로 올린 걸까?

수많은 물음표들이 순식간에 미래의 마음속에 총탄처럼 날아와 박히는데, 무엇 하나 쉽게 답을 낼 수가 없었다.

"아유, 미래 씨 충격받았구나…. 시원 씨랑 좀 친했었잖아요, 그죠? 같이 밥도 자주 먹고."

슬기의 마지막 말이 묘하게 신경 쓰였다.

아무에게도 들키지 않았다고 자신했었지만, 역시 사람들은 말 없이 다 보고 있었던 것이다.

슬기 씨는 나를 떠보려는 걸까? 아니면 벌써 머릿속에 모든 스토리가 다 나왔을까? 나를 바람둥이에게 잘못 걸린 불쌍한 여자로 보고 있나?

누가, 사무실 사람들이 본 걸까?

시원과 소리가 사무실에 놀러 왔던 날, 일을 도와주고 맥주를 마신 날. 아니면 이 근처 카페에서 셋이 나눴던 대화를 들었을까? 아니면 인천에서 우리를 본 사람이 있었나?

그럼 혹시, 그게 슬기 씨인가?

너무 갑작스럽게 덮쳐온 악의를 만난 탓에, 미래의 경계심이 극도로 올라갔다.

그리고 마음 한편에선 한 가지 두려움이 떠나질 않았다.

그 글에 내 얘기는 정말 없었나? 이름이 아니면 작은 암시라도? 내가 (이유가 뭐든) 애인 있는 남자랑 만난다는 사실 역시 이 사람들이 곧 다 알게 되는 것은 아닐까? 그러면 난… 어떻게 해야 할까?

이미 시원이 곤란해져 버린 이 상황에서도 자신의 안위가 더 걱정되는 좁은 마음이 스스로 실망스럽게 느껴지긴 했지만 어쩔 수가 없었다. 하나와 다정이처럼 가까운 친구들에게 얘기하는 거야, 물론 용기를 필요로 하는 일이긴 했지만 그래도 괜찮았다. 감당할 수 있는 일이었다. 하지만 불특정 다수의 사람들에게 이 관계의 특수성을 깊이 이해해 달라고 요구할 시간도 설명할 기회도 없이 앙상한 '팩트'만으로 마녀사냥하고 싶은 마음은 추호도 없었다. 언젠가 봤던 인터뷰 기사의 공격적이고 원색적인 댓글들이 머릿속에 떠올랐다. 그 말들이 자신을 향한다고 상상하는 순간, 미래는 두 눈을 질끈 감을 수밖에 없었다.

미래의 섣부른 염려와 달리, 대화를 해볼수록 슬기는 그 글이 지워지기 전에 확인한 거의 유일한 이용자로서, 이 가십거리에 대한 궁금증과 관심으로 가득한 상태일 뿐이라는 것이 확인되었다. 글쓴이를 밝히는 건 분명 IP 주소를 추적하든지 하는 쪽이 더 정확하고 빠를 것이었다. 지금은 이성적으로 추측을 할 수 있는 상태도 못 되거니와 누군가를 특정할 수 있는 아무런 증거도 갖고 있는 것이 없었다. '그러고 보니 어플 내 게시판은 분명 이용자들만 쓸 수 있는 폐쇄적인 커뮤니티였을 텐데'라는 생각이 들어 글을 올린 사람의 ID가 뭐였냐고 물었더니 슬기가 캡처를 다시 보여주며 'admin', 즉 운영자 계정이었다는 것을 확인시켜 주었다. 그 누군가는 이 글을 올리기 위해서 해킹까지 한 것이다.

슬기가 평소 인사를 주고받던 다른 이용자 몇몇에게도 캡처 글을 보여주며 설명을 반복하는 것을 멍하니 들으면서 미래는 한참 아무것도 하지 못하고 서 있었다. 회의실 안에서 동료들과 무슨 얘기를 나누고 있을지 도저히 알 수 없는 시원의 실루엣을 보는 미래의 마음이 복잡하기만 했다.

그러다 문득, 섬광처럼 한 가지 생각이 미래의 머릿속을 스쳐 지나갔다.

✦

아무도 없는 사무실에 문을 닫고 들어간 미래는, '차단한 사용자' 리스트를 한참 뒤적거린 끝에 통화 버튼을 눌렀다. 신호가 가는 소리를 가만히 들으면서, 미래는 흡연자가 아니었음에도 이런 게 바로 '담배 말리는 기분'인가 보다 싶었다.

"여, 여보세요?"

아직 근무 시간이라 어떨지 모르겠다고 생각했는데, 상대가 금방 전화를 받았다.

"야, 정수호."

"…어? 너 미래야?"

수호의 목소리가 떨린 이유는 아마 여러 가지일 것이다. 이전 대화를 더듬어보면 그는 미래가 자신을 차단했다는 것을 알고 있었으니 의외의 발신자 이름을 보고 놀랐기 때문일 확률이 가장 높을 것이다. 하지만 지금 이 순간 미래의 머릿속에서는 그저 자신의 가설을 뒷받침하는 근거로만 분류될 뿐이었다.

미래는 잠시 호흡을 가다듬었다.

"그 글… 설마 니가 쓴 거야?"

"뭐? 무슨 글?"

수호가 되물었다. 처음부터 인정할 거라고 생각하진 않았다. 그건 당연한 일이다. 미래의 머릿속이 수많은 경우의 수들로 복잡해져 갔다. 수호와 사귀었을 때 어땠더라? 거짓말을 잘했나? 거짓말을 할 때의 습관 같은 게 있었나? 하지만 이렇게 오랜만에, 전화로 듣는 목소리로 그걸 분간해 내는 것은 너무 어려운 일인 것 같았다.

"미래야, 너 무슨 일 있어?"

수호의 질문에, 미래는 저도 모르게 날카로워졌다.

"또 같잖게 내 걱정하지 말고, 묻는 말에만 대답해. 정말 너 아니야? 어차피 금방 알아낼 거야. IP 추적할 거랬어."

이 부분에선 확실히 상대를 협박해야 한다는 의지로, 미래는 살짝 확인되지 않은 과장을 보탰다.

"무슨 소린지 하나도 모르겠는 걸 보니 내가 쓴 건 아닌 거 같은데. 요 며칠 난 내 SNS 말곤 아무것도 안 썼어."

그러나 수호의 목소리는 평안했다.

"정말, 정말이야?"

"어…. 원하던 답을 못 들어서 서운하겠지만 난 아니야. 네가 못 믿을 수도 있겠지만, 그래도 믿어줬으면 좋겠네."

"…."

미래의 말문이 턱 막혀버렸다. 가슴이 너무나 답답했다. '아니'라는 수호의 간단한 말 앞에서 자신이 반박의 근거로 내세울 수 있는 것이 아무것도 없었기 때문이다.

과거에 만났던 그 사람을 생각해 보면, 아니라고 믿고 싶었다. 하지만 불과 몇 주 전의 수호는 믿을 수 없이 황당한 생각을 하며 미래의 집 앞에 와서 기다리고 있었다.

그때의 수호라면, 이런 행동을 할 수도 있을 것 같았다. '범행 동기'는 충분하다.

하지만 계속 몰아치는 것도 좋은 방법은 아닐 것 같아서 미래는 잠시 숨을 골랐다.

"그래…. 일단 믿을게."

한동안 두 사람 사이에 침묵이 흘렀다.

잠시 후, 수호가 입을 열었다.

"혹시 그 사람하고 관련된 일이야? 그때 너희 집 앞에서 마주쳤던…."

수호의 그 말에, 미소의 온몸이 긴장으로 뻣뻣해졌다.

"…어떻게 알았어?"

미래가 겨우 목소리를 낮추며 내뱉은 그 말 뒤에는, 대략 이런 문장들이 생략되어 있었다.

그래, 그러니까 이제 빨리 인정해. 그거 네가 한 짓이라고.

그러나 수호가 차분하게 대답했다.

"아무래도, 그래서 나한테 전화한 거 아닌가 싶어서."

"…내가 대답할 의무는 없는 것 같네."

그렇게 말하는 순간 이미 대답이 되어버린다는 것을 미래도 알고 있었다. 하지만 어쩔 도리가 없었다.

"그날 갑자기 찾아간 건 정말 미안했어. 지나고 생각하니까 좀 많이 부끄럽더라. 나는 솔직히 오픈, 그런 건 엄두도 안 나고 아직도 잘 모르겠어…. 그치만 니가 잘 지냈으면 좋겠어."

"…니가 걱정 안 해줘도, 나 잘 지내거든?"

다시 한번 미래의 입에서 날카로운 말이 뾰족, 발사되었다. 지금 간절히 듣고 싶은 말은 따로 있는데, 괜히 쓸데없는 얘기를 하는 수호가 점점 더 미워지기만 했다.

"그러니까. 앞으로도 계속 지금처럼 잘 지내."

그러나 돌아온 대답은 뜻밖이었다.

"…뭐?"

"그땐 네가 오픈 릴레이션십 한단 얘기 듣고서… 솔직히 화났었어. 나는 최선을 다했는데, 나는 누구처럼 애인도 없이, 너한테만 집중하면서 정말 잘하려고 노력했는데 왜 나는 안 되고 다른 사람은 되는 건지, 그게 분했어. 그래서 그랬던 거야. 널 위해서라고 평계 대면서. 사실은 그냥, 내 노력이 보답받지 못했다는 게 화났던 건데…"

"아…."

"지금이라도 이렇게 말하게 돼서 다행이다."

"…그래."

"암튼 도움이 안 돼서 미안하고, 무슨 일이진 모르지만 잘 해결되길 바랄게."

그 말을 마지막으로 수호와의 통화가 끝났다.

미래는 긴 한숨을 쉬며 이마를 짚었다.

그리고 차분히 통화 내용을 다시 되새겨 보았다.

전화를 걸었던 의도와는 달리, 전혀 기대도 하지 않았던 말을 듣게 된 것은 수확이라면 수확이었지만―한편으로는 오히려 더 의심스럽기도 했다. 그런 듣기 좋은 말로 의심을 거두게 하려는 건 아니었을까?

그 불미스런 만남 이후 수호도 생각을 거듭한 끝에 조금은 더 나은 사람이 됐다고 미래도 믿고 싶었다. 하지만 지금 시원에게 닥친 이 참혹한 상황 앞에서는 그런 낙관도 사치인 것 같은 기분이 들었다.

결국 여전히 미래는 수호가 의심스러웠다.

할 수만 있다면 수호의 휴대전화 사용 내역을 어떻게든 해킹해서 낱낱이 밝히고 싶었다. 그런 기술이 없는 자신의 무능함이 너무 원망스러웠다. 당장 수호의 회사로 찾아가, 무슨 고문을 해서라도 진실을 알아내고 싶었다. 더 다그쳐서 어떻게든 말하게 했어야 하는데, 상대의 페이스에 말려서 얼렁뚱땅 전화를 끊어버린 스스로가 너무 한심하게 느껴졌다. 이 모든 것이 다 자신의 잘못인 것만 같았다.

마구 폭주하는 생각에 덩달아 숨이 가빠져 잠시 심호흡을 하고 있는데, 그때 시원에게서 메시지가 왔다.

'오늘 업무 끝나고 만나서 이야기 좀 하자'는 내용이었다.

✦

어떻게 지나갔는지 모를 하루 일과를 마치고, 미래는 오랜만에 버스를 타고 시내로 향했다. 시원이 주소를 보내준 카페는 언제나 만났던 사무실 근처가 아니었다. 아무래도 그런 일이 있었으니, 충분히 이해가 가는 일이다.

20분쯤 버스를 타고, 10분쯤 걷자 아담한 개인 카페가 많은 동네에서는 보기 힘든, 전체가 4층이나 되는 커다란 카페에 도착했다. 그 카페의 규모에 괜히 더 긴장되는 기분이었다.

연락을 받은 대로 3층에 올라가 두리번거렸더니 금방 익숙한 실루엣이 눈에 들어왔다.

시원, 그리고 소리였다.

소리도 함께 만날 거라는 이야기를 이미 들었기 때문에 그것 때문에 특별히 놀라지는 않았다. 시원에게 그런 일이 생겼으니 소리도 이 일의 당사자인 것 역시 당연했고. 오히려 놀란 것은, 이곳이 바로 시원과 소리가 처음으로 만난 카페라는 사실이었다.

"이렇게 큰 카페에서 매니저를 한 거였어요?"

"아, 물론 저 혼자 한 건 아니고요. 몇 명 더 있었죠."

"와, 그래도… 정말 대단하네요."

덕분에, 잠깐 분위기가 밝아졌다.

"아까 사무실에서… 미래 씨도 많이 놀랐죠?"

"아, 아아… 네."

하지만 역시, 오늘 이 자리에 모이게 된 용건을 꺼내지 않을 수는 없는 일이다.

"슬기 씨 말고도 그 글을 본 멤버분들이 좀 계셔서 문의도 좀 들어오고 했나 봐요. 저희 매니저들도 엄청 당황해서….'

"그랬겠어요…."

"근데… 사실 진짜 웃긴 일 아냐? 그 사람이 쓴 글에서, 가스라이팅 부분의 진위야 뭐 따져봐야 되는 거라고 쳐. 그걸 빼면 냉정하게 따지더라도, 양다리 걸쳤다는 게 무슨 범죄는 아니잖아? 그게 어떻게 일터에 고발할 거리가 되는 거야? 난 한국 사람들의 그 로직이 정말 이해가 안 가."

조금 흥분한 소리가, 그 와중에도 목소리를 낮추려고 애쓰면서 말했다. 역시 그 일이 모두에게 영향을 미치긴 한 것 같다. 좋지 않은 쪽으로.

"뭐, 한국이니까…. 결국 본사에 보고는 들어갔어. 동료들이 미안하다더라…."

"참나, 그게 뭐라고 보고까지 들어갔어?"

"그래서 인사팀장님하고 아까 면담도 했고…. 그냥 있는 그대로 말씀드렸어. 그런 관계에 있는 건 사실이지만 모두 합의했고 아무도 속이거나 해친 적 없다고."

"그걸 다 믿으시던가요?"

"일단은… 믿겠다고 하셨어요."

"그래서 뭐, 어떻게 하겠대?"

"사생활로 징계를 하는 것도 이상한 일이니까, 그냥 이대로 지나가도록 내버려 두자는 결론. 혹시 휴가가 필요하면 며칠 쉬라고는 하시더라."

"그래. 그만하면 잘 지나갔네…."

시원의 그 말에 오전부터 답답하고 무거웠던 마음이 일단은 살짝 가벼워지는 것 같았다. 하지만 그건 찰나의 기분에 불과하다.

직장에서 불이익을 당하거나 더한 일에 시달리지 않게 된 것은 천만다행이었지만, 이제 모든 사람들이 시원에게 색안경을 끼게 될 테니까. 이젠 어떻게 해도 그 일이 있기 전으로 완벽하게 돌아갈 수는 없을 테니까.

"누군지 모를 사람이 갑자기 직장에 '아웃팅'시켜 버린 거네요. 이 경우에도 그 표현을 써도 되는지 모르겠지만…."

"그런 거죠. 정말 못됐어…. 괜찮아, 시원?"

"괜찮다고 하면 거짓말이지만… 뭐 어쩌겠어. 시간이 지나면 괜찮아지겠지."

"그러고 보니 미래 씨는 괜찮았어요? 혹시 누가 눈치 챈 것 같다든지."

"제가 시원 씨와 사귄다고까지 생각하는 사람은 없는 것 같아요…. 그래도 같이 밥도 자주 먹고 어울린다는 건 역시 아는 분들이 있더라고요. 안 보는 것 같아도 다 보나 봐요."

"그렇구나…. 그건 정말 다행이네요. 저야 뭐 어쩔 수 없지만…. 이 일로 미래 씨까지 곤란해지면 정말 너무 속상했을 것 같아서…."

시원의 눈망울이 살짝 붉어졌다가 가라앉았다.

미래가 자신의 신분 노출 가능성에 대해 걱정하는 동안, 이미 곤란한 상황에 처한 시원이 이렇게나 나를 걱정해 주고 있었다니 조금 미안했고, 많이 고마웠다.

"도대체 누가 이딴 짓을 한 거야?"

안쓰럽고 속상하다는 표정으로 시원을 보던 소리가 볼멘소리
를 냈다.

미래가 고민하다 조심스럽게 입을 열었다.

"저는 한 명 후보가 있는데… 시원 씨는 아마 알 거예요. 일단
본인은 아니라고 하거든요? 근데 맞을 수도 있잖아요…. 제가 어
떻게 해야 할지 모르겠어요."

그 몇 마디를 하는데, 자기도 모르게 눈물이 주르륵 떨어졌다.

놀란 시원이 옆에서 미래의 어깨를 끌어안았다. 궁금해하는 듯
한 소리에게 미래가 울먹이며 설명했다.

"얼마 전에… 제 전 남친이 집 앞에 찾아왔었거든요. 제가 오픈
릴레이션십 하는 걸 알고 있어서, 그런 거 하지 말라고 충고하러
왔다고. 그때 마침 시원 씨도 같이 있어서 도와줬었는데, 오늘 전
화해 보니까 자긴 전혀 모르는 일이고… 그 전날 찾아갔던 게 부
끄럽다고 그러긴 하는데…. 모르겠어요. 오히려 의심을 피하려고
그렇게 말하는 건가 싶기도 하고…."

"그랬구나…. 미래 씨도 괴로웠겠어요."

"아니에요, 시원 씨…."

"그럼, 그분도 후보 중 하나네."

소리가 낮게 한숨을 쉬며 말했다.

"에…?"

조금 마음을 진정시킨 미래가 되묻자, 소리도 속상한 듯한 표정으로 입을 열었다.

"안 그래도 미래 씨 오기 전에 이런 짓 할 만한 후보들을 생각해 봤거든요. 근데 너무 많더라고요. 어쩌면 시원이 전 여친일 수도 있고, 저랑 잠깐 보다가 안 좋게 헤어진 사람일 수도 있고…. 사람들은 대부분 우리 같은 사람들을 미워하잖아요. 누가 이 관계를 알게 되는 순간 사실은 되게 큰 약점 하나 잡히는 거랑 마찬가지고, 계속 그 위험 부담을 안고 살아가는 거라…. 그러니까, 알 수가 없어요."

아… 미래는 할 말을 잃었다.

너무 많더라, 큰 약점, 위험 부담.

소리가 내뱉은 단어들만이 뇌리에 또렷이 남았다.

시원이 일부러 조금 밝은 목소리를 내며 말했다.

"내부 IT팀에서 할 수 있는 만큼 해보겠다고는 하는데… 찾을 수 있을지는 모르겠어. 내가 확 명예훼손으로 고소해 버릴까? 사이버 수사대에게 맡길까?"

"하, 감당할 수 있겠어? 그럼 또 이런 관계에 있다는 걸 변호사, 경찰, 모든 사람들한테 설명하고 알려야 할 텐데."

"…역시 무리겠지?"

시원이 쓸쓸하게 말하며 웃었다. 미래는 그 모습이 너무 안타까웠다.

"이렇게 일방적으로 당하기만 해야 한다니…."

"그러게요. 너무 억울하죠…. 하지만 대부분의 사람들은 이 일의 전말을 알게 되면 우리보고 '당해도 싸다' 그렇게 얘기할걸? 그치?"

"…그렇겠지."

"그냥 사생활이 좀 독특한 것 빼곤, 우리 다 열심히 자기 자리에서 일하고 세금도 내면서 성실히 사는 사람들일 뿐인데…."

"난 되도록 사람들한테 솔직하고 싶은데, 그게 나쁜 건 아니잖아? 근데 이렇게 비수로 돌아오면 너무 위축돼. 정말 그렇게 생각하고 싶지 않은데, 결국 이게 약점인 거야. 누가 그 글을 썼는지는 모르지만 아마 나를 매장시키고 싶어서 그랬겠지? 다행히 그렇게까진 안 됐지만, 여전히 큰 타격인 것도 사실이고…. 이럴 땐 진짜… 좀 힘들어."

시원이 지친 듯 몸을 앞으로 숙이면서 커다란 손바닥에 얼굴을 묻었다.

그리 드라마틱한 제스처는 아니었지만, 미래는 그 모습에서 언제나 반듯하기만 한 시원이 처음으로 천천히 흔들리고 무너져 가는 것을 보았다.

그 상황에서 유일하게 다행인 것은, 그런 순간에 시원을 혼자 두지 않을 수 있었다는 것이었다. 이 순간 시원의 절망과 고독함을 가장 잘 알고 있을 소리와 함께, 그의 곁에 그저 있어주는 것밖에는—당장 미래가 할 수 있는 일이 아무것도 없었다.

그리고 한편으론 실감했다. 역시 이게 쉬운 일은 아니라는 것을. 너무 큰 용기와 희생을 필요로 하는 일이다. 사회의 기준을 넘어 자유롭고자 하는 일에 대해 사람들은 쉽게 '이기적이다', '정신병이다' 같은 딱지를 붙여버리니까.

그나마 또래에, 말이 좀 통한다고 생각하는 친구들에게야 시시콜콜 털어놓을 수 있었지만, 예를 들어… 엄마에겐? 이 오픈 릴레이션십 경험과 그에 대한 감상을 솔직하게 얘기할 수 있을까?

'결혼을 정 하기 싫다면 어쩌겠냐. 혼자 열심히 잘 살아라'라고 말해주는 엄마. 그런 우리 엄마는 이미 그 세대의 기준으론 지극히 깨인 사람인데, 이것도 이해해 달라고 얘기하면 무슨 반응을 보일까?

물론 오랜 시간을 들여 천천히 삶으로 증명하면서 설득하면 세상에 안 될 일이야 없을 것이다. 이미 그렇게 주변의 이해와 축복 속에서 살아가는 사람도 있을 것이다. 하지만 그렇다고 그게 쉬운 일은 아니다. 누구나 쉽게 예측할 수 있듯이 그건 너무 힘든 일이다. 이성애를 전제로 한 독점 연애를 온 우주가 지지하고 장려하는 것과는 정반대로 말이다. 그런 만큼, 어중간한 태도로는 도저히 할 수 없는 일이라는 실감이 훅 온몸에 끼쳐왔다. 시원에게 오늘 벌어진 일은, 언제든 미래에게도 벌어질 수 있는 일이었다.

모두가 쉽게 입을 떼지 못하고 있는 그때, 소리가 말했다.

"좋은 일이든 안 좋은 일이든, 암튼 일은 한꺼번에 온다는 게 맞네…."

시원과 미래가 동시에 고개를 들어 소리를 바라보았다.

"그게 무슨 소리야?"

"그냥…. 음, 편안하게 일단 한번 들어봐. 회사에서, 프랑크푸르트 본사에 자리가 났대. 나한테 갈 생각이 없냐고 묻더라고."

생각지도 못한 말이었다. 미래는 차마 무슨 말을 할 수가 없어서 가만히 듣고만 있었다.

어느새 몸을 곧추세우고 앉은 시원이 물었다.

"뭐? 그래서?"

"당장 대답할 의무는 없으니까 생각해 보겠다고 했지."

"갈 거야? 가고 싶어?"

"전부터, 너한테도 얘기했었던… 기다리던 자리야. 나야 가고 싶지."

소리의 그 말에 시원의 눈에 애써 들어갔던 눈물이 다시 쏟아져 나올 것처럼 그렁그렁해졌다.

"네가 정… 그렇다면… 그렇다면 가야겠지만, 꼭 지금, 이번에 가야 돼?"

오늘 너무 큰 상처를 받은 사람치고는 지극히 이성적인 대답이었다. 미래가 속으로 조용히 감탄하는데 소리가 대답했다.

"그래서 말인데, 시원아. 너만 괜찮으면, 같이 가자. 사택도 지원해 준대. 나랑 같이 살면 되잖아. 그런 음침한 사람들 있는 곳에서 스트레스받지 말고. 같이 나가버리자."

잠시 시원과 미래의 입이 동그랗게 벌어졌다.

"…내가 거기 가서 무슨 일을 해?"

"너 진짜 훌륭한 바리스타잖아. 당장은 그 일부터 시작하면 되지 않을까?"

"그럼 미래 씨는?"

그때 소리와 미래의 눈이 마주쳤다.

"그건, 두 사람이 결정해야지…. 내가 뭐라고 할 수 있는 게 아닌 것 같네."

그 순간 미래는 웃음과 눈물이 동시에 터져 나올 것 같은 기분이었다. 하나의 말대로 '지 잘난 맛에 사는 사람들의 놀이'에 말려들어 버린 걸까?

하지만 가까이서 본 소리는 결코 그런 사람이 아니었는데. 그냥, 상황이 이렇게 된 것뿐이겠지. 이성적으로 생각해 보면 충분히 이해가 간다. 하지만… 하지만….

"그래…. 지금은 좀 결정하기 어렵네. 천천히 생각해 보자. 회사에선 언제까지 알려달래?"

"최대 일주일?"

"알았어…."

"미래 씨도 있을 때 말해야 할 것 같아서, 오늘 이 자리가 아니면 또 얘기할 기회를 만들어야 하니까…. 방금 전에 그런 얘기를 했는데, 이런 말 꺼내게 돼서 두 사람한테 미안해."

"아, 아니에요…. 상황이 그렇게 된 거니까…."

미래는 버석하게 입이 마른 채로 애써 대답했다. 그리곤 생각했다.

결국 시원은 소리의 제안을 받아들이지 않을까?

그렇게 두 사람은 떠나버리지 않을까?

아무리 생각해도 그 모습이 더 잘 그려졌다. 독일에 있는 두 사람의 모습은 상상 속에서도 무척 자연스러웠다.

소리의 말대로 시원은 거기 가서도 할 일이 있을 것이다.

"그럼 미래 씨는?"

시원의 그 한마디가 미래의 마음속에 남았다.

곰곰이 생각해 보면 이 상황에서도 자신이 원하는 바가 분명히 있을 것이다. 평소 같았다면 셋이 다이어리라도 놓고서 편하게 이야기하면 된다. 하지만 이제 더는 그럴 수도 없고, 내 바람이 이루어지기도 어려울 거라면, 그냥 지금이라도 자진해서 빨리 떠날 준비를 하는 게 좋지 않을까?

여기까지 한 것도 충분히 즐겁고 의미 있지 않았나?

시원에게 생긴 일도 어쩌면, 이젠 할 만큼 했다는 경고 같은 게 아니었을까?

그런 생각들이, 미래의 머릿속을 떠나질 않았다.

13.
홀로 같이 있는 사람들

약 한 달 뒤. 어느 여유로운 일요일 오전.

미래는 두꺼운 겨울 코트를 입고 인천 국제공항으로 향했다.

오랜만에 타는 공항철도였다. 마지막으로 공항에 온 것은 비교적 최근이었지만 그때는 열차가 아니라 소리의 차를 타고 왔었으니까. 시원과 소리와 셋이서 함께.

오늘 미래는 그 두 사람을 배웅하러 가는 길이다.

그때 미래 손목의 워치가 지잉 하고 울렸다. 휴대전화를 꺼내 보았더니 슬기였다.

'미래 씨, 공항 가고 있어요? 잘 다녀오고… 시원 씨한테도 안부 전해줘요.'

시원의 게시판 사건이 있고 몇 주나 지난 뒤, 모두의 오피스 IT 팀에서 보내준 메일의 결론은 안타깝지만 범인을 찾을 수 없다는 거였다.

거기에 큰 기대를 걸었던 것도 아니어서 시원과 미래, 소리의 실망은 짧게 지나갔다. 그런데 며칠 뒤, 전혀 뜻밖의 지점에서 생각지도 못했던 실마리를 찾았다.

슬기가 시원에게 메일을 보낸 것이다.

자신의 옆 사무실을 쓰는, 과 잠바를 입은 개발자 팀 사람들이 수상하다는 내용이었다. 그쪽 사람들이 자꾸 남의 대화를 엿듣고 사무실을 훔쳐보는 것 같아 불편함을 느끼던 차에 주변 사람들과 이야기를 나누어보니 몇 달 전부터 비슷한 경험을 한 사람들이 있었다고. 지난번 그 게시판 일과 연관이 있을지도 모른다는 생각에 고민하다가 메일을 보낸다며, 한번 조용히 알아보라고 했다.

그다음부터는 일사천리였다.

시원이 동료 매니저에게 그 일을 알렸고, 시원의 상황을 딱하게 여기고 있던 동료는 그들과의 면담에서 약간의 편법을 썼다. 'IP 추적 결과를 이미 다 받았다'고 살짝 양념을 쳐본 것이다. 그 전략이 적중했는지, 결국 자백을 받았다.

범인은 거의 존재감 없이 늘 늦게까지 사무실에 남아 있던 그 팀의 한 남자였다.

미래에게 호감이 있었다고 했다. 평소에 인사조차 나누지 않아 미래로서는 전혀 모르던 사실이었지만 말이다. 그러다 시원과 미래 사이의 기류를 누구보다 먼저 눈치 챘고, 가끔 심심풀이로 두 사람의 뒤를 밟았는데 어느 날 시원과 함께 있는 소리를 발견했다고. 그게 너무 화가 났고, 그런 식으로 양다리 걸치는 건 정말 큰 잘못이기 때문에 알려야 한다고 생각했을 뿐이라고 했다. 자신은 아무것도 잘못한 게 없다며, 오히려 잘못은 시원이 한 거 아니냐고 큰소리를 쳤다. 어떻게 그런 자를 징계도 하지 않고 계속 일하게 하냐며, 모두의 오피스에게도 실망했다고 말했다고도 한다.

그런 그에게 시원의 동료는 이렇게 대답했다.

"됐고, 당장 사무실이나 빼세요!!"

✦

인천공항 제1여객터미널역에 도착하자 양옆으로 동시에 사람들이 쏟아졌다.

커다란 트렁크를 질질 끌고 가는 사람들을 곁눈질하려니 홀로 아무런 짐도 없이 성큼성큼 걸어갈 수 있는 것이 홀가분했다. 하지만 한편으론 그 대신 어디로도 떠나지 못하고 곧 다시 돌아와 반대편으로 가는 열차를 탈 것이라는 것을 생각하니 쓸쓸하기도 했다.

사실 미래가 떠나고 싶다면 떠날 수 있는 기회도 있었다.

시원이 한창 고민하고 있을 때, 소리가 미래에게 독일에 함께 가지 않겠냐고 물었기 때문이다. 지금은 사무실로 출퇴근을 하고 있긴 해도, 원래 미래는 프리랜서로 일한다고 들었다며 같이 가서 새로운 환경에 도전해 보는 건 어떻겠냐고 제법 진지하게 물어왔다. 자신이 도와줄 수 있는 것이 아주 많을 거라면서.

나중에 그 일에 대해서 하나와 다정에게 얘기했더니 대번에 "미친 거 아니야? 진짜 널 들러리로 생각하는 거 아니냐고!"라는 말이 돌아왔지만, 미래로서는 간단히 그렇게 말할 수 없었다.

소리로서는 고민하는 시원을 위해서 선택지를 주고 싶었을 것이다. 미래에게도 좋은 일을 할 수 있다면 하고 싶었을 것이고. 소리 본인은 나라를 바꿔가며 산다는 것에 익숙하니까. 게다가 이미 이런 연애에 도전하고 적응한 사람으로서 한국에서 지내는 게 쉽지 않다는 것도 알 테니까. 시원과 미래를 위해 자신이 할 수 있는 최선의 제안을 했던 것이다. 그렇게 생각한다.

한때는 모두가 '탈조선'을 얘기했던 만큼, 삶의 터전을 유럽으로 옮긴다는 건 미래에게도 여전히 얼마든지 근사한 일이었다. 일찌감치 이민 가서 살고 있는 친구들을 부러워한 적도 많았다. 단순히 연애뿐만 아니라, 보통 한국에서 당연하다고 여겨지는 것들이 미래에겐 불편할 때가 많았으니까. 어쩌면 엉겁결이지만 이것이 정말 새로운 찬스일 수도 있었다. 완전히 새로운 문화권에서 다시 시작하기. 더 많은 가능성과 만나기.

하지만 결국 미래는 그 제안을 거절했다.

가장 큰 이유는, 그렇게 삶의 터전을 옮기는 순간 아무래도 지금보다 훨씬 더 두 사람에게 의지하게 될 것 같아서였다.

시원과 사귀고 가끔 소리와 함께 어울리는 것이 미래에게는 매번 즐거운 이벤트였지만, 그렇다고 멀리 사는 엄마와 가끔 하는 통화나 하나와 다정이 같은 친구들과의 만남, 그리고 혼자만의 시간의 비중을 줄인 것은 아니었다.

하지만 갑자기 두 사람과 함께 독일로 간다면—거기서 다시 내 삶을 만들기까지 얼마나 걸릴지 모를 시간 동안 분명 두 사람에게 전적으로 의지하게 될 것이 너무 분명해서, 그러면 왠지 지금보다 훨씬 더 힘들어질 것 같았다.

언젠가 해외에 나가보고 싶다는 욕망과 두 사람과의 관계를 가능하면 유지하고 싶다는 욕망, 그 두 가지가 분명 모두 미래의 안에 있었는데 그것들을 동시에 실현할 수 있는 기회가 왔을 땐 오히려 선뜻 고를 수 없는 선택지가 된다는 것이 아이러니하게 느껴졌다.

아무래도 소리와 미래 각자에게 이 관계가 의미하는 것은 확실히 좀 달랐던 것 같다.

누군가를 이 정도로 좋아하면서도, 필요한 만큼의 데이트만 하면서 자기 자리를 지킬 수 있다는 것이 미래에게 가장 좋은 점이었다면, 소리에겐 자기다운 모든 것, 그러니까 타인에 대한 새로운 욕망과 호기심까지도 있는 그대로 받아들여 주는 사람과의 깊은 신뢰 관계가 가장 중요한 것처럼 보였다. 소리가 직접 얘기했던 것처럼 두 사람이 만나면서 쌓은 유대감과 특별한 관계는 어디에서도 찾을 수 없는 것이긴 했으니까. 그래서 떠나고 싶어질 때 쉽게 떠나기 위해 오픈 릴레이션십을 시작했던 소리는, 이젠 아예 시원에게 함께 떠나자는 제안까지 하게 된 것이다. 심지어는 시원의 애인인 미래에게까지 말이다. 처음 관계를 시작할 때의 두 사람이라면 미처 생각지도 못한 상황일 듯싶었다.

미래는 자신이 시원을 더 늦게 만나기도 했고, 함께 보낸 추억이나 시간의 양이 압도적으로 적다는 걸 자각하고 있었지만, 그렇다고 특별히 소리와 자신을 비교하지 않으려고 애쓰면서 지내왔다. 이 관계의 특징을 온전히 이해하고 나니 누군가에게 '가장' 소중한 존재가 되고 싶다는 욕망을 조금이나마 조절할 수 있었기 때문이다. 그 한 자리를 두고 싸우는 것보다 지금 느끼는 다정함을 기분 좋게 누리는 것이 미래가 이 관계를 유지하는 비결이었으니까.

하지만 갑자기 정해진 소리의 독일행은, 시원이 소리 아니면 미래 둘 중에 한 명을 꼭 골라야만 하는 선택의 순간을 기어코 맞이하도록 만드는 것 같았다. 미래로서는 그런 생각이 들 수밖에 없었다. 지금처럼 모두가 서울에서 지낸다면 굳이 시원이 둘 중 누구를 더 사랑하는지 생각할 필요가 없지만, 소리를 따라 먼 곳으로 갈지 말지를 선택하려면 선택의 근거가 있어야 하고, 그 근거를 찾기 위해서는 두 사람에 대한 애정의 정도를 자연히 비교하게 될 것 같았기 때문이다.

미래로서는 조금 억울한 면도 있었다. 자신이 전혀 짐작하지도, 개입할 수도 없는 이유로 그런 상황에 처했으니까.

그리고 솔직히 도망가고 싶었다. 시원이 먼저 결정하기 전에 빨리, 아름다운 퇴장을 하는 게 더 나을 것 같았다. 시원에 대한 애정이 없어서가 아니라, 여전히 너무 많아서.

하지만 미래는 도망칠 수 없었다. 정확히는 도망갈 필요가 없어졌다.

그건, 시원의 선택 때문이었다.

✦

"어, 미래 씨 왔어요."

시원이 알려준 항공사 카운터 앞으로 갔더니, 막 수속을 마친 시원과 소리가 홀가분해진 손을 흔들었다. 그들의 손에서 여권에 꽂힌 탑승권이 팔랑거렸다.

"먼 데까지 쉬는 날 일부러 배웅 나와줘서 고마워요."

"당연히 와야죠. 한동안 못 볼 텐데."

"미래 씬 나 보러 온 거야. 그쵸?"

시원과 가만히 눈빛을 주고받고 있으려니, 옆에서 소리가 장난스럽게 덧붙였다.

"맞아요, 소리 씨…. 며칠 동안 준비하느라 거의 쉬지도 못했다고 들었어요. 잠은 좀 잤어요?"

"비행기에서 실컷 자면 되죠, 뭐."

"기분은 좀 어때요?"

"뭐, 떡볶이랑 냉면을 두고 가는 건 좀 서운하네요. 그래도 괜찮아요. 왔던 곳으로 되돌아 가는 거니까."

미래는 소리의 얼굴을 마주보았다. 그의 말처럼 편안해 보이는 얼굴이었다.

"비행기 시간 얼마 안 남은 거 아니에요?"

"그러게요. 슬슬 들어가 보긴 해야겠다."

그 순간, 잠시 어색한 공기가 흘렀다. 미래와 소리가 처음 만났을 때도 이렇게 어색하지는 않았던 것 같은데. 시원이 슬쩍 둘 사이에서 눈치를 살피는데, 소리가 먼저 입을 열었다.

"미래 씨, 우리 친구 맞죠?"

그 말에 미래가 활짝 웃으며 대답했다.

"당연하죠."

"한국을 떠나기 전에 미래 씨 같은 사람을 만난 게 저한테 얼마나 큰 의미인지 모를 거예요."

"저한테도 소리 씨는 특별해요."

"우린 또 만날 수 있을 거니까…."

"당연하죠!"

미래가 두 번이나 힘주어 "당연하죠"를 외치자 소리의 눈이 묘하게 촉촉해지는 것 같았다. 그러더니 미래를 자연스럽게 당겨서 끌어안았다. 그래, 유럽식으로 허그, 허그. 미래도 자연스럽게 소리의 등을 살짝 토닥였다.

"다시 만나는 날까지… 잘 지내요."

소리가 그렇게 말하고 시원에게 눈짓을 하며 먼저 멀어져 갔다. 두 사람을 위한 배려인 듯했다. 시원이 소리에게 끄덕, 하고 눈짓한 뒤 미래의 앞에 섰다.

잠시 말없이 서로의 눈을 마주보고 있자니, 이런 둘만의 시간이 무척 오랜만인 것 같은 느낌이 들었다. 사실 그 일이 있고 나서부터 지금까지 시간이 어떻게 흘렀는지 잘 모르겠다.

"다녀올게요."

시원이 말했다.

미래가 천천히 고개를 끄덕이며 웃었다.

✦

약 2주 전, 시원이 오랜만에 식사 대접을 하고 싶다고 집으로 초대했을 때 미래는 드디어 그날이 왔다는 걸 직감했다.

시원이 자신의 결정을 통보하겠구나. 아마 소리와 함께 가겠다고 말하겠지.

시원과 소리가 거의 매일 밤 만나 같이 고민한다는 얘기를 들으면서, 미래는 차라리 자신이 먼저 약속을 잡아서 헤어지고 싶다고 말할까 하는 고민을 수십 번도 더 했던 것 같다.

하지만 어느 시점부터는, 그건 그동안 최선을 다했던 자기 자신과 이 관계에 대한 예의가 아닌 것 같다는 생각이 들었다. 시원이 떠나겠다고 하면, 그냥 받아들이자. 35년간 산전수전 다 겪었는데, 이제 와서 이별 통보받는 것쯤이야 뭐가 그렇게 무섭다고.

사실, 관계 초반이라면 확실히 그게 제일 무서웠을지도 모르겠다. 어설프게 겉돌다가 끝나면, 뭔가 두 사람에게 이용당한 것 같은 기분이 들 것 같았다. (분명히 직접 선택한 것인데도 말이다!)

하지만 이제 그런 단계는 지나갔다. 그러니 모든 것을 다 받아들여 보는 수밖엔 없다. 시원과 소리가, 미래 자신이 서로를 있는 그대로 받아들이는 것처럼, 이 관계가 초래하는 모든 감정을 끝까지 성실하게 있는 그대로 받아들여야, 끝이 어떻게 나더라도 의미가 있을 것이다. 미래는 그렇게 생각하려 노력하며 마음을 여러 번 다잡았다.

한편으론 혹시나 하는 마음에 독일에 간 두 사람과 원거리로 연락하며 이 오픈 릴레이션십 관계를 계속 유지하는 것을 상상해 보기도 했다. 시차가 있을 뿐 요즘 같은 세상엔 메신저도 화상 통화도 언제나 가능할 테니까. 하지만….

그래도 역시 직접 만나서 같이 시간을 보내고 몸을 만지는 건 할 수 없을 테니, 아쉬움이 훨씬 더 클 것 같았다. 게다가 사실 다른 애인인 소리는 그쪽에 함께 있는데, 여기서 원거리로 '연애'를 하는 게 무슨 의미가 있나 싶은 생각이 자주 들 것 같았다.

그렇게 생각하니, 정말 이젠 시원과의 관계를 이어가게 될 가능성은 희박해 보였다.

슬슬 끝을 준비해야 하는 것이다.

그 말은 즉, 미래 인생에 처음으로 짧게나마 경험해 보았던 오픈 릴레이션십 관계도 이렇게 끝나게 된다는 뜻이다. 다시 이런 관계를 가져볼 수 있을까? 이런 사람들을 만날 수 있을까? 물론 이별할 때마다 '이런 사람을 다신 못 만날 것 같아'라는 감상을 남기는 사람들을 미래 역시 숱하게 알고 있지만, '이번만은 진짜'라고 소리치고 싶었다.

미래와 시원, 그리고 소리. 세 사람이 만든 안전한 구역 밖에선,

여전히 '오픈 릴레이션십' 같은 건 이해받을 수 없는 일이었으니까. 나쁜 사람에게 걸리면, 언제든 약점이 되어 하루아침에 주변에 알려질 수도 있고.

그럼 미래는 앞으로 어떻게 해야 할까. 두 사람도 없이 혼자 여기 남아 오픈 릴레이션십을 시도해 볼 수 있을까? 아니면 다시 차선의 연애로 돌아가야만 할까?

그런 생각을 한참 하다 잠을 설친 미래는, 여느 때보다도 밝은 노란색의 스웨터를 입고 시원의 집에 가기로 마음먹었다. 왜 그랬는지는 잘 모르겠다. 그냥, 조금이라도 덜 슬프고 싶었다.

다음 날, 미래는 시원이 직접 만든 미트볼 파스타와 와인을 사이에 두고 드디어 그와 마주 앉았다. 묘하게 대화가 자꾸 끊어지는 것이 신경 쓰여서 머릿속으로 가벼운 화젯거리를 필사적으로 찾고 있는데, 결국 시원이 먼저 입을 열었다.

"미래 씨, 오늘 제가 할 말이 있어서… 초대한 건 아시죠?"

그 한마디에 먹던 미트볼이 그대로 목에 걸릴 뻔했다. 위기를 이겨내고 미래는 애써 웃으며 대답했다.

"아, 네…."

"저… 오늘 비행기 표 끊었어요."

"아? 아~ 그렇구나. 네…. 가기로 한 거군요."

"네. 근데 왕복으로."

"아… 오픈티켓 같은 건가요? 하긴 편도로 사는 거보다는 왕복 사는 게 더 싸다고 예전에 친구들이…."

미래가 거의 무의식중에 빠르게 입만 움직이며 어떻게든 리액션을 하고 있는데, 갑자기 시원이 피식 웃으면서 끼어들었다.

"그게 아니고요."

"예?"

"열흘 정도만 있다가 돌아올 거예요. 소리 부모님이 사는 지역하곤 또 달라서… 처음에 가서 이것저것 처리하고 이사하는 걸 도와줄 사람이 좀 있었으면 좋겠다고 하더라고요."

"…예?"

"저 안 가요. 그냥 서울에 있기로 했어요."

하마터면 다시 한 번 더 '예??'라고 물을 뻔했다.

미래는 얼른 입을 다물고, 자신이 들은 말을 다시 한번 상기해 보았다.

시원이… 안 간다고? 여기에 남는다고…? 시원이 소리가 아니라… 나를, 선택했다고?

성숙하지 않은 반응이라고 생각하면서도, 어쩔 수 없이 조금씩 기쁨의 감정이 차올랐다. 그럴 생각은 없었는데, 아니 그럴 수 있을 거라곤 생각도 못 했는데 혹시, 내가, 이긴 건가…? 비실비실 새어 나오려는 웃음을 애써 억누르려다 결국 시원에게 들켜버렸다. 두 사람은 잠시 함께 실없이 웃었다.

"왜 그렇게 웃어요?"

"솔직히… 생각도 못 했어요. 당연히 갈 거라고 생각했거든요. 그럼 저는 롱디는 하기 싫으니까, 그냥 이젠… 시원 씨랑 헤어지겠구나… 그렇게 생각했고…"

"헤어질 마음의 준비도 막 하고?"

"…그랬죠. 어쩔 수 없으니까."

"하하, 미안해요. 미래 씨도 불안하고 마음이 좋지 않았을 거 알아요. 그런데 상황이 그래서, 그리고 너무 짧은 시간 안에 많은 걸 생각하고 결정해야 해서…. 그사이에 좀 더 얘길 많이 나눴으면 좋았을 텐데 그러질 못했어요."

"이해해요."

시원이 조심스럽게 식탁 위로 손을 뻗어 미래의 손을 잡았다.

미래는 이젠 익숙해진 그의 길고 아름다운 손가락을 쓰다듬으면서 천천히 요 며칠간 자신이 상상했던, 시원 없는 한 달 뒤, 몇 달 뒤, 다음 계절의 날들을 지우고 다시 그들이 함께 있는 모습을 채워 넣었다.

헤어질 필요가 없다, 적어도 아직은.

그 사실을 실감하자, 자기도 모르게 깊은 안도의 한숨이 새어 나왔다. 하마터면 눈물까지 찔끔 나올 뻔했다.

"소리 씨는… 괜찮대요?"

아주 조금은, 여유를 부린 질문이었을지도 모르지만 순수하게 소리가 걱정되는 것도 사실이었다. 미래에게까지 독일에 가자고 제안할 만큼 소리는 시원의 동행을 원했으니까.

"괜찮아요. 충분히 대화했어요. 서로 좋아하고 아끼는 건 변하지 않아요. 하지만 그만큼 중요한 게 제 삶의 방향인 거니까요. 소리가 그걸 이해 못 할 리가 없죠."

미래는 시원이 직면한 선택이 소리와 미래 둘 중에 하나를 고르는 일이라고 생각했다. 시간이 지난 뒤, 그건 미래만의 생각이었다는 것이 밝혀졌다.

소리가 그렇듯 시원에게도 소리와의 관계가 무척 중요한 것은 사실이었다. 하지만 그만큼, 그보다 더 중요한 것은 시원 자신이었다. 어디서 살 것인가의 문제는 삶에서 가장 중요한 조건 중에 하나니까.

시원의 말에 의하면 소리는 시원의 결정을 있는 그대로 존중해 줬다고 한다. 그 이야기를 들으면서, 미래는 '만약에 내가 소리였으면 정말 서운하지 않을 수 있었을지'에 대해 생각해 보게 됐다. 세상에 하나밖에 없는 소중한 관계라는 걸 서로가 너무 잘 아는데, 내 눈엔 분명히 우리 둘이 함께 더 잘될 수 있는 길이 보이는데. 그걸 싫다고 거절하는 애인이 야속하게 느껴지진 않을까? 이런 선택을 하는데도 여전히 나를 사랑한다고 믿을 수 있을까?

하긴, 어떻게 보면 시원의 입장에서 먼저 똑같이 되물었을 수도 있는 질문이다. '정말 날 사랑한다면 독일에 가지 마'라고 요구할 수 있었을지도 모른다.

하지만 이 두 사람은 서로에게 그러지 않는다. 그리고 상대방의 선택과 삶을, 나에 대한 애정 여부로 연결 짓지 않고 독립된 것으로 의심 없이 믿고 존중한다.

"모두의 오피스 처음 들어올 때 계획한 게 좀 있었거든요. 앞으로 몇 년은 더 이 회사에서 이 일을 하면서 같이 성장하고 싶어요. 물론 독일로 넘어가는 것도 너무 매력적인 제안이었지만… 이번만이 기회는 아니니까요."

"아, 그러면 두 사람 관계는…."

"그것도 고민을 많이 했어요. 우리가 정말 좋아하는 영화가 있는데, 거기선 두 사람이 뜸하게 연락을 이어가다 흐지부지 끝나느니 그냥 여기서 그만하자고 말하거든요."

"아, 그 영화 뭔지 알겠는데요."

"근데 결국, 우리는 계속해 보기로 했죠. 그건 90년대 영화니까요. 지금이랑은 전혀 상황이 다르니까."

"맞는 말이네요."

미래가 웃으면서 시원을 잡은 손에 조금 더 힘을 주었다. 말은 그렇게 해도 불안함이나 걱정도 있을 텐데, 그래도 힘을 냈으면 하는 마음에서.

원거리 연애가 쉬운 것은 아니지만, 역시 해보지 않으면 알 수 없는 것이긴 하다. 그리고 무엇보다, 이 두 사람의 관계는 그렇게 쉽게 끝나지 않을 것 같다는 느낌이 든다. 최소한 이 둘은 다른 사람을 좋아하게 됐다거나 애인이 생기는 일로는 헤어지지 않을 테니까. 서로의 대한 각자의 감정이 변하지 않는 한은.

앞으로 얼마나 더 시원의 곁에 있을 수 있을지 장담할 순 없지만, 미래는 가능하다면 이 사람들을 계속 지켜보고 싶다는 생각이 들었다. 어떤 분야든, 경지에 도달한 사람들은 시선을 잡아끄는 힘이 있는 법이니까.

공항에서 돌아와 이른 저녁을 먹고, 미래는 비행기를 보고 온 것만으로도 여독이 쌓인 것인지 일찍부터 쓰러져 저녁잠을 잤다. 그리고 잠깐 잠에서 깬 다음 날 새벽, 두 사람이 무사히 독일에 도착해서 호텔에 짐을 풀었다는 메시지를 받았다. 시원은 시차 때문에 조금 머리가 멍하다며, 당장 내일부터 소리의 회사에서 제공하는 사택 후보들을 돌아본 다음 집 계약을 하고 필요한 집기들을 구입하러 다니기로 했다고 했다. 그 모든 일이 다 잘되길, 소리의 새로운 생활이 순조롭길 진심으로 바라면서 미래는 다시 까무룩

잠에 빠졌다.

✦

'미래 식사'는 이제 완전히 안정적인 단계로 접어들었다. 막상 뚜껑을 열고 보니 대용식의 경쟁 브랜드는 너무나도 많았지만, 바꿔서 말하면 그만큼 시장이 있었다는 뜻도 되어서, 썩 나쁘지 않은 데뷔를 마친 뒤 기존 제품의 업그레이드 버전과 몇 종류의 새 제품을 준비하는 중이었다.

선배는 여전히 서울 사무실에는 가끔만 올라왔고, 미래는 여전히 모두의 오피스 사무실을 사용했다. 계속 공유 자전거를 타고 출퇴근을 하는 건 말할 필요도 없다.

오늘은 선배가 오랜만에 사무실에 나오는 날이라, 미래는 그와 함께 점심을 먹기 위해 나섰다. 선배가 "오늘 좀 매콤한 게 당기는데, 어디 맛있는 데 아는 데 없니?"라고 묻기에 이전에 시원과 함께 갔던 마라탕 맛집으로 안내했다. 새삼스럽게 그즈음의 몽글몽글하던 마음이 떠올랐다.

"오늘은 그 매니저 안 보이네."

"응?"

"왜 그 인상 좋고… 네가 좋아하던 사람."

둘이 신나게 고른 재료들을 잔뜩 넣은 마라탕을 맛있게 먹는 도중에 선배가 뜬금없이 말했다. 순간 혹시 그 소문이 선배 귀에까지 들어간 건가, 싶은 생각이 스쳐가긴 했지만, 워낙 남의 일에 관심 없는 데다, 어플에 그런 게시판이 있는 것조차 모를 사람이었으니…. 미래는 괜히 쓸데없는 걱정은 안 하기로 결심하고 마음을 가볍게 비웠다.

"어, 휴가 가셨대."

"건너 들은 거야, 직접 들은 거야?"

장난꾸러기 같은 미소가 선배의 얼굴에 번졌다.

그러자 미래의 마음속에서 다시 한번 그동안 있었던 모든 일을 털어놓고 싶은 생각이 일렁거렸다. 여기서 그 손이 예쁜 남자를 만난 덕분에 난생 처음 경험해 보는 관계를 시작하고, 평생 어울리지 못할 것 같던 사람과 친구가 되고, 내 안에도 남아 있던 고정관념들을 끝없이 발견하고, 감정의 새로운 영역들을 발견하면서 여전히 그 관계를 이어가는 만용을 부리고 있다고. 어쩌면 그 모든 것이 선배 덕이라고.

"아이고, 뭐면 어때서?"

하지만 늘 그렇듯, 무심하게 받아쳐 보았다. 그랬더니 선배가 말했다.

"그냥. 내가 자주 사무실에 오지도 못하는데 너랑 친하게 지낼 사람 있으면 좋으니까 그렇지."

눈을 동그랗게 뜨고 말하는 선배의 얼굴이 귀여워서 미래는 웃음을 터뜨리고 말았다.

"친한 사람도 있고, 나 여기서 잘 지내고 있으니까 걱정 마."

"그럼 됐어."

별거 아니라는 듯 슥 던져준 선배의 말이, 이상하게 미래의 마음속에 남았다.

그래, 그럼 됐지. 그럼 된 거야.

식사를 마치고 좋아하는 카페에서 아이스커피를 하나씩 입에 물고 들어오는 길에 선배가 문득 물었다.

"근데 말이야⋯. 너 혹시, 내가 정직원 계약 하자고 하면 들어올래?"

"아이고, 벌써 그만큼 자리를 잡으셨어?"

"뭐, 상품 더 늘리고 규모도 키우려면 슬슬 사람 뽑아야 되는 시점이 아닌가 싶어서⋯."

"아, 난 어디 매이는 건 질색인데."

"안 그래도 그럴 거 같아서 말이다. 너 사이드 잡 하는 거, 미리 말만 하면 다 봐줄게! 응?"

"정말? 계약서에 그런 내용 다 적어줄 거야?"

"에이, 우리 사이에~."

"우리 사이, 그런 게 어딨어? 적어줄 거야, 말 거야?"

"어, 그럼 너는, 들어오는 거야?"

"생각 좀 더 해보고~."

둘이 그렇게 장난을 치면서 라운지로 들어오는데, 처음 보는 사람들이 보였다. 얼마 전 문제의 팀이 나간 뒤 한동안 비어 있던 그 사무실에 드디어 누가 들어오는 모양이었다.

시원이 없어서 그의 동료 매니저가 대신 안내를 맡은 듯, 안쪽에 있는 공유 컴퓨터 앞에 낯선 사람과 함께 서 있었다. 누군가가 의자에 앉아 지문 인식기에 엄지를 대고 있는 모습이 보였다.

"새로운 분들 오셨나 보다."

"그러게."

"나 화장실 좀 갔다 회의실 들어갈게."

"응."

선배가 등을 툭툭 두드리곤 밖으로 나갔다.

오늘도 둘이 회의할 거리가 잔뜩 있었다. 그래도 그게 버겁다기보다 늘 적당한 활력과 의욕을 불러일으키는 것을 보면 역시 지금 이 근무 조건이 나쁘지는 않은 모양이다. 정직원이 되는 건 한 번도 생각해 보지 않았던 일이지만, '선배 같은 사람이 사장이라면, 이렇게 느슨한 조건이라면 해볼 만도 하겠는데' 그런 생각에 잠긴 채 미래는 공유 컴퓨터 옆에 있는 프린터를 쓰기 위해 그쪽으로 걸어갔다.

그때 문득 매니저와 새로 온 사람의 대화 소리가 들렸다.

"제가 지문이 좀 희미한지, 잘 안 찍혀요. 주민등록증 만들러 갔을 때도 그랬거든요."

너무나 낯익은 대화에 저도 모르게 미래가 피식 웃었다.

그러자 그 말을 했던 낯선 이가 흘끔, 이쪽을 쳐다봤다.

눈썹이 짙고 눈매가 매서운 인상이었다. 전체적으로 이목구비가 아주 뚜렷했다. 평소에 미래가 조금 무서워하는 인상이었다. '그렇게 크게 웃어버리면 어떡해!' 마음속으로 자책하면서 미래는 얼른 모른 척 고개를 천천히 숙였다. 아니 숙이려는 참이었다.

그때, 그가 활짝 웃는 것이 보였다.

미처 상상하지 못했던 밝은 웃음이었다. 무표정할 때의 느낌과는 너무 달라서 확실한 차이가 느껴졌다. 잘 모르는 사람의 사적인 얼굴을 예고도 없이 봐버린 것 같아서 괜히 미래의 가슴이 두근거렸다.

"아무래도 안 되겠네. 카드키 남은 거 있는지 한번 보고 올게요."

지문을 찍다가 찍다가, 매니저가 결국 자리를 떴다.

그리고 어쩌다 보니, 미래는 미소가 아름다운 그 사람과 거기 둘이 남겨졌다.

"여기 사무실 쓰세요?"

저도 모르게 조금 긴장해 있는데, 그가 미래에게 물었다. 살짝 허스키한 목소리가 귀에 쏙 들어왔다.

"네, 새로 오셨나 봐요. 여기 되게 좋은데, 잘 오셨네요."

미래가 웃으며 대답했다. 마치 입장을 바꿔서, 자신이 과거의 시원이 된 것 같은 기분이라 재미있었다. 그러자 새삼스럽게 시원이 너무 보고 싶어졌는데, 살갑게 이것저것 물어오는 눈앞의 사람에 대한 궁금증과 호감도 함께 생겼다. 그 두 가지 감정이 아주 분명하게, 동시에 느껴졌다.

어쩌면 또다시 완전히 새로운 세상이 열리게 될지도 모른다.

미래의 가슴이 두근거리기 시작했다.

지금 이 느낌이 낯선 사람을 만나 느끼는 긴장인지, 매력적인 상대 앞에서 느끼는 설렘인지, 처음 느끼는 감각에 대한 기대인지 아직 미래는 정확하게 알 수가 없었다. 하지만 궁금하다는 생각이 든다면, 앞으로 알아볼 수는 있을 것이다. 독일에 있는 시원과 저녁에 통화를 하기로 했으니 이 일에 대해 얘기해 봐야겠다고 생각했다. 그가 어떤 말을 해줄지, 미래는 벌써부터 궁금했다.

그러나 그 감정을 계속 쫓아가다 보면, 언젠가의 시원과 소리가 그랬듯, 미래도 누군가에게 오픈 릴레이션십이라는 것에 대해 먼저 얘기해야 하는 날이 올지도 모른다. 사실 나는 애인이 있지만 독점 관계는 아니라고, 그런 나랑 한번 만나보겠냐고. 그 상황을 상상하면 미래는 온몸의 솜털이 곤두서는 것 같았다. 어떤 표정과 말이 돌아올지, 지금은 그저 두렵기만 했다. 그 정도의 용기가 나에게도 있을까?

하지만 언젠가 시원에게 물었을 때, 그가 대답한 말을 미래는 기억하고 있다.

그 용기는 내 안에서 나오는 게 아니라, 상대가 주는 거라고. 미래 씨가 준 용기라고.

그러니까 언젠가 때가 되면, 그런 용기를 주는 사람을 만나게 되는 날도 있을 것이다.

모든 사람에게는 각자의 타이밍이 있고, 각자에게 최선인 로맨스가 있을 테니까. 그러니 벌써부터 그런 불안을 갖지는 않기로 한다. 그 대신 지금은 마음속에서 조금씩 퍼지는 감정의 파동을 충분히 느껴보는 거다. 이런 순간은, 절대 흔하게 오지 않으니까.

(끝)

작가의 말

노아 바움백 감독의 2019년 영화 〈결혼 이야기〉는, 사실 막상 뚜껑을 열어보면 (스포일러 주의!) '이혼 이야기'다.

하지만 이 영화를 보면서 나는 '행복한 결혼 이야기'를 통해서 는 결혼의 본질을 말할 수 없다는 것을 깨닫게 됐다. 무너지고 흔 들리는 과정에서 비로소 본질이 선명하게 드러나는 것이다. 그게 무엇이든.

그날 극장에서 나오면서, 오픈 릴레이션십 연애 소설을 써봐야 겠다고 처음으로 생각했던 것 같다.

✦

나는 여전히 이성애 연애에 관심이 많은 페미니스트로서, 누 군가로부터는 '남자가 그렇게 좋냐'는 말을 듣고 누군가로부터는 '남자가 그렇게 싫냐'는 말을 듣는다.

하지만 내가 정말로 신경 쓰는 것은 나의 삶, 그리고 여성들의 삶이다. 원치 않는 것은 거부하고, 원하는 것은 욕망할 수 있는 삶이다.

어느 쪽도 여전히 쉽지 않고, 앞으로 해야 할 일도 해야 할 말도 무수히 남아 있지만 굳이 말하자면, 이번에는 원하는 것에 대해 써보았다.

꼭 이 형태 그대로가 아니더라도 상관없다. 다만 더 나은 연애, 더 많이 고민한 연애, 그 무엇도 당연한 것이 없는 연애, 그래서 서로가 더 존중받고, 무엇보다 누군가의 사람이 아닌 나로서, 나의 경계를 지키면서 사랑할 수 있는 관계가 우리에겐 필요하다.

2021년 한국 사회에서 '사회적 합의'를 이룬 유일한 '연애', 그러니까 (결혼이 전제된) '이성애 독점 연애'가 지금 시대와 여러모로 불화하고 있는 것은 자명한 사실이니까.

이제 그 '연애'라는 것도, 변화해야만 한다. 변할 때가 됐다.

적어도 '남녀 사이의 건전한 이성 교제를 막는 페미니즘' 타령을 계속하는 한, 앞으로 '비연애' 인구는 더 많아지기만 할 것이다.

그런 현실과 비교했을 때 이 소설 속에 그려진 세계가 지나치게 낭만적으로 느껴지기도 하겠지만, 그건 누가 뭐래도 내가 로맨티시스트인 탓이다.

아직도 이상을 꿈꾸고, 어쩌면 아직 희망까지 가지고 있으니 말이다.

다시 말하지만, 여기에 그려진 연애만이 유일하게 옳은 것이라고 주장하고 싶은 것은 아니다.

다만 나는 당신의 연애가 궁금하다.

무엇이 즐거웠고 무엇이 불편했는지, 충분하게 대화하고 충분하게 솔직했는지.

이 소설 속의 연애가 흥미로웠다면, 혹은 불쾌했다면, 그 이유는 모두 당신 안에 있다.

이제, 당신이 들려줄 차례다.

2021년 12월

민지형

나의 완벽한 남자친구와 그의 연인

초판 1쇄 인쇄 2021년 12월 8일 **초판 1쇄 발행** 2021년 12월 20일

지은이 민지형
펴낸이 이승현

편집1 본부장 배민수
에세이1 팀장 한수미
편집 박윤
디자인 하은혜

펴낸곳 ㈜위즈덤하우스 **출판등록** 2000년 5월 23일 제13-1071호
주소 서울특별시 마포구 양화로 19 합정오피스빌딩 17층
전화 02) 2179-5600 **홈페이지** www.wisdomhouse.co.kr

ⓒ 민지형, 2021

ISBN 979-11-6812-100-3 03810

* 이 책의 전부 또는 일부 내용을 재사용하려면 반드시 사전에 저작권자와
  ㈜위즈덤하우스의 동의를 받아야 합니다.
* 인쇄·제작 및 유통상의 파본 도서는 구입하신 서점에서 바꿔드립니다.
* 책값은 뒤표지에 있습니다.